GAME NOVELS

NieR Replicant《ニーア レプリカント》®

ver.1.22474487139...

《ゲシュタルト計画回想録》

File01

著者　映島　巡

監修　ヨコオタロウ

カバーイラスト　幸田和磨

口絵イラスト　吉田明彦

本文イラスト　板鼻利幸

カバー・本文・表紙デザイン　井尻幸恵

CONTENTS

本書は2017年発刊の
『NieR RepliCant Recollection
《ゲシュタルト計画回想録》』を
大幅な加筆・修正の上、2倍のボリュームに
ヴァージョンアップしたものです。

本書は
『ニーア レプリカント ver.1.22...
ザ・コンプリートガイド＋設定資料集
GRIMOIRE NieR: Revised Edition』収録の短編と
若干重複する内容があります。

[報告書01]

今回より、新たな書式を用いて定期報告を行う。ここ最近、イレギュラーな事態が散見されるようになり、従来の書式では徒《いたずら》に報告回数を増やしかねないと判断した故である。必要性が低い記述も若干、増えると思われるが、正確さを優先した結果と理解されたい。

現在、当該地区の状況は悪化の一途《いっと》である。土地の荒廃による耕作地の減少、それに伴う食糧難。河川の汚濁により、農業用水はもとより生活用水の確保も困難になりつつある。加えて「マモノ」と「疫病」が住民達の生活を著しく脅かしている。彼らの不安と恐怖が、頻発する変事の遠因なのではないか。

今日と同じ明日が来ると信じていれば、人は現状を維持するために今日も昨日と同じ行動をとる。しかし、今日の平穏が明日は失われるかもしれないと思えば、最悪を回避するために行動を変える。そんな試行錯誤と取捨選択の結果が変事を生む。穿《うが》ちすぎだろうか。この考察に関しては、他地区の報告も待ちたい。

いずれにせよ、現時点では、いかなる事態も注意深く見守るべきであろう。些末《さまつ》という言葉で切り捨てるのは、村の指導者として職務怠慢であると自戒している。私達は、他でもない「ニーアの村」を任されているのだから、事の大小を判断基準に据えるべきではないだろう。大きな災いも、その兆しは往々にしてささやかなものであると聞く。

現在、観察中の案件がそれに該当するのではないかと危惧《きぐ》している。この件に関しては、次回報告書に詳しく記載する予定である。

（記録者・ポポル）

NieR Replicant
ver.1.22474487139...
《ゲシュタルト計画回想録》
File01

少年ノ章1

1

遠くで鳥が鳴《な》いた。今日はいい天気になるのだろう。

朝露《あさつゆ》に濡《ぬ》れた草の中から卵を拾い上げると、ニーアは空を仰いだ。これが最後の一個だ。鶏は一日一個ずつしか卵を産まないから、うっかり見落とすという事がない。

「終わったかい？」

ちょうど籠《かご》の中の卵を数え終わったところで声をかけてきたのは、鶏飼《とりか》いの男だった。ニーアはうなずいて籠を差し出した。

「おう、ご苦労さん」

ひとつふたつ、と男は卵の数を確かめると、にっこりと笑った。

「かみさんの具合も良くなってきたから、手伝いは今日まででいい。助かったよ」

男の妻は五日前から熱を出して寝込んでいた。早朝の卵集めは彼女の仕事だったのだ。

「約束の報酬だが、ほんとに金とか食い物でなくていいのかい？」

男の妻が回復するまでの間、村の誰よりも早く起きて卵を集める。その仕事の報酬としてニーアが求めたのは、孵《かえ》ったばかりの鶏の雛《ひな》だった。

「いいんです。ヨナが喜ぶから」

「わかった。じゃあ、そっちの籠の中から好きなのを選んで持っていきな」

どれも、昨日孵ったばかりだという。雛の見分け方はわからないが、なるべく元気が良さそうなものを選んだ。仲間から引き離されるのが嫌なのか、雛は頻りと暴れる。うっかり落とさないように、かといって潰《つぶ》してしまわないように、そっと手のひらで包むと、ニーアは家へ向かって駆け出した。

村の朝は早い。家を出てくる時には誰もいなかった道にも、今は行き交う村人の姿がある。彼らに朝の挨拶《あいさつ》を返しながら走っていると、呼び止める声がある。食料品の店を営む女性だった。

「ちょうどよかったわ。ニーア、今日はポポルさんに頼まれて薬草摘みに行くんですってね。ついでにキノコも採ってきてくれないかしら」

「わかりました」

人々はあまり村の外へ出たがらない。少なからず厄介《やっかい》で面倒だからだ。外を歩くとなれば、いろいろと用心すべき事がある。気の荒い野生動物を刺激してはならないし、何より物陰《ものかげ》や暗がりに近づいてはならなかった。村や街から離れていいのは昼間、それもよく晴れた日の数時間だけ。朝や夕方は、すぐに集落内へ駆け込める場所にいなければならない……。

「お駄賃はカボチャでどう？　大きくて甘いのが手に入ったのよ。ヨナちゃん、好きでしょ？」

ありがとう、と答えてニーアは再び走り出す。この村の人々は皆、優しい。でなければ、身寄りのない自分達兄妹が野垂《のた》れ死にしていても不思議はなかった。両親の残してくれた家があったとはいえ。

噴水のある広場を抜けると、その我が家が見えてくる。レンガ造りの小さな家の窓に、小さな人影があった。ヨナだ。ニーアの姿に気づいたのだろう、次の瞬間にはもう、その姿は消えていた。

「おにいちゃん、おかえりなさい！」

ニーアがドアを開けるよりも先に、ヨナが飛び出してくる。階段を駆け降りたせいか、息が荒い。

「ただいま。ヨナ、朝と夕方は走っちゃだめだって言っただろう」

「あっ」

ヨナは体が弱かった。季節の変わり目には決まって風邪をひき、ちょっと夜更《よふ》かしをしては熱を出し、はしゃぎすぎては咳が出る。食も細く、すぐに腹痛を起こしたり吐いたりする。

「ごめんなさい。またヨナのおせき、とまらなくなっちゃう？」

「いっぱい朝ご飯を食べて、いい子にしてたら大丈夫だよ。中に入ろう。まだ風が冷たいから」

背中でドアを閉めながら、「おみやげがあるんだ」と言うと、ヨナの顔がぱっと輝いた。

「おみやげ、なあに？」

鶏の雛を包んだ手を、ヨナの耳許《みみもと》に近づけてやる。まだ小さな鳴き声だったが、それだけで十分だった。

「ヒヨコ！」

「当たり。ほら、手を出して」

ヨナの手のひらに、そっと雛をのせた。急に明るくなって驚いたのか、雛は身を縮めるようにして震えている。

「ふわふわで、あったかい」

「まだ小さいから、家の中で飼えるよ」

「ほんと？」

「母さんが生きてた頃は、うちでも飼ってたんだ」

庭で放し飼いにした鶏に餌をやるのは、ニーアの役目だった。たった一人で家を切り盛りしていた母親は忙しく、とてもそこまで手が回らなかったからだ。

父親は遠くの街に働きに出ていて、ほとんど家にいなかった。そして、ヨナが生まれてまもなく、やはり遠い街で死んだ。だから、ニーアはあまり父親の事を覚えていない。

父親が生きていても死んでいても、ニーア達の日々にさしたる変化はなかった。母親は庭に作った小さな畑で野菜を育て、村人に頼まれては衣服を仕立てたり、繕《つくろ》い物をしたりした。ニーアの知る限り、母親の両手はいつも休むことなく動いていた。

その手が止まった時、母の時間も止まった。五年前の事だ。ニーアは十歳になったばかりで、ヨナはやっと一歳半だった。

何の前触れもなかった。いつもと何ひとつ変わらない夕方で、母親は台所で鍋をかき回しながら「戸棚からお皿を出して」とニーアを振り返った。その振り返ったままの姿勢で、母親は倒れた。

何が起きたのか理解できないまま、ニーアは家を飛び出し、ポポルのいる図書館へと走った。膨《ぼう》大《だい》な書物の管理人であるポポルなら、必ず知恵を授けてくれる。ニーアだけでなく、この村の誰もがそう信じていた。

しかし、倒れている母親を一目見るなり、ポポルは悲しげに首を振った。俄《にわか》には信じられなかった。命が消えるというよりも、物が壊れるようだった。それでも、受け入れるしかない。ポポルの表情で、ニーアはそう悟《さと》った。母は死んだのだ。

ポポルの双子の姉、デボルがやって来て、母親の遺体を棺《ひつぎ》に納めるのを手伝ってくれても、村の人々が弔《とむら》いの支度《したく》を始めても、頭の中が痺《しび》れたようで、何も感じなかった。涙も出なかった。

いや、弔いの途中、一度だけ泣きそうになった。不意《ふい》に喉《のど》の奥が引きつるように痛くなって、視界がぼやけた。が、すぐに涙は引っ込んだ。先にヨナが泣き出したからだ。

ヨナはまだ母の死が理解できる年齢ではなかった。泣きそうな顔のニーアを見て、不安になったのだろう。実際、ニーアが微笑《ほほえ》んでみせると、ヨナはぴたりと泣き止《や》んだ。涙と洟《はな》で汚れた顔を拭《ふ》いてやると、もうヨナは笑っていた。

その笑顔を見た瞬間に気づいた。父親も母親も死んでしまった今、小さなヨナを守ってやれるのは、自分しかいないのだ、と。

2

前日の残り物で朝食を済ませると、ニーアは出かける支度に取りかかった。

「おにいちゃん、ヨナもいっちゃだめ?」

この季節、薬草が最も多く自生しているのは、東門のすぐ外だった。気候も天候も良ければ、ヨナを連れていったりもする場所である。

「ヨナもおてつだい……」

言いかけて、ヨナが咳《せ》き込んだ。酷い咳ではない。ニーアはヨナの額に手を当てる。熱もなかった。しかし。

「今日はだめだ。夜になって具合が悪くなると困るだろ」

「うん……」

熱を出して寝込んだのは、一週間前のことだった。もう平熱に戻っているし、食欲もある。ただ、酷くはないものの、咳が続いているのが気がかりだった。

「その代わり、ちょっとだけなら家の外に出てもいいよ」

しょんぼりしているヨナがかわいそうになって、そんな提案をしてみる。案の定、ヨナはたちまち元気を取り戻し、おつかいに行きたいと言い出した。

「じゃあ、タマネギを一個とニンジンを一本」

「ニンジン、いちばんちっちゃいのでいい？」

「だめ。ポポルさんが言ってたろ？　ニンジンは体にいいんだって」

「うん。ヨナ、ちゃんとニンジンたべる。そしたら、お熱もおせきもよくなるよね」

答える代わりに頭を撫《な》でてやり、ニーアはヨナの手に銅貨を一枚握らせた。今日は薬草摘みの報酬が入るから、銅貨一枚なら使ってしまっても問題はない。

外はいいお天気だった。久しぶりの外出が嬉しいのだろう、ヨナは買い物籠を抱えて駆け出そうとする。ここで走り回ったら、また咳が酷くなるかもしれない。ニーアはヨナの手をしっかりと握った。

「おにいちゃん、東門はこっちじゃないよ？」

「噴水のところまで一緒に行こう」

家から噴水までは緩やかな下り坂で、つい走りたくなってしまうが、そこから先なら人通りも増えるから、ヨナも無闇《むやみ》に走ったりしないだろう。我ながら過保護だと思われないでもなかったが、ヨナが熱を出したり、苦しそうにしていたりするのを見るのは辛い。

「おにいちゃん！　今、そこで、バシャっていった！　おさかな？」

ヨナが水路を指さして、目を輝かせている。今にも身を乗り出しそうになるヨナの手を、ほんの少しだけ力を込めて握り直す。

「水路の魚は跳《は》ねないよ」

海には空中まで跳ねて飛ぶ魚もいると聞いたことがあるが、村の水路に棲《す》む魚はおとなしい。

「ヨナも水くみに行きたいな」

「まだ無理だよ。手桶《ておけ》に入れた水は重たいんだ。水路に落ちたりしたら危ないし」

村の水路は大切な生活用水だった。水を汚さないよう、釣りをしていい場所も決められているし、子供達が水遊びをする事も禁じられている。だから、ニーアもヨナも、それどころか村人のほとんどが泳げない。もしも水路に落ちても、誰にも助けてもらえないのだ。

「もっと、おにいちゃんのおてつだい、できたらいいのに……」

「ヨナは今からおつかいに行くんだろ？　ちゃんとお手伝いしてるじゃないか」

そう言ってやると、ヨナは嬉しそうにうなずいた。

やがて、噴水のほうから歌声が聞こえてきた。爪弾《つまび》く弦の柔らかな音も。

「デボルさんだ！」

よく晴れた日には決まって、デボルは噴水の前に腰を下ろし、愛用の楽器を爪弾きながら歌っていた。ポポルのいない図書館があり得ないように、デボルの歌が聞こえない村などニーアには想像もつかない。

ヨナの手がするりと解《ほど》けたが、ニーアはもう止めなかった。デボルとポポルの姉妹は、ヨナが母とも姉とも慕う存在である。

「おはよう。ヨナ、もう熱は下がったのか？」

デボルはヨナのほおを軽く指先でつつくと、前髪をくしゃくしゃと撫《な》でた。

「うん。これからね、ヨナ、おつかいに……」

乾いた咳でヨナの言葉が途切れた。デボルが遅れてやってきたニーアを気遣わしげに見上げてくる。

「熱は三日前に下がったんだけど。咳がまだ取れないんです」

「そうか。酷い咳じゃなさそうだけどな」

喉の風邪のように、痰《たん》の絡《から》んだ咳でもないし、息を吸い込むたびにヒューヒュー音をたてる咳とも違う。どこか頼りなささえ感じる、乾いた咳だった。それほど苦しそうではないが、ヨナがこんな咳をした事は今までにない。それがニーアを不安にした。

「おつかいの帰りに、ポポルのところに寄るといい。昨夜、武器屋んとこの婆《ばあ》さんに咳止めを煎《せん》じてやってたから。たぶん、残りがあるだろう」

ポポルの煎じる薬の苦さを思い出したのか、ヨナが顔をしかめる。その様子を見たデボルが笑いながら言った。

「我慢して薬を飲んだら、ご褒美《ほうび》にポポルが絵本を読んでくれると思うぞ」

「ほんと？　大きな木のお話、よんでくれる？」

「ああ」

「ヨナ、ポポルさんのとこにいく。がまんしておくすりをのんで、ご本をよんでもらう！」

「その前におつかい、だろ？」

「あっ。そうだった」

行ってきます、とヨナはくるりと踵《きびす》を返した。楽しげに笑うデボルに一礼すると、ニーアも東門へと駆け出した。

再び家の前を通りすぎ、勾配《こうばい》のきつい坂道を上ると、東門は目の前だった。顔なじみの門番が眠そうな顔で伸びをしている。

「おはようございます」

「ああ、おはよう。外に出るんなら気をつけろよ。なんでも、村のすぐ近くでマモノを見た奴がいるらしい」

マモノ。野に棲む獣よりも、ずっとずっと危険なもの。見境《みさかい》なく人を襲ってくる、黒い敵。人々が村の外に出たがらないのも、マモノのせいだった。

「今日は天気がいいから、連中もおとなしくしてるだろうけどな」

マモノは陽の光に弱い。だから、晴れた日の昼間はほとんど姿を見せない。逆に、曇りの日や陽射しが弱くなる夕方以降、薄暗い物陰や茂みの中などは危険だった。

マモノの弱点は陽の光だけで、いくら明るくても松明《たいまつ》の類《たぐい》では効果がないらしい。理由はわからない。そもそもマモノについてはわからない事のほうが多いのである。彼らは生き物なのか、何を食べているのか、どうやって増えるのか、どの程度の知恵があるのか。

幸い、東門周辺にマモノが出たという話は聞かないが、代わりに野生の山羊《やぎ》が出る。平原の羊以上に気性が荒く、不用意に近づくと角で突かれたり、蹄《ひづめ》で蹴られたりする。草を食《は》む山羊達を刺激しないよう十分な距離を取り、ニーアは薬草を摘み始めた。

大昔の人々は、羊や山羊を飼《か》い馴《な》らしていたと聞いたが、真偽《しんぎ》のほどは怪しいものだ。羊や山羊を、豚や鶏のように飼うなど、想像もつかない。あいつらを、村の中でも危険がない程度におとなしくさせるのは、魔法でも使えない限り不可能なのではないか……。

そういえば、大昔には夜が真っ暗な闇だったとも聞いた。これも信じられなかったが、事実だとしたら、その時代にマモノはいなかったのだろう。太陽が地平線に隠れて暗くなったりしたら、マモノはやりたい放題だ。人間など、あっという間に死に絶えてしまう。

真っ暗な闇が毎日やって来ると思うと恐ろしい気もするが、マモノが一匹もいない世界はさぞ暮らしやすいに違いなかった。

そこで、ニーアは考えるのをやめた。大昔の暮らしなど、想像するだけ無駄だ。それで自分達の生活が楽になる訳でも、ヨナが丈夫になる訳でもないのだから。

袋いっぱいの薬草と、籠いっぱいのキノコを集めたところで、足許の影を見る。予定よりもずいぶん早く終わった。陽射しが弱くなる夕刻にはまだ遠い。

もう少し先まで行けば、ヨナの好きな赤い実をつける木がある。その時間は十分にあったが、思い直して東門へと向かった。早く家へ帰ろう、今日はヨナのそばにいてやりたい、なぜだか、そう思った。

3

「一足違いだったわね。ヨナちゃん、少し前に帰ったのよ」

薬草の袋を渡すと、ポポルはそう言って微笑んだ。

「あと一冊、絵本を読んであげればよかったわ。でも、手紙が届いたりしたものだから」

「いいんです。お仕事が忙しいのに、すみません」

ポポルの仕事は多岐《たき》にわたっている。主なものはこの図書館の管理だったが、姉のデボルと共に、人々の生き死にに関わるあらゆる事柄を取り仕切っていた。この辺りの村や街に生まれる赤ん坊はデボルとポポルが取り上げ、死んだ者はデボルとポポルが弔《とむら》う。

また、博識なポポルは、周辺の村や街の長達《おさ》から何かにつけて頼りにされる存在だった。彼らは自分達の村や街で厄介事が生じると、ポポルの知恵を借りるべく手紙や使いの者を寄越《よこ》す。

「ヨナちゃんの咳、いつものと少し違うわね」

やっぱりという不安と、ポポルが気づいてくれたのなら大丈夫という安堵《あんど》とがニーアの中で交錯《こうさく》する。

「だから、咳止めは飲ませなかったの。様子を見たほうがいいと思って」

「じゃあ、今日は早く寝かさないと」

夕食も早めにしてやったほうがいいかもしれない。寝床を温かくしてやって、明日は一日おとなしくさせて……。頭の中で段取りをつけていると、ポポルがくすりと笑った。

「そんなに心配ばかりしていたら、あなたのほうが参ってしまうわよ」

「でも」

「大丈夫。あなたはよくやっているわ」

ポポルにそう言ってもらえると、心底ほっとした。この村の誰よりも、自分達はこの姉妹の世話になっているのだと、改めて思う。

図書館を出た後は、キノコを届けてカボチャを受け取り、家に戻った。さっそく夕食に甘く煮たカボチャを出してやろう。ヨナはきっと喜ぶだろう。

そんな事を考えながら、二階の窓を見上げた。だが、そこにヨナの姿はない。いつもなら、ニーアが帰る頃になると、窓に貼《は》りつくようにして外を見ているのに。嫌な予感がした。

「ヨナ！」

蹴破《けやぶ》らんばかりの勢いでドアを開け、家に飛び込んだ。

「おにいちゃん？」

鶏の雛を手にのせたまま、ヨナがきょとんとした顔でニーアを見上げた。安堵のあまり、その場に座り込みそうになった。ヨナが二階にいなかったのは、雛の世話をする為だったのだ。

「どうしたの？」

「何でもないよ」

ヨナが倒れているのではないか、うずくまって苦しげに咳き込んでいるのではないか、そんな場面ばかりを思い浮かべて狼狽《ろうばい》した自分が滑稽《こっけい》に思えた。

「ぴよちゃん、いっぱい、ごはん食べたんだよ」

ヨナは嬉しそうに雛を撫でると、壊れ物を扱うような慎重さで籠に戻した。

「あのね、ポポルさんがおせきのくすり、のまなくてもいいって。そのかわり、あったかくして、はやくねなさいって。それからね、ええと……」

いつものヨナだった。帰宅したニーアの後をくっついて歩きながら、その日あった出来事を延々としゃべるのだ。まるで、離れていた時間を取り戻そうとするかのように。

ほっとしてニーアは荷物を下ろした。ヨナのおしゃべりを背中で聞きながら、台所に火をおこす。と、乾いた咳と共に、ヨナの言葉が止まる。その咳が俄に激しくなった。

「おしゃべりしすぎだ、ヨナ。少し静かにしないと」

振り返ろうとした瞬間、ごぼっと音がした。咳き込みすぎて吐いてしまったらしい。あわてて駆け寄ろうとしたニーアは、その場に凍りついた。口許を押さえたヨナの両手が黒く染まっている。吐瀉物《としゃぶつ》とは明らかに違う、重苦しい臭気。血の臭いだと遅れて気づく。

「おにい……ちゃ……いた…い……」

泣き出しそうな顔で立ち上がろうとしたヨナが、また咳き込んだ。赤黒い血の塊《かたまり》が指の間からずるりと滑り落ち、床の血溜《ちだ》まりで跳ねた。それはまるで、何かが生きて蠢《うごめ》いているかのようだった。忌《い》まわしい言葉が脳裏《のうり》をかすめる。黒文病《こくもんびょう》。黒き死神とも呼ばれる病だった。

4

「とりあえず、これで落ち着くと思うから」

部屋から出るようにと、ポポルがニーアを目で促《うなが》した。ようやく眠りについたヨナの傍《かたわ》らに付き添っていたデボルも、うなずいた。

あの後、何をどうしたのか、よく覚えていなかった。背中が痛いと泣くヨナを抱きかかえ、表に飛び出したのは覚えている。デボルに出会《でくわ》して、家へ戻れと言われたような気がする。我に返ったときには、デボルと一緒に血で汚れた床を拭いていた。いつの間にかポポルがいて、ヨナに薬を飲ませてくれていた。

誰よりも頼りにしている二人が来てくれたのに、不安は膨らむばかりだった。

父さんが死んだ時には母さんがいた。母さんが死んだ時にはヨナが。じゃあ、ヨナが死んだら？真っ暗な穴に吸い込まれていくようで、その先を考える事はできなかった。

「なんで……なんでヨナが？」

階下に下りてポポルと二人になるなり、ニーアは言わずにいられなかった。

「あんなに小さいのに。僕がちゃんと世話をしなかったから？　食べ物が悪かったから？」

「いいえ。あなたの世話が足りなかった訳でも、食べ物のせいでもないわ」

「だったら……もしかして、母さんの……」

声が震えて、その先を続ける事ができなかった。

もしかして、母さんのせい？

五年前、突然に倒れて死んだ母親は黒文病だった。ずっと後になって、ポポルが教えてくれた。子供達に悟られまいと、無理に無理を重ねて症状を隠していたのだろう、と。

「いいえ。いいえ。それも違うわ。黒文病の原因はわからないけれど、少なくとも親から子へ伝わる病ではないし、人から人へ感染する訳でもないの」

体質とも生活習慣とも因果関係が認められず、頑健な者が罹患《りかん》する事も珍しくない。これは、母親の死因を教えてくれた際にポポルが説明してくれた事だ。

「もしかして、ポポルさんにはわかってた？」

或《ある》いは、デボルにも。ヨナの咳を聞いて、ポポルのところへ行けと言ったのはデボルだ。そして、ポポルは咳止めを与えずに様子を見るようにと言った。いつもの薬では効果がないとわかっていたのだろう。

「間違いだったらいいと思っていたの。でも、わたしもデボルも、黒文病の患者を見た事があるから……」

ポポルは消え入りそうな声で言って、俯いた。

「ヨナは……これからどうなるんですか」

いつまで生きていられるのか、とは訊《き》けなかった。黒文病が死に至る病で、特効薬も治療法もない事は知っていた。誰もが恐れる病だからこそ、誰もがある程度の知識を持っている。しかも、ニーアにとっては母親を奪った病だから、無関心ではいられなかった。大人達が黒文病について話していれば、つい耳を欹《そばだ》ててしまう。

「個人差はあるけど、熱と咳、痛みが続く事になるわ。ヨナちゃんは背中が痛いと言ったけど、正確には骨から来る痛みなの。人によっては、足の骨が痛んだり、腕の骨だったりするんだけど」

症状が進めば、痛む箇所も全身に広がっていくという。やがて動く事もままならなくなり、じっと横になっていても痛みに悩まされるようになる。また、血を吐く事でますます衰弱し、症状が急激に悪化したりもするらしい。

母さんはそんな苦痛をこらえて笑っていたのかと、今になって胸が苦しくなった。

「体に黒い文字のようなものが浮き出るようになったら、もう長くない……」

「何か方法はないんですか？」

愚かな質問だとわかっていた。わかっていてもなお、訊かずにいられなかった。

「薬を飲ませれば、幾らかでも痛みを抑える事はできるけど。ただ、根治《こんじ》できる訳ではないし」

「痛みだけでも止められるんですよね？　だったら」

ヨナに辛い思いをさせたくない。せめて痛みだけでも消してやれるのならと思う。だが、ポポルは小さく頭を振った。

「黒文病の痛みを止める薬は、他所から取り寄せなければならないの。咳止めや熱冷ましのように、村の近くで材料を調達できないから」

つまり、高価な薬だという事だ。咳止めや熱冷ましはニーアがいつも薬草を摘んできていたから、必要になるたびにポポルから貰《もら》えばよかった。だが、他所《よそ》から取り寄せる薬となると、そうはいかない。

「それでも……ヨナの為なら」

ポポルは悲しげに目を伏せ、もう何も言わなかった。

5

ヨナの為なら何でもする。兄としての偽らざる気持ちだったが、現実はそれほど甘くなかった。全く蓄えがなかった訳ではない。母親の死後、父親からの手紙と共に幾《いく》ばくかの現金が大切に保管されているのを見つけた。何かの時の備えにと、ニーアはその金に手を付けずにおいた。おそらく、母親もそう考えて保管していたのだろう。

たいした金額ではなかったが、いざという時に使える現金があるという事実は心強いものだった。だから、痛み止めの薬が高額だと聞いても、何とかできると思った。

実際、痛み止めの薬はよく効いた。咳と微熱は続いたが、もともと黒文病の咳は乾いた軽い咳である。季節の変わり目の咳のように眠れないほど酷いものではない。痛みさえ抑えられれば、体への負担は格段に軽くなる。

問題は、その薬を飲み続けねばならないという事だった。薬が切れれば、容赦《ようしゃ》なく痛みが襲ってくる。だから、少なからぬ金を払って薬を買い続けなければならない。蓄えはたちまち底をついた。

「おにいちゃん……もうおでかけするの？」

ヨナが眠そうに目を擦《こす》りながら起き上がった。音を立てないように身支度をしたつもりだったが、気配を感じて起きてしまったのだろう。

「今日はゼンマイを摘みに行くから、早めに出ないと。ヨナはまだ寝てていいよ」

「こわい羊さんがいるとこまでいくの？」

ヨナの顔が曇った。ゼンマイは北の平原に多く生えている。ただ、そこはマモノの姿が頻繁に確認されている場所で、野生の羊も多数いた。

「ごめんね。ヨナがびょうきだから、おにいちゃんは……」

「心配すんな」

ヨナの言葉を遮《さえぎ》って、ニーアは笑ってみせる。

「羊だったら、にいちゃんだって負けないさ。去年、羊の肉を獲《と》ってきたことあったろ？」

もっとも、あの時には村の大人も一緒だったし、ニーアが倒した羊は罠に掛かって弱っていた。

「今日はゼンマイ採りだけど、そのうちまた、ヨナに羊の肉を食べさせてやるよ」

ヨナを安心させる為の嘘、という訳でもない。一年前よりも腕力はついたし、足も速くなっている。ちゃんとした武器さえあれば、もう羊くらい狩れるだろう。そのちゃんとした武器を手に入れるのが、最も難しい問題だったりするのだが。

「じゃあ、行ってくる」

気をつけてね、と手を振ろうとしたヨナがまた咳き込んだ。

平原へ向かう前に、南門に回った。この時間ではまだ村人の大半が寝床の中で、店の集まる通りにも人の姿はない。静まりかえった通りに自分の足音だけが響く。

やがて、水車の回る音と雌鶏《めんどり》の声とが聞こえてくる。鶏飼いの妻が卵集めをしている時分だろう。果たして、南門のそばには見知った姿があった。

「おはようございます」

草むらの中の卵をうっかり踏んでしまわないように、ニーアは少し離れたところから声をかけた。鶏飼いの妻が顔を上げた。

「おはよう、ニーア。今朝は早いのね」

「あの、もしも、何か仕事があったら……」

ヨナの薬代を稼ぐために、ひとつでも多く仕事が欲しかった。だから、道行く村人を捕まえては、何か仕事がないか尋ねるのが習慣になっていた。

「ごめんなさいね。今は手が足りているから、何もお願いできる事がないのよ」

鶏飼いの妻は済まなそうに言った。もともと夫婦二人で世話が行き届く程度の鶏しか飼っていないのだ。この辺に生えている草や土中の虫で養える鶏の数となると、さほど多くはない。数を増やせば、わざわざ餌を買って養わねばならなくなる。鶏飼いの夫婦は、それができるほど裕福ではなかった。

「そうだわ。海岸の街に行く用事があったら、貝殻を拾ってきてちょうだい」

「貝殻？」

「砕いた貝殻を食べさせると、良い卵を産むようになるんですって」

「じゃあ、何かおつかいを頼まれたら、拾ってきます。すぐにって訳にはいかないけど」

「もちろんよ。急ぎのものじゃないから、ついででいいの」

海岸の街は、用事ひとつで出かけるには遠い。それに、あの街はニーアにとって好ましい場所ではなかった。たった一度、足を運んだだけだが、あの街には不愉快な記憶しかない……。

再び店の立ち並ぶ通りを走って北門へ向かう。まだ村人の姿はない。いつもなら二人いる北門の門番も、一人しかいなかった。例によって、何か仕事がないか尋ねてみたが、門番は困ったように首を振った。

「その代わり、ここを通る奴らに何か用事はないか、訊いといてやるよ。帰りにでも、また寄ってみてくれ」

「ありがとう」

「あまり期待はするなよ」

門番が釘を刺すのも無理はなかった。この村の人々は誰もが優しいが、同時に誰もが貧しい。他所の街なら鶏の餌になるような屑麦《くずむぎ》も、釣り餌にするような貧弱な川魚も、この村では貴重な食料だった。

不足しがちなのは食料だけではない。働き口も極端に少なかった。人を雇うだけの財力を持つ者などほとんどいないからである。比較的恵まれている村人でも、仕立てや繕い物の手間賃を払うのがせいぜいだった。自分の店や家畜を持っている者と門番を除いて、大人の男は他所へ働きに出るしかない。かつて、ニーアの父親もそうした一人だった。

だから、村の人々がニーアに与える「仕事」は、むしろ施《ほどこ》しに近い。小銭や食べ物と引き換えにできるような用事を彼らはわざわざ探してくれている。これ以上、村の中で収入を得るのが難しい事くらい、わかっていた。

かといって、ニーアはまだ十五歳、他所の街へ行ったとしても雇ってもらえる年齢ではない。早く大人になりたいと痛切に思った。まとまった金を稼げるようになりたい。このままでは、薬代どころか、明日の食事にすら事欠くようになってしまう……。

半日かけて平原でゼンマイを摘み、村に戻った。門番は約束どおり、北門を通る人々に声をかけてくれていたが、ニーアの手を借りたいという者はいなかったという。

デボルに相談にも行った。酒場で歌うデボルは、村の事情通でもある。村の人々が知恵を借りにポポルの許へ行くように、彼らにとって、デボルは愚痴《ぐち》をこぼしたり、悩みを打ち明けたりする相手だった。だから、今、誰が人手を欲しがっているか、デボルはよく知っている。

しかし、今日はそのデボルも首を横に振るばかりだった。

「なあ、ニーア。ちょうど家を探している婆さんがいてさ。遠くに住んでた息子夫婦が戻ってくるからって」

「デボルさん、それって……」

「家を売れば、当面はしのげる。図書館には部屋が余ってるから、おまえ達二人が寝泊まりする場所くらい、何とでもなる」

家を売るなど、考えた事もなかった。古くて小さな家だから、売値は知れたものだろうが、それでもヨナの薬代にはなる。もしも薬を買えなくなったらという不安からは解放される。

「考えてみる気はないか?」

首を縦に振るのが正しいとわかっていた。もはや蓄えも底をついた。家を売り、ポポルに頼んで図書館の一室で寝起きさせてもらうのが一番いい。

頭ではわかっていたのだが、うなずく事ができなかった。幼い頃から病弱で、家の中で過ごしてばかりだったヨナにとって、あの家は特別な場所だ。何より、死んだ母親につながるたったひとつの場所である。母親の服も身の回りの品も、薬代の為に手放してしまった。形見らしい形見の残っていない今、家まで取り上げるのは忍びない。

「僕は、やっぱり……」

それ以上、言葉が続かずにニーアはただ俯いた。わかった、とデボルの声がして、ニーアは顔を上げる。

「そうだよな。うん、わかった」

長々と説明する必要などなかった。自分達兄妹の事を誰よりもわかってくれているのは、デボルとポポルの姉妹なのだ……。

「ごめんなさい。僕らの為を思って言ってくれたのに」

「いや。おまえなら、そう答えるんじゃないかって気がしてた。こっちこそ悪かった」

重たい扉を押し開けて、ニーアは酒場を後にした。今日はもう他に仕事がなく、明日の予定も決まっていないと思うと、気が沈んだ。

家に戻る途中、若い母親が「そっちに行っちゃだめ」と子供を引き戻しているのを見て、ますます気が滅入った。村の母親達が我が子に、ニーアの家の近くで遊ぶのを禁じているのは薄々知っていた。彼女達はヨナの黒文病が感染するのではないかと恐れていたのだ。

もちろん、黒文病が人から人へ感染しないという知識は村人の誰もが持っている。だから、あからさまにニーアを避けるような事はせず、今までと同じように接してくれる。

それでも、村人達は不安なのだ。黒文病は伝染病ではないと言われているが、それは人から人へ感染しにくいというだけではないのか。大半の者が感染しなかったとしても、特定の者には感染するのではないか。原因がわからない以上、絶対と言い切れる事実はひとつもない。

母親が必死になって病を隠していたのは、ニーア達に心配をかけまいとしただけではなかった。周囲に知られれば、わずかな仕事さえもらえなくなるかもしれないと恐れたのだろう。どれほどの苦痛に苛《さいな》まれたとしても、子供達を養えなくなるよりましだと考えた。

もしも、母親の死因が村人達に知られていたら、今頃どうなっていた事かと思う。村人達は、これほど自分達兄妹に親切にしてくれただろうか？　まして、ヨナが同じ病を発症したと知ったら？果たして「そっちに行っちゃだめ」だけで済んだだろうか？

重りをつけたような足をひきずり歩いていたニーアは、はっとした。畑に水を撒《ま》いたのは、いつだった？

乏しい現金は全て薬代に消えていく。せめて、食べるものくらい買わずに済ませたかった。母親が生きている頃は庭を畑にしていたのだから、不可能ではない筈だと考えた。それで、雑草を抜いて土を掘り起こし、わずかばかりの種をやっと手に入れて蒔《ま》いてみた。

間に合ってくれ、と念じながら走る。必死で地面を蹴り、崩れた塀《へい》を跳び越える。が、庭に降り立ったニーアはその場で膝《ひざ》をついた。

やっと本葉が出始めたばかりの苗《なえ》は、一本残らず立ち枯れていた。今日は朝が早かった。昨日は朝から夕方まで、使い走りが重なって、途中で家に戻る時間が取れなかった。一昨日は……。

振り返ってみれば、母親は神経質なほど水やりに気を配っていた。鶏の世話はニーアに任せても、畑には手を出させなかった。痩《や》せた土壌で作物を育てるのは難しいと知っていたからだろう。

この貧しい村で、子供二人だけで生きていくなど、所詮《しょせん》、無理な話だったのだろうか。やはり、家を売るしかないのか。家の中にはもう、換金できる品など残っていない……。

全ての望みが絶たれたかに思えた瞬間、その考えがするりと胸の内に滑り込んできた。まだ売るものはある。そう、たったひとつだけだが、残っている。

立ち上がろうとしたが、できなかった。酷く重たいものが背中に乗っているような気がした。早く家の中に入って、ヨナに食事を作ってやって、薬を飲ませて、それから明日の支度をして……やらねばならないことが幾つも頭の中に浮かんだが、それでもニーアは動けずにいた。

6

「おにいちゃん、きょうは、どこいくの？」

身支度の様子でニーアが遠出をすると気づいたのだろう、ヨナが不安そうに見上げてくる。

「海岸の街までおつかいに行く」

口を閉ざしたまま、ヨナが上着の裾を摑んでくる。何かを察したのかもしれない。

「貝殻を拾ってきてくれって頼まれたんだ。鶏に食べさせると、いい卵を産むようになるからって。砕いて食べさせるって言ってたけど、そんなもの、鶏が食べるのかな」

嘘はついていない。昨日、鶏飼いの妻と話しておいて良かったと思う。全部、本当の事だ。それでも、ヨナはまだ上着の裾を離そうとしない。

「おつかい、それだけ？」

「いや、もちろん、他にも頼まれてるよ。遠くまで行くのに、貝殻拾いのお駄賃だけじゃ、割に合わないだろ」

今度は嘘をついた。他には何も頼まれていない。

「花屋のおばさんが球根を買ってきてくれって。ほら、チューリップの球根は、海岸の街にしか売ってないからさ」

しゃべりすぎかもしれない。そう思っても、止められなかった。嘘をつき続けていないと隠しきれない、ヨナに何もかも見抜かれてしまう、そんな気がした。

「それから素材屋のおじさんには……」

「今夜はヨナ、ひとりなの？」

うつむくヨナを見て、安堵した。見抜かれた訳ではなかった。ヨナは寂しがっていただけだ。半年前の留守番を思い出して不安になったのだろう。

海岸の街は遠い。しかも、凶暴なマモノが出没するという南平原が途中にあるから、陽が高い時間にしか移動できない。どんなに急いで用事を済ませても、日帰りは困難なのである。

「おつかい、たくさんあったら、すぐにかえれないよね」

「この前だって、一人で留守番できたろ？　あのときよりヨナは大きくなったんだから」

留守番も大事なお手伝いだよと言い聞かせると、ヨナはやっと上着の裾を離した。

不安げな顔で見送るヨナに背を向け、ニーアは後ろ手に扉を閉めた。振り返らずに走った。ここで立ち止まったら、一歩も進めなくなってしまいそうで怖かった。

息が続かなくなるまで走り続け、ようやく足を止めた。振り返っても村は見えない。歩きながら呼吸を整える。体力を温存しておく必要があった。マモノは足が速い。十分な距離があるうちに発見して、全力で走らなければ逃げ切れないのだ。

大型のマモノが出没する南の平原は、もう目の前だった。どの辺りで距離を稼げばいいか、安全に休めるのはどこか、以前に比べれば勝手がわかっている。なのに、以前よりずっと緊張していた。

初めて海岸の街へのおつかいを頼まれたのは、半年前だった。街に住む人に急ぎの手紙を届け、花屋でチューリップの球根を、素材屋で天然ゴムを買ってくる事。

ヨナを一人で置いておく事に不安を覚えつつ村を後にし、遠目に見る巨大なマモノの姿に驚き、必死で平原を駆け抜けた。初めて見る海は美しかったが、街全体を覆《おお》う魚臭い空気には閉口した。歩き回るうちに髪や肌がべたつき、気持ちが悪かった。それが海から吹く風のせいだと教えてくれたのは、花屋の女性だった。

球根と素材を買った後、手紙を届ける為に、大きな家の立ち並ぶ一画に足を踏み入れた。その辺りは道が入り組んでいる上に、建物に遮られて見通しが悪い。やっとの思いで手紙を届けたものの、帰り道がわからなくなってしまった。

時間帯のせいなのか、もともと出歩くのを好まない人々ばかりが住んでいるのか、道を尋ねようにも人の姿がない。目印になるようなものもない。闇雲《やみくも》に歩き回ったせいで、ますます自分がどこをどう歩いているのかわからなくなってしまった。

歩き疲れて、見知らぬ家の門扉《もんぴ》にもたれて休んでいた時だった。

『そこで何をしている？』

鋭い声が飛んできて、ニーアはあわてて門扉から離れた。咎《とが》められていると、はっきりわかる口調だった。

『この辺の子供じゃないな。迷ったのか』

これで道を教えてもらえると思い、ほっとした。だから、男が門扉を開けて出てきた時にも全く警戒しなかった。一人で来たのかと問われ、素直にうなずいた。

にたりと男が笑った。後ずさろうとしたが、腕を掴まれた。口を塞《ふさ》がれ、家の中へ引きずり込まれそうになった。男は思いのほか力が強かった。

『金が欲しくないか？』

耳許でささやかれ、全身に鳥肌が立った。渾身《こんしん》の力で男の腕を振りほどいた。背後で男が声をたてて笑った。

『金が欲しくなったら、いつでも来い』

その声から逃れたくて、必死で走った。走って、走って、気がつくと海岸に出ていた。それでも男の声がしつこく追いかけてくるようで、ニーアは走り続けた。

幸いにも、海岸の街に用のある村人は多くはなかった。仮に用があっても、何かのついででいいと言われた。おかげで、半年の間、忘れていられた。あの不愉快な出来事も、男の笑い声も。

なのに、また来てしまった。海岸の街が見えてくると、ニーアの足取りは自然と重くなった。また迷ってしまえばいい、辿り着けなければいいと思った。だが、皮肉な事に、今度は迷わなかった。目的の家は、街の入り口のすぐそばだったのだ。

改めて見れば、立派な家だった。裕福な男なのだろうな、と考えた瞬間、あの笑い声が耳に蘇《よみがえ》り、足が震えた。踏み込んでしまえば、引き返せなくなる……。

心のどこかで引き返す口実を探している自分に気づいた。何もかも放り出してしまえ、もういい、もう十分だ、これ以上背負いきれない、と自分の中で声がする。

だめだ。ここで引き返したら、ヨナはどうなる?

母の死後、ずっとヨナが心の支えだった。明日ヨナに何を食べさせるか考えていれば、遠い未来への不安から目を逸《そ》らしていられた。ヨナの看病に追われていれば、母の不在を忘れていられた。子供だった自分が今までどうにか頑張れたのも、ヨナがいたからだ。

「ヨナの為だ」

声に出すと、心が決まった。ニーアは静かに門扉を押した。

7

ヨナは小康状態を保っていた。痛みが消え、多少なりとも食欲が戻ると、庭に放した鶏に餌をやったり、図書館に遊びに行ったりできるようになった。咳は続いていたが、幸いにも血を吐く事はなかった。

何日かに一度、ニーアが海岸の街へ出かけていく時だけ、ヨナは寂しさと不安を訴えたが、それ以外は笑顔で過ごしていた。

これで良かったのだ。自分はヨナの笑顔を取り戻した。今もこうしてヨナを守っている。それでいい。その事実さえあれば。ヨナの薬代を手に入れるたびに、自分の中で何かが壊れていくような気がしたとしても。

そんな事を考えながら、ニーアは村の通りを歩いていた。何も考えずに眠りたいと思った。海岸の街からの帰りはいつもそうだ。いつからだろう、行きよりも帰りのほうが辛いと感じるようになったのは。

名を呼ばれた気がして、ニーアは立ち止まった。デボルだ。いつの間にか、噴水の前に来ていた。

「どうした？　具合でも悪いのか？」

いいえ、と首を横に振る。嘘はついていない。ただ疲れているだけだ。

「ちょっと、考え事してて」

「そうか。なら、いいんだ」

常と変わらぬデボルの笑顔に、なぜだか息苦しさを覚えた。

「へえ。後ろ、結ってるんだ？」

「邪魔に……なるから」

これまで無造作に束ねていただけの髪を、きっちりと結い上げるのが習慣になっていた。あの時以来、ずっとだ。

「なるほど。器用なもんだ」

デボルは感心したように言うと、何気ない仕種《しぐさ》でニーアの髪に手を伸ばしてきた。別段、深い意味があっての事ではないとわかっていた。幼い頃から、デボルには幾度となく頭を撫でてもらった。だから、わかっていたのだが。

「ニーア？」

気がつくと、力任せにデボルの手を払いのけていた。髪に触れられた瞬間、前夜の記憶が蘇った。

何か言わなければデボルに訝《いぶか》られると思ったが、声が出ない。

海岸の街に通うようになってからというもの、髪に触れられるだけでなく、自分自身の肩に髪が触れるのさえ不愉快でたまらない。

どうしても思い出してしまうのだ。あの男が手荒に髪を摑んだ時の事、その後に強いられた事。忘れようと努めても、それは五感のひとつひとつに刻みつけられているようで、しつこく蘇ってはニーアを苦しめた。

いっそ髪を根元から切ってしまいたいとさえ思ったが、それをすれば理由を問われるだろう。うまく答えられる自信もなかったし、問われればあの男を思い出す。それで、髪が肩や首に触れないように結うだけにした。

「悪い悪い。せっかく結ったのに、解けたら嫌だよな」

ごめんなさい、とやっと口にできた言葉は掠《かす》れていて、自分の声とは思えなかった。

「あ、そうそう」

デボルは弦を爪弾きかけたが、思い出したように言った。

「ポポルが呼んでた。家に帰る前に寄ってやってくれ。それから……」

「それから？」

「あまり無理はするなよ」

ニーアは曖昧《あいまい》に微笑んだ。疲れている様子を見て心配してくれたのだろうが、デボルは何も知らない。知っていたら、こんなふうに気遣ってはくれないはずだ。まるで汚らわしいものでも見るような、蔑《さげす》みの視線を向けてきただろう。

ポポルにも同じ事を言われるのではないかと思ったが、違った。ポポルは具合が悪いのかとは訊かなかったし、無理をするなとも言わなかった。

「仕事をお願いしたいのだけど」

その淡々とした物言いに、救われる思いだった。今は心配されたり同情されたりするよりも、むしろ素っ気なくされるほうが有り難い。

「ただ、とても危ない仕事なの。これをあなたに頼んでいいものかどうか……」

ポポルがためらいがちに言葉を切った。

「どんな仕事なんですか」

「マモノ退治よ」

南平原で見た黒い巨大な姿を思い浮かべた。倒すどころか、一人では動きを止める事すらままならないであろう姿。それでも、この話を断ろうとは思わなかった。

「もちろん、あなた一人じゃないわ。他所の街や村から三人くらい来てくれる筈よ」

ニーアを入れて四人。その人数でマモノの巣を駆除するのだという。北平原に出没するマモノは、そこから涌《わ》いている可能性が高い。幸い、それらは小型で、素人でも十分に駆除が可能だとポポルは説明した。

「他の大人もついているし、そんなに強いマモノではないけれど……」

さほど強くなかったとしても、相手がマモノである以上、危険なことに変わりはない。多少の怪我は覚悟しなければならないだろうし、多少では済まない場合もあるだろう。運が悪ければ、命を落とすかもしれない。ポポルがためらうのも道理である。しかし、ニーア自身の気持ちは決まっていた。

「放っておく訳にはいかないんでしょう？」

北平原にマモノが増えれば、村にも危険が及ぶ。

「だったら、僕が行きます。それに、ヨナの薬代も稼がないと」

危険は厭《いと》わない。海岸の街に行かずに済む仕事であれば。

「なら、あなたに任せるわ。危険な仕事だけど、それに見合うだけの報酬はあるから」

金額を聞いて、ニーアは耳を疑った。それだけの金を得ようと思ったら、何度、あの男の家に足を運ぶ事になるだろう？　何度、あの屈辱に耐えねばならないだろう？

自分自身の値段と、マモノ退治の報酬とのあまりの差に愕然《がくぜん》とした。

「やります。危なくたって構わない」

「本当に気をつけてね」

ポポルの双眸《そうぼう》には、悲しみとも苦しみともつかない、まして、同情とも憐憫《れんびん》とも違う、暗い色があった。それを見て気づいた。

ポポルは、そして、おそらくデボルも、知っていたのだ。高価な薬を購《あがな》う為の金をどうやって得ているのか。その対価として何を差し出しているのか。それに気づいたから、危険を承知で高額な報酬を得られる仕事を斡旋《あっせん》した。

知られたと思った瞬間、羞恥《しゅうち》で顔が熱くなった。同時に、いつもと変わらない態度でいてくれるデボルとポポルに感謝した。なぜ、蔑まれるなどと思ったのだろう。彼女達がそんな態度を取る筈がないのに。

「ポポルさん、ありがとう」

だが、ポポルの瞳から暗い色が消える事はなかった。

8

集合場所は、村の北門だった。この村には余所者《よそもの》が少ないから、そこにいた男二人が自分と同じ仕事を請け負った者達だと、すぐにわかった。

しかし、彼らのほうはまさかこれほど年少の同行者がいるとは思わなかったのだろう。ニーアの姿を見るなり眉《まゆ》をひそめ、追い返しにかかった。

「ガキは帰れ。俺達は遊びに行く訳じゃねえんだ」

「わかってます。だから……」

「帰れ。ガキが死ぬとこなんざ見た日にゃあ、寝覚めが悪い」

せっかくの仕事を失いたくない。何としてでも同行させてもらわなければ。ニーアが食い下がろうとした時だった。

「何を揉めている？」

聞き覚えのある、だが、思い出したくもない声がした。振り返って確かめるまでもなく、それが誰なのか、わかった。

「なんだって、おまえがここにいる？　ああ、そうか。この村の者だったのか」

海岸の街の男だった。なぜこいつがという疑問は、男が携《たずさ》えている剣を見た瞬間に氷解した。男の家には夥《おびただ》しい数の剣があった。金に飽かして買い集めたものらしい。どれも人を斬《き》った痕跡《こんせき》のある剣ばかりだと、男は自慢げに言った。歪《ゆが》んだ性癖を持つ者は、その収集癖もまた歪んでいるのだろう。

二人の男と、海岸の街の男は顔見知りのようだった。会話の端々《はしばし》から、彼らがこうした仕事で少なからず顔を合わせている事が窺《うかが》い知れた。海岸の街の男は、蒐集品《しゅうしゅうひん》を実用的に愉しむ場として、マモノ狩りを請け負っているのだ。

「このガキ、あんたの知り合いなのか？」

「ああ。よく知っている。な？」

海岸の街の男は、意味ありげな笑みを浮かべてニーアを見た。

「こいつなら、足手まといにはならんだろう。大の男を突き飛ばすだけの腕力もあれば、逃げ足の速さも相当なもんだ」

初めて会った時の事を言っているのだ。ニーアはたまらず顔を背けた。が、男は面白がっているのだろう、しつこく顔を覗《のぞ》き込《こ》んでくる。

「女みたいな顔してるくせに、これがなかなか強情で、しかも辛抱強いときてる」

手も足も硬く強《こわ》ばって、言う事をきかなかった。馴れ馴れしく肩にのせてきた手を振り払う事すらできない。

「案外、使えるかもしれん。俺としては、こいつがマモノに怯《おび》えて泣き叫ぶところを見てみたいもんだがね」

「あんたがそこまで言うなら、連れていくか」

いくら憎んでも飽き足らない男の口添えで同行を許された。仕事を失わずに済んだ。これほどの屈辱があるだろうか？

ヨナの為だ、何もかも、ヨナを守る為なんだ……。

両の拳をきつく握りしめ、何度も心の中で繰り返していると、不意に後頭部を押さえつけられた。

「なんだ、その目は？」

いや、押さえつけるというほどの力ではない。なのに、動けなかった。

「妙な気を起こすな。俺はそう教えた筈だが？」

低い声だった。他の二人には聞こえないであろうささやきが、生温かい息と共に耳朶《じだ》に触れた。まるで毒を流し込まれているようで、ニーアは奥歯を噛み締める。

結い上げた髪をまさぐる指に力を感じた。と、ばさりと音をたてて髪が解けた。男が笑いながら離れる。

早く髪を結び直さなければと思ったが、うまくいかない。取り落とした紐《ひも》を拾い上げながら、ニーアは自分の手が震えている事に気づいた。

9

そのマモノの巣は、平原に面した山岳地帯にあると目されていた。曲がりくねった狭い道の奥に洞窟《どうくつ》があることは前々から知られている。陽の光を嫌うマモノが棲み着いても不思議はない。

山道に分け入る頃になると、必要以上に腕や肩に力が入っているのを感じた。剣を持つのは、村の大人達と共に羊を仕留《しと》めた時以来である。あのとき持たされたのは、獣を倒すための鈍物《なまくらもの》だったが、今回は違う。この仕事の為にポポルが貸してくれたのは、図書館の物置部屋にあったという古い片手剣だった。

人を斬った痕跡がどういうものなのか、ニーアにはわからない。ただ、暗く光る刃にただならぬものを感じた。一度ならず血を吸った剣だと直感した。

そんな物騒な代物でありながら、持ってみると違和感なく手に馴染《なじ》んだ。あたかも、ニーアが手に取るのを剣のほうで待っていたかのように。

「妙に湿っぽい風が吹くな」

先頭を歩いていた男が首を傾《かし》げた。言われてみれば、空気の冷たさ重さが、雨の降る直前に似ている。それでいて、見上げる空は青く、一片の雲もない。

「早いとこ片づけて帰るとしようぜ。降られたら厄介だ」

洞窟まではまだ距離があるという。自然、歩みは速くなった。雲がなくても、急速に空模様が変わることはある。

ところが、その予想は外れた。急速に悪くなったのは天候ではなく、視界のほうだった。

「霧⁉」

湿気を含んだ風は濃霧が出る前兆だったらしい。いつの間にか、空の色もわからないほどの霧が辺りを覆っていた。

「どうする？　引き返して仕切り直すか？」

「洞窟に入っちまえば霧なんざ関係ねえだろ」

さっさと行こう、と先頭の男が言いかけた時だった。白い霧の向こうに黒い影が幾つも見えた。

「マモノだ！」

咄嗟に振り返ると、背後からも黒い影が近づいてくる。囲まれたのだ。それも尋常な数ではない。

「わかった！　洞窟にマモノが棲み着いたんじゃねえ！　洞窟引っくるめて、ここら一帯全部がマモノの巣なんだ！」

洞窟でなくても、陽の光さえ遮断されればマモノは活動できる。もともと山沿いは日照時間も短い。狭い山道と頻発する濃霧は、マモノの生息地として十分な条件を備えていた。

来るぞ、という叫び声を聞いた。黒い影が目の前に迫る。ニーアは手にした剣を力任せに振り下ろした。

刃から伝わる手応えは、鈍く重たい。羊を仕留めた感触によく似ている、と思った時だった。赤い色を見た。生温かい液体を浴びた。血だ。ヨナの吐いた黒い血と同じ臭い。初めて目にするマモノの血に、ニーアは戸惑った。

影のようにしか見えないマモノだが、斬れば獣と同じ手応えがあり、赤い血を流す。しかし、倒した後に死骸は残らない。斬られたマモノは黒い霧となって形を失い、赤黒い血溜まりだけが残る。

マモノとはいったい何なのか？

だが、その疑問もすぐに頭の中から消え去った。それどころではなかったのだ。小型で弱いマモノとはいえ、数が多すぎる。何も考えていられなくなった。

無我夢中で剣を振り、夥《おびただ》しい返り血を浴びた。殺しても殺しても、霧の向こうから黒い影が現れた。その姿は奇妙なほど人間と似ている。頭があり、手足があり、直立して移動する……。

いつしか、自分の斬っている相手が人なのか、人でないのかすら定かでなくなった。

もしかしたら、自分はマモノではなく生きた人間を斬っているのではないか？　この粘ついた赤い液体は、人間の血なのではないか？

ふと気がつくと、見覚えのある服が目の前にあった。海岸の街の男だ。秘蔵の剣を試すのに夢中らしく、ニーアがすぐそばにいるのに全く気づいていない。男が薄笑いを浮かべているのが見えた。頭から返り血を浴びたその姿は、人間というより化け物だった。

今の今まで、自分も同じ顔をしていたのだろう。この男と同じ表情で、マモノを殺し続けていたに違いない。心のどこかで、殺戮《さつりく》を面白がっていたのだから。何体も立て続けにマモノを倒せるようになると、自分を誇らしく思いさえしたのだから。

化け物はどっちだ？　マモノか？　それとも、自分達のほうなのか？

霧がまた深くなった。

10

どれだけの数のマモノを倒したのか、もはや見当もつかなかった。まだ頭の芯が痺れていて、うまく考えがまとまらない。ただ、辺り一帯のマモノの大半を駆除したという確信だけがあった。ニーアは大きく息を吐いて、来た道を引き返した。

たいした怪我はしていなかったが、擦り傷や打ち身の類は避けようがなかったらしい。身体のあちこちが鈍く痛んだ。手足に浴びた返り血はすっかり乾いていて、動かすたびに突っ張るような奇妙な感覚があった。自分では鼻が慣れてしまってわからないが、きっと酷い悪臭をまとわりつかせているに違いなかった。

とにかく、早く身体を洗いたい。走るだけの体力は残っていなかったから、できる限り早足に歩いた。

やがて視界から霧が消え、二人の男に追いついた。村の北門の前で、ニーアを追い返そうとした二人だ。彼らの一人は足を引きずっていて、もう一人の左腕はあらぬ方向に捻《ね》じ曲がっていた。

自分が擦り傷や打ち身で済んだのは、途轍もなく幸運だったのかもしれない。彼らの姿を見て、そう思わずにいられなかった。

ニーアの姿を見ると、二人の男は揃《そろ》って目を見開いた。マモノにやられたと思っていたらしい。

「おまえ、生きてたのか！」

ニーアは黙ってうなずく。

「たいしたもんだ。足手まといどころか、ぴんぴんしてやがる。あいつの言うとおりだったな」

そこまで言って、男の顔色が変わった。

「あいつはどうした⁉　一緒じゃなかったのか⁉」

今度は首を横に振った。

「……だろうな。まさか、あれほどの数がいるとは思わなかった。俺達が生きているのだって、奇跡みたいなもんだ」

男は小さくため息をつくと、済まなかったとニーアに詫《わ》びた。

「やっぱり連れてくるんじゃなかった。子供にはきつかったろう」

「いえ……」

これで痛み止めの薬を買ってやれる。ヨナが辛い思いをせずに済む。

「妹の為だから」

そうだ、ヨナのためなら何でもする。どんなに危険な仕事でも、どんなに汚い行為でも。

「そうか。何にしても無事で良かった」

左腕を負傷した男は、右手でニーアの背を叩き、帰ろうと言った。片足の動かない男に肩を貸してやり、ニーアはしばらく無言で歩いた。

山道を抜け、周囲に気を配りながら、北平原を横切る。ここで襲われたらひとたまりもないが、晴天が幸いしたのか、見渡す限りどこにもマモノの姿はない。

ふと南平原で見た巨大なマモノを思い出した。あれにも手足があり、直立して歩いていた。

「人とマモノがあんなに似てるなんて、思わなかった」

幼い頃は「真っ黒オバケ」と呼んでいた。初めて本物のマモノを見た時には、影のようだと思った。けれども、マモノと人間を結びつけて考えた事など一度もなかった。

「そうか？　そんなに似ていたか？」

二人の男がそれぞれに首を傾げる。

「斬れば血を流すし、手応えだって……」

「それを言うなら、羊や山羊も同じだろうが。血を流すし、斬った感触だって、マモノと似たようなもんだ」

妙な事を考えるガキだと、二人の男は笑った。どうやら、彼らはマモノと人の違いなど考えた事もないらしい。

「まあ、実際に人間を斬ってみたら、マモノとも羊とも違うかもしれんぞ。これぱっかりは、試してみる訳にもいかんが」

「実際に……」

血で汚れた己の手を見る。赤茶色に乾いた手のひら。人の血ともマモノの血ともつかない色。海岸の街の男は死んだ。もう二度と、あの家に行く事はない。

「どうした？　どこか痛むのか？」

心配そうに尋ねられて、我に返った。ニーアは己の手から目を逸らし、首を振る。

「早く家に帰らなきゃと思って」

二階の窓に貼りつくようにして帰りを待つヨナの姿が浮かんだ。今日もヨナは笑顔で迎えてくれるだろう。

これ以上、何も考えなくていい。ヨナを守る、それ以外は何ひとつ。なんだ、簡単な事じゃないか……。

肩に乗っていた何かが軽くなったような気がして、空を見上げる。いつもと同じ青さの中、一片の雲が風に流されていった。

[報告書02]

前回報告書にも記載した経過観察中の案件であるが、その直後、一応の決着を見た（詳細については、別途添付した資料を参照されたい）。私達が最も危惧《きぐ》していたのは、この一件が長期化する事であったが、幸いにもそれは回避された。

ただし、それが正しかったのか、となると疑問が残る。早期に解決したのは喜ばしいが、その決着の付け方は好ましいものではなかった。ある意味、最悪と言っていいかもしれない。ニーアにとって、それが最良の結末であったとしても。

この結末を全く予期していなかったとはいえ、私達にも責任はある。生活苦に喘《あえ》ぐニーアに、良かれと思って危険な仕事を斡旋《あっせん》した。危険な仕事に臨むニーアに、良かれと思って殺傷能力の高い武器を貸与した。それが招いた事態は、ニーアの暮らしを、否、ニーア自身を変えてしまったように思われてならない。

自らの力で障害を排除することを覚えたニーアは、この先、困難な事態に直面するたびに、これまでとは異なるやり方で対処するようになるだろう。その結果、これまでとは異なる事象が発生していくに違いない。それらが、新たな災いの種にならないと、誰が言えるのか？

私達が「赤ト黒」のコードネームで呼称するこの案件は、短期間に終息した小規模な事件であり、通例ならば当該地区内での記録のみに止《とど》める種類のものである。しかし、それを曲げて共有事項として報告に上げたのは、大規模な変事の端緒となる可能性を捨てきれなかった事による。

この判断が杞憂《きゆう》に終わることを痛切に願う次第である。

（記録者・ポポル）

NieR Replicant
ver.1.22474487139...
《ゲシュタルト計画回想録》
File01

少年ノ章2

夢の続きならばいいと思った。目覚めた瞬間に二度と見たくないと思うほどの悪夢であっても、今だけは喜んで受け入れる。

「ヨナ！」

走りながら、幾度《いくど》となく声を上げてヨナを呼んだ。これが夢なら、自分の声で目が覚める。今まで繰り返し見てきた、ヨナがいなくなる夢であれば。

皮肉な事に、夢ではなかった。目の前にあるのは、石の神殿へと続く細い道。

『ツキノナミダ？　それ、なあに？』

『花の名前だよ。その花を見つけると、どんな願いも叶うんだってさ。大金持ちにだってなれる』

『ヨナ、びょうきがなおるおくすりがほしいな』

あんな話、するんじゃなかった。それでなくても、ヨナは好奇心が強い。「月の涙」という名前だけでヨナの興味を引きそうなものだと、なぜ気づかなかったのか。

たった一人で、それも家の中という小さな場所だけで過ごすには、一日という時間は長すぎる。図書館で借りた本を全部読んでも、まだ長い。退屈しきっているであろうヨナがかわいそうで、何か目新しい話をしてやりたかった。それで、ポポルから聞いたばかりの伝説、どんな願いも叶《かな》えてくれる、「月の涙」という花があるという話をした。

ヨナは目を輝かせて聞いていた。その楽しげな顔を見た時には、まさか、ヨナがこんな事をしでかすとは思いもしなかったのだ。

二階の窓を見上げて、そこにヨナの姿がなかった時点で、嫌な予感がしていた。扉を開けた瞬間に、待ちかねたように飛び出してくる姿もなければ、「おかえりなさい」の声もなかった。寝台も空っぽだった。

図書館を捜《さが》し、村の中を走り回り、また図書館へ戻った。ポポルにヨナがいなくなったと話し、何か心当たりはないかと尋ねた。

『そうね……月の涙が咲いている場所を訊《き》かれたわ』

ヨナは昼間、図書館へやって来たという。そして、月の涙について根掘り葉掘り尋ねていったらしい。

『昔は石の神殿のあたりに咲いていたっていう話をしたんだけど……まさか⁉』

それだ、と思った。昨日の会話が脳裏《のうり》をよぎった。びょうきがなおるおくすりがほしいな、というヨナの声は、今にしてみれば真剣そのものだった気がする。

それでも、図書館を飛び出し、東門へ走った時までは、不安に苛《さいな》まれつつも半信半疑だった。まだ小さいヨナが、たった一人で村の外へ出たりするだろうか、と。

だが、東門にはヨナのリボンが落ちていた。一見したところ、どこにでもあるようなリボンだが、ヨナのリボンは端がほんの少しだけ解《ほつ》れている。今朝、ニーア自身が結んでやったものだから、見間違える筈がなかった。ヨナはここを通ったのだ。

門を飛び出し、石段を駆け上る。村からさほど離れないうちに連れ戻さなければと焦った。それでなくても、石の神殿へ向かう道は細く、見通しが悪い。ヨナが危ない目に遭《あ》ったらと考えただけで背筋が凍った。

必死で走り続けたが、ヨナに追いつく事はできなかった。途中、気の荒い山羊《やぎ》に行く手を阻《はば》まれたり、落石に塞《ふさ》がれた道を迂回《うかい》したりと、予想外に手間を取られてしまった。ヨナが通った時には、山羊は別の場所の草を食《は》んでいたのだろうし、ニーアには通れない落石の隙間も、小柄なヨナは楽々とくぐり抜けていったに違いない。

岩をよじ登り、さらに岩の壁に挟まれた狭い道を下った。見通しが利かず、元の道に戻ってしまいそうになり、またも時間を無駄にした。焦りに胸の内を灼《や》かれながら引き返し、うんざりするほど長い吊り橋《つりばし》を渡ると、ようやく神殿の入り口だった。途中、何度も名を呼んだが、とうとうヨナの姿は見つけられなかった。という事は、ヨナは本当に神殿の中へ入ったのだ。

「たった一人で、こんなところまで……」

たびたび村の外へ出るニーアでさえ、石の神殿に入った事はおろか、近寄った事すらなかった。だから、周囲を水に囲まれた建物だという事も知らなかったし、屋上部分が平らな屋根ではなく、凸凹《でこぼこ》の壁に囲まれた、不格好な形である事も知らなかった。

中に入ってみると、中央部に巨大な樹木が生えていて驚いた。大人数人でやっと囲めるほど太い幹の樹は、天井を突き破って外まで伸びていた。そこから陽の光が射し込んでいるおかげで、建物の中は外と同じくらい明るい。天井だけでなく、外壁のあちこちが傷《いた》んで穴が開き、そこも明かり取りの役割を果たしていた。

建物内部である以上、暗がりが全くない訳ではないだろうが、これだけ光が射し込んでいれば、マモノの心配はしなくても良いのではないか？

「ヨナ？」

さほど大きな声を出した訳でもないのに、やたらと響いて戸惑った。さらに大声でヨナを呼んでみると、幾重《いくえ》にも声が重なって聞こえた。

耳を澄ませてみたが、ヨナの声はもちろん、人の気配も生き物の気配もなかった。聞こえるのはただ、自分自身の呼吸ばかり。ニーアの声が届く範囲にヨナはいない。

花が咲いていそうな場所を、ヨナはあの小さな頭を絞って考えた筈だ。花が咲くのは、明るくて、よく陽が当たる場所。薄暗い屋内ではない……。

「屋上、か」

凸凹した外壁に囲まれた、不格好な屋上を思い浮かべる。ポポルは、昼過ぎにヨナが図書館に来たと言った。今は夕刻だから、すでに数時間が経過している。たとえ子供の足でも、屋上に至るに十分な時間はあった。

ニーアは、巨大な樹木の根元近くから上階へ向かって伸びている螺旋階段《らせんかいだん》へと駆け寄った。今にも崩れそうに古びた階段だが、陽に照らされて明るい。もしも、ヨナがここへ来たなら、この階段を使ったに違いない。

村の外へ出たら、決して日陰に入らない事、陽が射している場所を選んで歩く事。門のすぐ外に連れて行った際に、繰り返し教えたのを覚えている筈だ。ヨナは小さいけれども、記憶力がいい。

ニーアは螺旋階段を駆け上がった。不意《ふい》に、ヨナの声が耳許《みみもと》に木霊《こだま》した。

『ごめんね、おにいちゃん。ヨナ、いつもめいわくばっかり……』

『ヨナ、おにいちゃんのことがだいすきだよ』

『びょうきがなおったら、おにいちゃん、おうちにいてくれるよね？』

なぜ、ヨナに願いが叶う花の話を聞かせてしまったのか。自分の迂闊《うかつ》さが腹立たしい。一人で留守番をしているヨナの寂しさに、なぜ思い至らなかったのか。

月の涙を手に入れて、病気を治して、笑って暮らしたい。そんな願いひとつで、ヨナは安全な村を飛び出して、ここへ来た。落石の狭い隙間、揺れる吊り橋、軋《きし》む音をたてる螺旋階段、どれも恐ろしかったに違いない。それでも、勇気を奮い立たせて進んだであろうヨナの姿が目に浮かび、胸が苦しくなった。

無事でいてくれと、ひたすらに願いながら走る。念のために、上階の通路や小部屋を捜してみたが、ヨナの姿はない。やはり、屋上へ向かったのだ。

と、通路の片隅に積み上げてある木箱の脇に、子供の背丈ほどの黒い影が揺れ動くのが見えた。足が凍り付くのがわかった。

マモノは一匹だけだろうか？　こちらから打って出るべきか、襲いかかってきたところを迎え撃つべきか。じりじりと後ずさって間合いを取りながら、ニーアはマモノの動きを窺《うかが》う。

黒い影は、鈍い動きでこちらへ向かってくる。酔っ払った大人のような動きだった。本当に酔っ払っているのか、目の前に陽の光が射しているというのに、マモノは止まろうとしない。ニーアがじっとしていると、マモノは光に灼《や》かれて消えてしまった。

結果的に危険はなかったが、得体の知れない薄気味悪さが残った。自ら光の中へ進んでいくマモノがいるとは思わなかった。平原のマモノに比べて、随分と頭が悪いようだ。物を考えるような頭がマモノにあるとすれば、だが。

剣を抜かずに済んだからと安心しないほうがいい。よくわからないのが、あいつら、マモノなのだから。両の頬を手のひらで叩いて、緊張感を取り戻し、ニーアはその場から離れた。

螺旋階段が途切れた先は、梯子《はしご》をいくつか上った。次の梯子を探して通路を移動していると、わずかに隙間のある扉を見つけた。隙間から射し込む細い光。外につながっているのだろう。

案の定、扉を押し開けるなり、強い風が吹き込んできた。外付けの通路になっていたのだ。ただ、急場しのぎに造ったのが一見してわかる代物で、通路と呼ぶには、あまりにも貧弱な板張りだった。

おまけに、板はところどころすり減っていたり、色が変わっていたりした。強く跳《と》んだり跳《は》ねたりしたら、踏み抜いてしまいかねない。ニーアは注意深く足許を見ながら進んだ。

通路は、緩やかな傾斜で上へと続いていた。地上からの風に煽《あお》られつつ、しばらく上ると、屋上だった。

建物の内部と同じく、屋上も荒れ果てていた。割れた木箱に、崩れた壁。さらに、木の根ともつかない蔓《つる》のようなものが至る所に絡《から》みついている。丸太くらいの太さの蔓が、歩く者の足を引っかけてやろうと企てているかのように、足許をのたうっている。どうにかそれらを飛び越えて進むと、また行く手を阻むものが現れた。屋上を細かく仕切っている石の塀《へい》である。

そうこうするうちに、ここは本来の「屋上」ではないらしいと気づく。ここは、屋上ではなく最上階で、石塀に見えるのは、おそらく壁だ。石の神殿は本来、もっと高い建物だった筈が、何らかの理由によって屋上を含む上階が壊れ、失われた。

遠目に見た屋上部分が、やけに不格好な凸凹に見えたのも、わざわざそういう形に造ったのではなく、不測の事態によって壊されたためだろう。

いずれにしても、本来の形状ではない場所を移動するのは、厄介《やっかい》な仕事だった。人の手によって設《しつら》えられた通路も階段もない。崩れた壁の隙間に身体を押し込み、瓦礫《がれき》を足場によじ登る。後になって誰かが持ち込んだであろう梯子を拝借し、その間にも大声でヨナを呼ぶ。

しかし、呼びかけに答える声はなかった。屋上にもいないとすれば、ヨナはいったいどこへ行ったのか。まさか……。不吉な考えが、またしても頭をもたげてくる。それを振り払いたくて、強く頭を振ったときだった。梯子と思《おぼ》しき突起物が不自然な場所から生えているのが目に入った。

屋上をくまなく捜したと思い込んでいたが、まだ見ていない場所があったらしい。近づいてみると、長い梯子が下へと下ろしてあり、その先に頑丈そうな扉が見える。

ヨナはあの扉の向こうだ。大声で呼んでも返事がなかったのは、分厚い扉に遮《さえぎ》られていたせいに違いない。大丈夫、ヨナは無事だ……。

梯子を一気に滑り降り、扉を開け放つ。両開きの大きな扉にふさわしい、広々とした部屋だった。端から端まで見渡すのに時間を要するほど奥行きがあり、天井は見上げんばかりに高い。

その広い部屋の奥に目をやった瞬間、安堵感《あんどかん》が胸を満たした。ヨナがいた。部屋の突き当たりは段差がつけられていて、ちょうど寝台を思わせる高さになっている。そこにヨナは横たわっていた。歩き疲れて眠ってしまったのだろう。

ヨナのほうへと走りながら、妙な場所だと改めて思う。ヨナが横たわっている場所の手前には、大人の背丈よりも大きな石像が二体。頭に直接手足が生えているような、明らかにヒトではないとわかる姿でありながら、二本の足で直立し、鎧《よろい》らしきものを纏《まと》い、武器を構えている。それは剣とも杖《つえ》ともつかない形状のもので、長い柄《え》の先が半円形になっていた。

見れば見るほど不気味な石像だった。あんなものが置いてあるのに、それでも眠ってしまったのだから、ヨナはよほど疲れていたに違いない。

早く連れて帰らなければ。温かいものを食べさせて、すぐに寝床に入れてやらないと、また熱が出る……。

そこまで考えたところで、ニーアは足を止めた。石像の近くに幾つもの黒い影が揺らめいていたのである。大きさといい、動きといい、ここへ来る途中に見たマモノに似ている。

剣を抜き、斬《き》り払《はら》う。間合いを詰めても逃げるでなく、意味もなく飛び跳ね、無抵抗のままに斬られて消えていった。やはり、ふらふら歩いているだけの無害なマモノだ。ただ、数が多い。どうせ攻撃してこないのだから、放置しても構わないだろう。それよりも、ヨナだ。

「ヨナ！」

駆け寄って抱き上げようとしたが、できなかった。身体が何かに阻まれた。目の前にヨナがいるた。

のに、近づけない。

「何だ、これ⁉」

二体の石像が構えている武器の周囲に、薄く文様《もんよう》のようなものが浮かび上がり、淡い光を放っている。よくよく見れば、二体の持つ武器がそれぞれ魔法陣を展開させていた。小柄なヨナは、両者の隙間から向こう側へと潜り込んだようだが、落石に塞がれた道と同じで、ニーアには通れなかった。

「くそっ！」

魔法陣を剣で力任せに叩く。見れば、その中央に、仮面のついた本が浮かんでいる。こいつが邪魔をしているのだろうか？

「どけっ！」

その場に陣取って群れているマモノを払《はら》い除《の》けながら、魔法陣を何度も何度も叩いた。

「ヨナを……返してくれっ！」

一際《ひときわ》、甲高い音が響き渡った。目の前が真っ白になる。強烈な光が視界を塗り潰していた。咄嗟《とっさ》に手のひらで目をかばう。

地鳴りに似た音が響く。何かが落ちる音がして、再び静かになった。

恐る恐る目を開けると、どういう仕掛けが作動したのか、石像が二体とも武器を下ろしている。

「良かった。ヨナ！」

痛いとか何とか声が聞こえたような気がしたが、構っている暇はない。

「ヨナ、大丈夫⁉」

だが、障害物は完全に消えたわけではなかった。石像の奥にも別の魔法陣がある。おまけに新手のマモノまで涌《わ》いて出てきている。そこで、また声がした。

「こら、待たぬか！　我を無視するつもりか？」

仮面のついた本がふわふわと浮き上がっている。だが、そんなものはどうでもいい。

「邪魔だよ！」

本を押しやり、ヨナのほうへと手を伸ばした。またしても魔法陣の力に阻まれる。こうなったら、ヨナのほうからこちらへ来させるしかない。

「ヨナ！　ヨナ！　こっちへおいで！」

しかし、ヨナはぐっすりと眠ったままだった。

「選ばれし存在である我を、害虫のように扱いおって。これだから、ヒトというものは」

仮面のついた本がぶつぶつ言い続けていて、鬱陶《うっとう》しい。

「ヨナ！　起きて！」

それでもヨナは目を覚まさない。どうしたらいいのか……。

「なぜ、古代の叡智《えいち》に助けを求めぬのだ？　古《いにしえ》の書の深遠なる助言を聞《き》き漏《も》らすのか？」

助け？　助言？

「なんだ、おまえは⁉」

今の今まで疑問にも思わなかったが、本が喋っている。

「そんな！」

「……思い出せぬ。おまえが力任せに打ったせいで、記憶が飛んだらしい」

「どうしたの？」

白の書が口ごもる。またマモノの数が増えた。が、白の書は沈黙している。

「我に刃向《はむ》かうとは愚かな。森羅万象《しんらばんしょう》を言葉で修飾できるこの白の書を相手に……相手に……」

気がつけば、周囲を埋め尽くすほどの数になっている。にも拘らず、白の書は落ち着き払ったものだった。

「どんどんマモノが出てきてるよ！」

「我の名を略すでない！」

「早く何とかして、シロ！」

と言おうとも、お構いなしにマモノは涌いてくる。

だが、手を止めて会話をしていられたのも、そこまでだった。白の書がいくら「見くびるでない」

「そんな事が……？」

「我がマモノ共を一掃《いっそう》すれば、あの魔法陣も解けよう」

ぞり返るかのように動いた。

喋っているだけではなかった。白の書とやらは、ニーアの顔ほどの高さまで浮かび上がり、ふん

「力……？　ヨナを助けられるの？」

「我を誰と心得る？　汝《なんじ》に力を与えし白の書であるぞ。我の力を借りたくば、素直に頭を下げよ」

それ以上、考えている暇はなかった。とにかく一体でも二体でもいいから、マモノの数を減らさなければと、ニーアは剣を振り回す。白の書は、「我がマモノ共を一掃すれば、あの魔法陣も解けよう」と言った。一掃するのは無理でも、マモノを倒し続ければ道が開けるのではないか？　どちらにしても、増え続けるマモノを何とかしなければならない。

これだけの数を一度に相手にしたのは、久しぶりだった。とはいえ、一度覚えたやり方は忘れるものではない。無駄に体力を使わないように、動きを最小限にして剣を動かす。手応えが伝わってくる。遅れて黒い影から血飛沫《ちしぶき》が上がり、やがて黒い塵《ちり》となって消えていく……筈だった。

「なんで⁉」

飛沫となって四散するはずのマモノの血が、不自然な動きをした。一滴残らず白の書へと吸い込まれていったのである。

「シロは……あの血を吸ったの？」

しかし、白の書はニーアの問いに答えようとはしなかった。

「血はオト……音はコトバ……コトバは……チカラ……」

「どうしたの、シロ？」

「これは……キオク？」

「シロ⁉　大丈夫⁉」

これも、力任せに剣で打ったせいだろうか。白の書が小刻みに揺れ動いている。その様子は、戸惑っているようにも見えた。

「しっかりして！」

その時だった。白の書から光の礫《つぶて》が迸《ほとばし》った。礫はマモノへと襲いかかり、黒い身体を粉々にした。噴き出した黒い血は、またも白の書へと吸い込まれていく。うむ、と今度は重々しい口調で白の書がつぶやいた。

「どうやら、我は黒いヤツラを倒すと、チカラを取り戻せるらしい」

「チカラ？　魔法の？」

「うむ。これこそが、偉大なる白の書の……」

ニーアは皆まで聞いていなかった。マモノの血を吸えば、白の書は魔法が使える。マモノを「一掃する」魔法だ。それだけわかれば十分だった。

「待ってろ、ヨナ！　すぐ行くからな！」

ニーアは白の書の周囲にいるマモノを立て続けに斬った。血を。一滴でも多く、シロに。白の書が魔法を放ち、血を吸い込む。マモノが粉々になる。白の書と共に剣を振るい続ける。

面白いようにマモノの数が減っていった。次々に涌いて出てきても、それを上回る速さで白の書はマモノを粉砕していく。

「これで……終わり？」

気がつけば、黒い影は一体残らず消えていた。マモノを一掃したのだ。やっと魔法陣が解ける。肩で息をしながら、ヨナのほうへと向かう。

「待て」

白の書に制止されるまでもなく、足が止まった。石像の目に光が宿っているのが見えた。二本の角を持つ石像には赤い光が、一本角の石像には青い光が。マモノの群れが消えるのを待って目を覚ましたかのように。

それだけではない。二体の石像が、見るからに重たそうな足を持ち上げている。あれはまるで……歩き出そうとしているかのようだ。

「そう簡単にはいかぬらしいな」

武器を振り上げて、石像が向かってくる。上がった足が床につくたびに、地鳴りのような音が響き渡った。巨大な石像である。足の長さだけでもニーアの背丈《せたけ》ほどもあるのだから、重さとなれば相当なものだろう。

「動く石像に、喋《しゃべ》る本……」

「どちらも、おとぎ話ではないぞ。しかと戦え！」

わかっていると言い返す暇はなかった。半月型の刃が目の前に振り下ろされた。後ろに飛び退《の》くのと同時に、それはニーアの鼻先をかすめて床にめり込んだ。

「奴らの剣攻撃……侮《あなど》れぬな」

剣先がめり込んだ先は、ニンジンだのカボチャだのではない。石でできた床である。恐るべき破壊力だ。わずかでも遅れていたら、今頃は自分の頭が煮込んだ野菜のように潰されていたのだと、ぞっとした。

「距離を取れ！　奴らの図体では俊敏な動きはできぬ！」

石像の持つ武器が届かないところまで下がる。

「距離を取ったら、魔法で攻撃するのだ！　違う、其処《そこ》ではない！　回り込め！」

「シロは喋ってばっかり。少しは手伝ってよ。ほら、さっきみたいに、魔法で」

「何を言うか。我は力を与えるが、使うのはおまえだ」

「ええっ⁉」

ついさっき、群がるマモノを「一掃」したのは、白の書ではなかったか。

「落ち着け。おまえの言葉を借りるなら、〝さっきみたいに〟戦えば良いのだ」

「そんな事、言われても……」

さっき？　いつものように剣を手に戦っただけだ。敵に狙いをつけて、剣を構えて……。

一本角の石像に意識を向ける。光の礫がまっすぐに飛んでいく。一本角が吼《ほ》えた。魔法の攻撃が当たったのだ。

仕組みや理屈はわからない。だが、力を使うのは自分なのだと理解した。

「二匹を同時に相手にするのは骨が折れる。片方をまず集中して倒せ！」

言われるまでもなかった。あの非常識な武器を手にした敵の両方を躱《かわ》しながら戦うなど、できる筈もない。ニーアは一本角のほうに狙いを定めた。二本角よりも、幾らか近いところにいた。ただそれだけの理由だったが、悪い判断ではなかった。

魔法が青い光を宿した眼窩《がんか》を直撃した。石像であっても眼は弱点たり得るのか、一本角が唸《うな》り声《ごえ》を上げる。黒い血が噴き出し、それが白の書へと集まっていく。

「あいつ……マモノ⁉」

武器を振るい、歩行した時点で、単なる石像ではないとわかっていたが、その正体がマモノだったとは。

マモノの形状はひとつではない。よく目にするのは、人間の子供ほどの大きさのものだったが、北平原で、大人の背丈ほどのマモノと出会《でくわ》したことがある。ニーアが見たのは、細長いマモノだったが、ずんぐりと太ったようなマモノもいると、その後、人伝てに聞いた。ただ石像そっくりのマモノなど聞いた事がなかった。

だが、傷口から赤黒い血を噴き出す様子は、見慣れたマモノそのものである。

「黒い奴等と同種のモノであるようだな」

血を吸った白の書がそう言うのだから、間違いない。あれはマモノなのだ。

「気をつけろ！　一本角の奴が凶暴になったぞ！」

「わかった」

手負いの獣は思わぬ反撃に出る事があるから、一気に仕留《しと》めないと危ない。初めて羊狩りに同行した際、村の大人に教えられた。ニーアは一本角の動きに目を凝《こ》らす。手負いの獣は凶暴になるが、隙も多くなる……。

「そこだ！」

青い光を宿した眼窩へ意識を向ける。白の書が与えてくれるという魔法の力を自身の力として放つやり方が、ようやく飲み込めてきた。

一本角が仰向《あおむ》けに吹っ飛ぶ。ここで起き上がる隙を与えてはならない。

「今だ、止めを刺すのだ！」

白の書の声を合図に、ニーアは意識を集中させた。構えた剣が魔力を帯びて膨れ上がって見える。

一本角を真っ二つに斬る自分を強く思い浮かべ、剣を振り下ろす。魔法の力が巨大な楔《くさび》となり槍となって、一本角の眼窩を抉《えぐ》る。光の礫よりも、さらに強い手応えだった。

「これも、シロの力？」

「そうらしいな」

頭部とも腹部ともつかない巨体を魔力の槍が貫通し、赤黒い血が迸る。けたたましい咆哮《ほうこう》の後、双眸《そうぼう》の青い光が消えた。横倒しになった一本角は、ぴくりとも動かない。

「倒した？」

「油断するな！　まだ一体残っておる！」

「わかってるよ！」

二本角が天を仰ぐようにして吼えた。双眸に点《とも》った赤い光が激しく明滅する。

「もしかして、あれ、怒ってる？」

「おそらく。あれに感情があるとすれば、だが」

仲間を殺されて怒る？　マモノが？　あり得ない。攻撃が激しくなったのは怒りではなく、不利な戦況をひっくり返そうとしているだけだろう。

二本角が咆哮と共に何かを吐き出した。火球だ。大人の頭よりも大きな火の玉が続けざまに飛んでくる。

横っ飛びに逃げるが、すぐに火球が追いかけてくる。闇雲《やみくも》に放っている訳ではないらしい。こめかみのすぐ横を火球がかすめる。髪が焦げる不快な臭いがした。

「ヤツの攻撃の隙をつけ！」

白の書は簡単に言うが、「隙」など見つけられるかどうか。火球の攻撃が止《や》んだと思えば、今度はあの巨大な武器の一撃がやってきた。半月型の刃が床に食い込むたびに、砕けた石のかけらが飛んでくる。おまけに、二本角の移動速度は明らかに上がっていて、何度も回り込まれそうになった。

刃を掻い潜って距離を取れば、今度は火球が。どちらも避けるので精一杯だった。

いや、攻撃の「隙」はあった。火球を放っている間、二本角の動きが止まっている。どうやら、火球を放ちながら走り回るような器用さはないらしい……。

距離を取ると見せかけて、火球攻撃を誘った。二本角が立ち止まる。すかさず魔法を撃った。二本角が火球を吐き出すよりも先に。弱点はわかっている。眼だ。一発でも二発でもいい、あの赤い光を抉る事ができれば勝機はある。

光の礫が飛び、二本角が棒立ちになった。白の書の合図を待つ。

「今ぞ！」

剣を握る手に力を込め、狙いを定める。白の書の魔力が流れ込み、漆黒《しっこく》の槍を形作っていく。幾本も、幾本も。振り下ろすと、それは一斉《いっせい》に飛んだ。二本角の眼窩に、眉間《みけん》に、腕に、足に。

巨大な腕がちぎれて飛び、血が吹き上がった。二本角の双眸から光が消える。巨体が崩れるように倒れ、それきり動かなくなった。

ニーアは走った。ヨナとの間を隔てていた魔法陣は今度こそ消えた。

「ヨナ！」

手を差し伸べるより早く、ヨナが目を開けた。

「おにい……ちゃん？」

良かった。身体を起こすのを手伝ってやると、「ごめんね」とヨナが消え入りそうな声で言う。

「ヨナ、またわくかけた……」

「謝るのは僕のほうだ。ごめん。怖かったね。早く家に帰ろう」

ヨナの手を取り、立ち上がらせたところで、足許《あしもと》から低い音がした。石像が立てた地響きよりも低く、遠い。だが、遅れて微《かす》かな揺れを感じた。

「何やら剣呑《けんのん》であるな」

「この神殿、古そうだもんね」

最上階で、巨大な石像が二体も暴れ回ったのだ。その衝撃が神殿全体に伝わっても不思議はない。

天井から、ぱらぱらと埃《ほこり》や砂粒が落ちてくる。

「早く出よう」

ヨナを背負い、立ち上がる。

「にいちゃんの背中に、しっかりつかまってるんだよ。それから、口を閉じて。舌を噛むと危ないから」

背中でうなずく気配がした。ヨナは言いつけを守って、早くも口を噤んだのだろう。小さな手がニーアの服をきつく摑んでいる。

穴だらけになった床に足を取られないように用心しながら、走った。肩で扉を押し開け、外に出る。行きはヨナを捜しながらだったから時間を要したが、帰りはその必要がない。神殿の構造も頭に入っている。

ヨナを背負ったまま、どうにか梯子を上り下りし、板張りの通路を走り、螺旋階段を全速力で駆け下りた。時折、不規則な揺れが足に伝わり、地響きに似た音が聞こえてきた。どこかが崩落した音なのだろう。そのたびに足を速めたが、生きた心地がしなかった。

長い吊り橋を渡り終えたところで、一度、ヨナを下ろした。まさにその瞬間、轟音《ごうおん》を聞いた。振り返ると、たった今、通ってきたばかりの入り口が消えていた。崩れてきた外壁に埋もれてしまったのだ。ほんの少し遅れていたら、自分達はあの下敷きになっていたのだと思うと、怖気《おぞけ》立《だ》った。

「間に合ってよかった……」

声に出してみるまで、自分がどれだけ緊張していたのか気づかずにいた。震える声と共に、肩や背中の強《こわ》ばりが解け、汗が一気に噴き出した。助かったのだと、ようやく実感した。

「おにいちゃん」

「どうした、ヨナ?」

「月の涙……なかった。おにいちゃんをお金持ちにしてあげたかったのに」

ヨナが悲しげに言って俯いた。

「ごめん……ね」

自分の薬代を稼ぎたい、病気を治したい、そのためのお金がほしい……というのがヨナの願いだと勝手に決めつけていた。違う。ヨナが望んだのは、そんな利己的なものではなかった。自分が金持ちになりたいと願うのではなく、「おにいちゃんをお金持ちにしたい」と願った。

ニーアは無言でヨナを抱きしめる。ヨナが無事でいてくれたら、何も要《い》らない。金持ちなんかにならなくてもいい。この小さな妹と二人で生きていけるだけで。

そこで、ニーアは目を見開く。ヨナの身体に、黒い文様が浮き出ている。

「なんだ、これ……」

身体を離し、改めてヨナの腕を見る。手首から手の甲にかけて、忌《い》まわしい文様が貼りつき、蠢《うごめ》いていた。

『身体に黒い文様が表れるようになったら、もう長くない……』

ポポルの言葉が頭の中を駆け巡った。

[報告書03]

特筆すべき変事無し……と書きたいところだが、そうもいかない。ニーアが白の書を発見した。如何《いか》なる偶然か、必然のなせる技か、「石の神殿」の封印を解いてしまったのだ。

下手に隠し立てをするのも不自然なので、何か問われたら、『イニシエの歌』の歌詞に出てくる事を教えるつもりでいる。

また、ポポルは何か問われた場合、白の書について記された古文書をニーアに見せる事にしたらしい。それでニーアの好奇心が満足してくれれば、言う事はない。仮に、さらなる興味関心を覚えたとしても、うまく誘導して事態の好転につなげたい、というのがポポルの提案である。

ニーアと白の書の邂逅《かいこう》をきっかけに、いくつものイレギュラーが発生するだろう。それらを軌道修正する為には、ある程度の干渉は致し方ない。幸い、白の書は記憶を失っている。こちらの意図には気づかないだろうし、ニーアを危険に晒《さら》すこともない筈だ。

一方、ヨナの病状は思わしくない。このままでは、薬代が嵩《かさ》み、ニーア達の生活が困窮するのは目に見えている。最善の策とは言い難いが、斡旋《あっせん》する仕事の件数を増やす予定である。危険な仕事ばかりになるだろうが、その分、高額な報酬を払ってやれる。親のいない兄妹に、私達がしてやれるのはここまでだ。私達は、住民達に対して、公正でいなければならないのだから。

ヨナと遊んでやるのは、職分から離れた私的行為だが、別に善意でやっている訳ではない。愛くるしい子供がすり寄ってきたら、相手をしてやりたくなるものだ。赤の他人の私達でさえそうなのだから、ニーアがヨナを溺愛するのもわかる。

とはいえ、ヨナの手料理を笑顔で食す忍耐力には感服する。兄の愛は生き物としての本能をも凌駕《りょうが》するらしい。以前、ヨナが作った昼食を相伴に与かった事があるが、二度目は遠慮したい。要するに……マズイ。ポポルが教えたレシピなのだが、何をどうやったら、あんな味になるのやら。このままでは健康被害が出かねないから、ヨナに料理を教えるのは自重するよう、ポポルに忠告した。いや、その必要はなかった。じきにヨナは寝床から離れられなくなる……。

あの兄妹の暮らしが一日でも長く続くよう願う。この仕事を任された者として。些《いささ》か長くなったが、近況報告を終わる。以上。

（記録者・デボル）

NieR Replicant
ver.1.22474487139...
《ゲシュタルト計画回想録》
File01

少年ノ章3

1

石の神殿を脱出した後、どこをどう通って帰宅したのか、記憶が曖昧《あいまい》だった。背負ったヨナがいつになく重く感じられたのは覚えている。そのヨナは、疲労と体調不良とが重なったせいか、ニーアの背で再び眠りに落ちた。

寝床に入れてやった時、わずかに目を開けたものの、それも束の間のこと。頭が枕に沈んだと思った時にはもう、ヨナは熟睡していた。

「ヨナ……」

白の書が低い声で「今は、そっとしておけ」と言った。黙ってうなずき、ニーアは家の外へ出た。後ろ手に扉を閉め、そのまま背をつける。そうでもしないと、立っていられそうになかった。

「どうして……ヨナなんだ？」

一度、言葉にしてしまうと、止まらなくなった。

「何も悪い事してないのに、どうしてヨナが⁉ 僕達兄妹ばかり、なんでこんな目に⁉」

我とて助ける方法があれば助けてやりたいのだが、と白の書が言ったような気がしたが、聞き流した。言葉が頭に入ってこなかった。

「なんでヨナが……ヨナ……まだ小さいのに」

足許《あしもと》がぼやける。何も考えたくない。何もしたくない。何もかもが億劫《おっくう》で、ニーアはしばらく俯《うつむ》いたまま、じっとしていた。

どれほどの間、そうやっていただろうか。

「何か、不思議な歌が聞こえるな」

白の書の声に、ようやく頭を上げる気になった。風に乗って聞こえてくる歌は、耳に馴染《なじ》んだもの。デボルの歌声だった。

デボルに何かしてもらおうと考えていた訳ではない。ただ、歌声に吸い寄せられた。身動きすら億劫だと思っていた筈なのに、足が動いた。デボルの声と、爪弾《つまび》く楽器の音が心地よかった。

「よう！　無事だったのか！」

気がつくと、噴水の前に来ていた。

「東門から出たと聞いて心配して……」

デボルの視線がニーアの傍《かたわ》らへと向けられた。その目に驚きの色があるのを見て取って、ニーアはあわてて説明しようとした。宙に浮いている本を見れば、誰だって驚くに決まっている。だが、白の書のほうが早かった。

「我は偉大なる『白の書』であるぞ。敬ってもらって構わんぞ」

「へえ。『白の書』って喋《しゃべ》るんだな。知らなかったよ」

「え？　シロの事、知ってるんですか？」

今度はニーアが驚く番だった。

「今、歌ってた歌に出てくるんだよ。『白の書』って」

「歌って、今の？」

「そう。村に昔から伝わる『イニシエの歌』さ。古い言葉だからね。何言ってるか、わからないだろうけど」

知らなかった。噴水の前で、いつもデボルが歌っている歌に、そんな名前があったとは。

「その歌、どんな意味があるんですか？」

「意味……って言われてもな」

デボルが小さく首を傾《かし》げる。そこを重ねて尋ねると、「あまり詳しくはないんだが」と前置きをして言った。

「いつかこの世に『黒の書』が舞い降り、病を撒き散らす。だが、それに抗《あらが》う『白の書』が世界を救う……って感じかな？」

病を撒き散らす、黒の書。それに抗う、白の書。黒、白……もしかして。

「どうかしたのか？」

「いや、何でも……」

何でもないですと言いかけて、ニーアは言葉を切る。根拠はないが、訊《き》いてみてもいいんじゃないか。そう、訊いてみるだけなら。別に何かを期待してる訳じゃない……。

「どうやって、『白の書』は世界を救うんですか？」

「さあね。あたしも、そこまで詳しく理解して歌ってる訳じゃないし」

「そうなんだ……」

急速に気持ちが萎《しぼ》んだ。期待しているつもりはなかったのに、やはり心のどこかで期待してしまった。黒の書が撒き散らす病とは、黒文病《こくもんびょう》を指しているのではないか？　だとすれば、それに抗い世界を救うという事は、病の治癒《ちゆ》を意味しているのではないか？　白の書がいれば、ヨナの黒文病は治せるのではないか？

だが、そう都合良く運ぶものではなかった。それに、当の白の書の反応が薄い事も、ニーアを失望させた。

「しょげるなよ。そうだ、物知りポポルに訊いてみたらどうだ？　何か知ってるかもしれないし」

「そうですね。ポポルさんなら……」

膨大な書物の管理人であるポポル。デボルが知らない事でも、ポポルならば知っているかもしれない。それに、白の書は記憶を失っている。イニシエの歌、と聞いても然《さ》したる反応を見せなかったのは、きっとそのせいだ……。

「どうも、ありがとう」

傍らで、「どうしたのだ？」と訝《いぶか》る白の書に、適当な相づちを打ちながら、ニーアは図書館へと走った。

「ヨナちゃんの事は聞いてるわ。本当に何て言ったらいいか……」

書物に囲まれた一室で、いつものように机の上で指を組んで、ポポルは目を伏せた。ぐったりとしたヨナを負《お》ぶって家へ急ぐ姿を幾人《いくにん》かの村人に見られていた。そのうちの誰かがポポルに知らせたのだろう。ヨナの手足に黒い文様が浮き出ていた、と。それが善意から出た行為なのか、嫌悪や忌避《きひ》から出た告げ口なのかは、深く考えない事にした。それより、もっと大事な話がある。

「その事でお願いがあるんです。デボルさんが歌っていた『イニシエの歌』について、教えてもらえませんか？」

ポポルの視線もまたデボルと同じように、ニーアの傍らへと向けられている。

「それは……『白の書』ね？」

「シロを知ってるんですか」

ポポルはそれには答えず、ただ白の書をじっと見ていたが、やがて「『イニシエの歌』ね」とつぶやいた。

「ずっと以前に、古い記録で見ただけなのだけれど」

ポポルがこめかみに指を当てる。その動作で、かなり昔の話なのだと察せられた。ポポルは徐《おもむろ》に立ち上がり、背後の書棚に手を伸ばした。ポポルの指先がゆっくりと左右に揺れ、やがて止まった。

「古い絵巻物を記録した本よ」

分厚く、持ち重《おも》りのしそうな本だった。表紙が今にも崩れそうなほどぼろぼろになっていて、説明されなければ何の本なのかわからなかっただろう。ポポルはページをそっと捲《めく》っていたが、「ここだわ」と机の上にそれを広げて置いた。

風変わりな絵だった。杖《つえ》を手にした獣のようなものが描かれていたり、盾とも皿ともつかないものに三つの目が付いていたり、何が描きたいのか、さっぱりわからない。人の姿と二冊の本だけはそれとわかったが。

「『黒の書』が世界に災厄《さいやく》をもたらした時、『白の書』が現れ、『封印されし言葉』で『黒の書』を降《くだ》し、災厄を消し去る……」

ポポルが絵を指さしながら言った。一見しただけでは何が何だかわからない絵だが、そういう意味らしい。

「封印？　言葉？」

「封印されし言葉、よ。正確な記録が残っている訳じゃないから、よくはわからないのだけど、何か、魔法のようなもの……らしいわ」

魔法と聞いて、つながったと思った。そうか、とニーアは叫んだ。

「どうしたの？」

自分の推測は間違っていなかった。

「『白の書』が病を消し去るって、『イニシエの歌』に書いてあったんですよね？　そして、『封印されし言葉』が……」

傍らで白の書が「あれか！」と声を上げる。

「石像を倒したときに、我が吸ったモノ」

「そうだよ、シロ！」

最初、マモノの血を吸った時、白の書は「血はオト、音はコトバ、コトバはチカラ」とつぶやいていた。「封印されし言葉で黒の書を降す」と聞いて、脳裏《のうり》をよぎったのがそれだった。「コトバはチカラ」とは、まさに、黒の書を降す為の力を持つ「封印されし言葉」を指しているのだと思った。

「シロさえいれば、ヨナの病気は治るんだ！」

「待って。これは、昔の言い伝えで……」

「だけど、『白の書』はこうやって実在してるんです。病を治す言い伝えも、きっと本当の事なんだ」

しかし、と白の書がポポルのほうへと仮面のついた表紙を向けた。……ポポルに視線を向けたらしい。

「肝心の『黒の書』の在《あ》り処《か》がわからぬ」

「記録にも、書かれていないわ。それに、『封印されし言葉』もひとつとは限らないし」

石の神殿のマモノを倒して「封印されし言葉」を手に入れたと思っていた。倒した後、より強力な魔法が使えるようになったから、てっきりそれで手に入ったのだと思った。そう簡単にいくものではなかったらしい。いや、簡単にいかないからこそ、「黒の書を降し、災厄を消し去る」のが真実だと思えた。

「わからぬ事も多いが、マモノ達と『封印されし言葉』は浅からぬ関係にあるようだな」

白の書の言葉で心が決まった。

「僕が手当たり次第にマモノを殺していくよ！」

「封印されし言葉」が他にもあるのなら、手に入れればいい。百でも千でも構わない。マモノを倒しさえすればいいのだから、それこそ簡単にいく話だ。

「量をこなして質を得るつもりか？」

無謀な策だ、と白の書が呆《あき》れ声で言った。

「ここにじっとして、何もしないよりマシだよ。僕は行く。ヨナの為に」

でも、とポポルが口を開きかけた。止められても、今回ばかりは従うつもりはない。ニーアの決意が伝わったのか、ポポルはそっと目を逸《そ》らした。

「……そう。なら、仕方ないわね」

どこか悲しげに俯いて、ポポルは机に広げた本を閉じ、書棚へと戻した。

「最近、崖《がけ》の村という場所でマモノが出ている、と聞いたわ」

「崖の村？」

「修理をしていた橋があったでしょう？　北平原の」

ああ、と思い出した。橋の修復工事が遅れているからと、マモノ退治を請け負ったのはつい最近の話である。

「あの橋を渡った先にある村よ」

マモノが出ているなら、「封印されし言葉」もあるかもしれない。

「村長の家を訪ねてみるといいわ。崖の村で、一番高い所にある建物よ」

「わかった」

光が射した。分厚い雲に少しだけ切れ間ができた。

「あまり無理をしないでね」

「大丈夫だよ、ポポルさん」

ヨナの病気が治るなら、どんなに危険でも構わない。いくらでも無理をする。ヨナの為なら。

来たときとは打って変わって軽い足取りで、ニーアは図書館の階段を駆け降りた。

2

何も食べずに眠ってしまったヨナの為に、翌朝は早めに起きて朝食を作った。ベッドまで運んで食べさせてみたものの、ヨナはスープを一口二口飲んだだけで、また目を閉じてしまった。

こんな状態のヨナを置いていくのは心配でならなかったが、こんな状態だからこそ早く何とかしてやりたいと思った。痛み止めの薬を飲ませる以外に手立てがなかったこれまでと違って、今は病を治す方法がわかっているのだ。

すぐに食べられそうなものを枕元に用意してやり、起こさないように静かに階段を下りた。まだ鶏飼いの夫婦しか起き出していないような時間だったにも拘《かか》わらず、家を出るなり、デボルの歌声が風に乗って流れてきた。

「おはよう。ヨナの具合はどうだ？」

噴水の前で楽器を爪弾いていたデボルは、当然のような顔でニーアに声をかけてきた。

「昨日よりは落ち着いたと思うんですけど。まだ食欲がないみたいで……」

「それは心配だな」

楽器を弾く手はそのままに、デボルは微《かす》かに眉根《まゆね》を寄せた。

「ポポルから聞いたよ。『封印されし言葉』を全部、集めるつもりなんだって？」

はい、と答えると、デボルの手が止まった。

「本当にやるつもりか？　大変だぞ？」

口調こそ軽いものだったが、見上げてくるデボルの目は真剣だった。

「ヨナを救う為なら、僕は何だってやります」

デボルは「そうか」と短く言って目を伏せた。その様子は、昨日のポポルと驚くほどよく似ていた。いや、二人は双子なのだから、似ていて当たり前だ……。

「今日、ポポルが様子を見に行くって言ってたから、ヨナの事は心配しなくていい」

デボルはそれを伝える為に、早起きをしてここで待っていてくれたのだ。ニーアが崖の村に行くとポポルが話したのだろう。

「ありがとう、デボルさん」

「気をつけてな」

それだけ言うと、再びデボルは弦を爪弾き歌い始めた。もう一度、頭を下げると、ニーアは朝露に濡れた草を踏んで走り出した。


北平原は晴れていた。空の色は目に痛いほど青く、岩山の影は草の上に黒々と落ちている。羊達が我が物顔に草を食《は》んでいるのは、マモノの気配が全くないからだろう。

おかげで、思った以上に道が捗《はかど》った。途中、修復されたばかりの橋の袂《たもと》に、小さなマモノが隠れていたが、道中の邪魔になるほどではなかった。近寄る事なく、白の書の魔法で片づけてしまったから、ニーアは足を止めずに済んだ。

「シロがいれば、世界を、ヨナを救えるんだ！」

何よりもその事実がニーアの足を軽くし、背を押した。「果たしてそれは真《まこと》であろうか？」という白の書のつぶやきは聞き流した。白の書がマモノの血を吸って魔法の力を取り戻すのを目の当たりにしていたし、そもそも喋る本という存在自体が奇跡のようなものだ。

石の神殿では、ヨナを助け出す事ばかりを考えていたから、疑問や違和感を覚える暇もなく白の書を受け入れてしまったが、ごく普通の状況で目にしていたら、自分の目を疑っていたに違いない。それほど尋常ならざる存在なのだから、世界を救うのは真なのだと信じられる。

「シロって、ただの口うるさい本じゃなかったんだね」

「無礼な奴め。今後は丁重《ていちょう》に扱うがよい」

「はいはい」

心地よい風が吹く平原をひたすら走り、岩山が連なってできた壁にぶつかった。地図によれば、崖の村はその先にある。遠目にはわかりにくかったが、近づいてみると、岩の壁にぽっかりと穴が開いている場所があった。その穴は通路らしく、二本の細い金属が道案内のように奥へと続いていて、そのずっと先に出口の光が見えた。

「この先……かな」

「どうした？」

「暗がりが続くから、マモノがいるかも」

ところどころに松明《たいまつ》が点《とも》してあるから、真っ暗闇ではないのだが、陽の光は届かない。マモノが棲《す》み着くには格好の場所だ。不用意に足を踏み入れれば危ない。ところが、白の書は「そんな事か」と笑った。

「我の魔法を撃ってみれば良いではないか。然《しか》る後に進めば、危険はなかろう」

「あっ！　その手があった！」

思わず叫んだ声が穴の中に響き渡った。大声を出すな、と白の書が苦々しげに言う。

「シロって頭いいんだね！」

「だから、我を誰だと……」

皆まで聞かずに、ニーアは暗がりの中へと魔法の弾を撃ち込んだ。赤みを帯びた光の弾が闇に吸い込まれるように消えていった。用心の為にもう一度、撃ってみたが、反応らしきものはない。マモノはいないない、という事だ。

中に入ってみると、暗いだけでなく、歩きにくい通路だった。奥に向かって続く細い二本の金属に、その間をちょうどニーアの肩幅ほどの板が延々と敷いてあった。金属と木の板の下には、同じ形の石板が等間隔に置いてある。いったい、何の意味があってこんなものをこんな形に並べているのか、さっぱりわからない。暗がりでは、ただただ邪魔になるだけだ。

煩《わずら》わしい事この上ない足許《あしもと》にどうにか慣れた頃、通路が途切れているところへ差し掛かった。そこは小さな谷間になっていて、わずかばかりの平地を、天まで届きそうな岩の壁が囲んでいる。今は日陰になっているが、一日のうち、多少なりとも陽が当たる時間があるのだろう。至るところに雑草が花を付けている。

その岩壁に寄りかかるようにして、ぽつんと小屋のようなものがあった。他に似たような小屋もなければ、家に類《たぐい》するものもない。ここが崖の村という訳ではなさそうだ。

おまけに、目を凝らして小屋を見れば、屋根と思っていたものは地面に立てた支柱に布を渡しただけのものだった。もちろん、扉や窓はなく、中が丸見えである。

「人が住んでいるのかな？　こんにちは！　こんにちは！」

通路の切れ間から声をかけてみたが返事はなかった。物陰に誰かがいる様子もない。

「誰もおらぬようだな」

「そうだね。行こう」

人が住んでいるのか、もしも住んでいるとしたら、小屋と呼ぶのもためらわれる不用心な場所に平然と寝起きするのは如何《いか》なる人物なのか、頗《すこぶ》る付きの興味を覚えたのだが、それよりも今は村長の家だ。己の関心はひとまず脇へ置いて、ニーアは再び先へと進んだ。

暗がりの中から見た光は明るかったが、実際に出口へ立つとそうでもなかった。ただ、強い風が顔に吹きつけてきて、眩《まぶ》しい光を見た時と同じ動作で手をかざさずにいられなかった。

出口を出て数歩進めば、恐ろしく切り立った崖になっていた。そこから長い吊り橋《つばし》が伸びている。平地らしい平地が全くない、深い谷だった。風の音と、からからと回る風見鶏《かざみどり》の音とがやけに甲高く響く。

「不思議なところにある村だなあ」

崖の村、という名は誇張でも何でもなく、見たままを村の名にしたのだ。深い谷を挟んだ双方の崖に黒っぽい筒のようなものが幾つもへばりついている。タンクだ。あれが住居なのだろう。屋根に当たる部分が丸くなっているせいで、遠目に見ると家というよりも卵を連想した。平面にくっついている何かの卵。そこまで考えたとき、樹皮に産み付けられた虫の卵が思い出されて、鳥肌が立った。

また、崖には梯子《はしご》や通路らしきものが見えた。上下左右の家同士が行き来できるようになっているようだ。石の神殿で見た外付け通路と見た目がよく似ているから、あれも板張りなのだろう。

他に特徴的なのは、至る所に立てられている大小様々な風見鶏と、橋の下に何枚も下がっている布だった。風の強さや向きが一目でわかるものが、ここの暮らしには欠かせないという事だ。

「村長の家は、一番高いところにあるって言ってたよね？」

一番高いところにあるだけでなく、他の家とは少々異なった色をしていたから、すぐにわかった。

「あれ……だよね」

「然《しか》り。だが、行き方がさっぱりわからぬ」

村の出入り口、ニーア達が立っているところから、すぐ右側の崖の中腹にそのタンクはあるのだが、そこへ向かう通路がない。どうやら、目の前の吊り橋を渡って反対側の崖に行き、そこから伸びている別の橋を使って再びこちら側の崖に戻る、という遠回りを要求されているらしい。

「行ってみるしかない、かな」

意を決して吊り橋を渡った。谷から吹き上がってくる強風のせいで、橋桁《はしげた》が小刻みに揺れているのが見てとれる。おまけに、下はどこまで続いているのか定かではない、深い深い谷。万が一にでも転落するような事があれば、絶対に助からない。

吊り橋の中央まで来た時には、背中一面に冷たい汗をかいていた。

「広い場所があってよかった」

橋のちょうど真ん中あたりは、円形の広場になっていた。歩くたびに揺れる橋桁と違って、ここは全く揺れない。

「きっと村の人たちも、ここでちょっと一息入れるんだね。こんなに長い橋なんだから」

「橋の長さ故にこれがあるのは正解だが、休憩目的に造られた訳ではなかろう」

「そうなの？」

「あまりに長い橋は不安定になるし、強度を保つのも難しい。それで、橋の中央から谷底に橋脚を打ち込み、支えておるのだ」

「そうなんだ。じゃあ、広場みたいになってるのも、その……強度？ってやつを保つ為なの？」

「いや。向こうから渡ってくる相手を待って、すれ違う為であろう。吊り橋の途中でのすれ違いは、これまた不安定になりやすい。他は、子供や年寄りが足を休める為でもあろうな」

「なんだ、やっぱり休む為でいいんだ」

「主目的ではないぞ」

そんな話を続けていたからか、気がつけば、中央の広場から反対側の崖までを渡りきっていた。

「手紙の配達とか、大変そうだなあ」

出口のすぐ横にあった郵便ポストを見た時点では、全くそんなふうには思わなかったのだが、長い吊り橋を渡った後だけに、郵便配達員の苦労が偲《しの》ばれた。

しかも、板張りの通路は恐ろしく狭い。石の神殿の外付け通路のほうがもう少し広かったような気がする。手すりや柵の類《たぐい》もない上に、崖にぶつかって風向きが変わるのか、時折、強い横風に見舞われた。ニーアは用心しつつ歩を進めた。ここでは、うっかりつまずいても命取りだ……。

「思ったより小さいんだね」

遠くから見ているせいで小さく感じるのだろうと思っていたタンクは、間近に見ても小さかった。出入りするためのドアも小さければ、窓も小さい。昼間だというのに鎧戸《よろいど》を閉めていて、病人でもいるのかと思ったが、他の家もすべて窓の鎧戸が閉まっていた。

「家の中が暗くても平気なのかな」

「谷底から吹き上げる強風から家を守る為の知恵であろうよ。この形状であるのも、おそらくは」

「シロって物知りなんだねえ」

「我を誰だと思うておる。もっとも、何故《なにゆえ》にこのような場所をわざわざ選んで住みついたのか、その意図《いと》までは我にも理解できぬ」

下の階層への梯子を下り、また通路を進み、その先にある梯子を上って上の階層へ戻ると、二本目の吊り橋があった。これで、ようやく村長の家がある側へ渡る事ができる。

「こんなに遠回りしなきゃならないんだったら、村の出入り口から通路を延ばせば良かったのに」

「まあ、そう言うな。我が思うに、何か然るべき理由があって……」

不意《ふい》に白の書が言葉を切った。

「マモノ⁉」

吊り橋の上にゆらゆらと揺れている黒い影がある。昼間でも山が長く影を落としている地形は、マモノにとって活動しやすい場所なのだろう。おまけに、この橋は至る所に木箱が置きっぱなしになっていて、マモノが身を潜めるのに好都合だった。

とはいえ、こちらには白の書の魔法がある。マモノは狭い橋の上にいるから、狙いをつけるのも容易《たやす》い。すぐに片がつく。そう思って剣を抜いたニーアだったが、踏み出しかけた足を、あわてて引っ込めた。

「な⁉　何、あれ⁉」

丸い球体が幾つも幾つも飛んでくる。赤っぽい色は、白の書の魔法に似ていた。

「魔法だ、馬鹿者！　早く身を隠せ！」

傍らの木箱の陰に飛び込む。行儀良く並んで飛んでくる球体は、木箱にぶつかると弾けて消えた。

「威力はさほどではないが、数が多いのが厄介《やっかい》だ」

「当たれば痛そうだしね」

「隙を見て一撃で倒せ」

一撃で、というのはあの槍《やり》だ。黒く巨大な魔法の槍。魔法の弾丸での攻撃と違って、すぐに撃てないし、連続での攻撃もできないから、正確に狙って……と、ニーアは頭の中で算段を付けてから攻撃を放った。

魔法で攻撃してくる敵と相対するのは、石の神殿の石像以来だったが、倒してしまえば呆気《あっけ》ないものだった。強さとしては、あの石像には遠く及ばない。北平原のマモノと同程度。ただ。

「村の中にマモノが出るなんて……」

「余所者《よそもの》の目には狭苦しく映るタンクの家だが、あれもマモノから身を守る為の知恵なのやもしれぬな」

ここへ至るまで、村人の姿を全く目にしなかった。誰もが行き来する橋の上にもマモノが出るとあっては、崖の村の人々が家の中に引きこもりがちになるのも致し方ないのかもしれない。それも、身を守る知恵のひとつなのだろう。

しかし、その知恵のせいで、来訪の目的が果たせなくなったのは計算外だった。ようやく村長の家に辿り着いたというのに、待っていたのは拒絶の言葉だったのである。

「帰れ！　余所者は帰ってくれ！」

固く閉ざされた扉越しに聞こえてきたのは、村長と思《おぼ》しき男の怒鳴《どな》り声だった。

「お願いですから、話を……」

「帰れ！」

「いえ、僕達は……」

「いいから帰るんだ！　この村から出ていってくれ！」

とりつく島もなかった。話にならぬ、と白の書が苦り切った様子でつぶやいた。村長から話を聞けないなら、他の村人から……という訳にもいかないのがこの村である。道行く人に尋ねるというありふれた方法が使えない。「道行く人」の姿が皆無《かいむ》なのだから。

面倒だが、一軒一軒、訪ねて回るという方法を使おうとしたが、これも不首尾《ふしゅび》に終わった。

「すみません。この辺りで『封印されし言葉』の話を聞いた事がある人はいますか？」

穏やかに声をかけたのだが、一軒目の家からは何の返事もなかった。二軒目の家からは、ぼそぼそした女の声が聞こえた。

「誰も信じない……」

それだけだった。扉を叩いても、声をかけても、もう何も聞こえなかった。次の家も、その次の家も似たようなものだった。

「村を去れ」

「話だけでも聞いてください！」

「帰れ！」

「お願いです！」

「おまえもカイネと同じだ」

「え？」

「カイネを殺せ！」

「ええと……カイネって誰ですか？」

誰だろう？　村人の名前なのか、それとも、余所者の名前なのか。だが、重ねて訊いても、答えはなかった。

おまけに、またマモノが現れた。今度は魔法を放ってくる事もない、弱いマモノだったのに、村人とのやり取りの後だったせいか、疲労が積み増しされた。むしろ、倒すのに手こずるような大物だったら、これほど疲れた気分にはならなかった筈だ。大物であれば、「封印されし言葉」を持っている可能性が高いのだから。

村長の家から吊り橋を二度渡り、郵便ポストまで戻る間に、何度かマモノに襲われたが、いずれも駆除は容易かった。

「どうやら、ここには雑魚《ざこ》しかおらぬようだ」

つまり、「封印されし言葉」を持つマモノはいない。そうだねと答える声が我ながら情けないほど弱々しい。

「ポポルさんのところに戻って、情報を集めよう」

殊更《ことさら》に声を張り上げて答えると、ニーアは暗い通路を引き返した。もちろん、先に魔法を放って、マモノが潜んでいないかを確かめるのも忘れていない。村の中にも出たのだから、村と外をつなぐ通路にマモノが出没しない筈がないのだ。

幸い、行きと同じく帰りも、マモノの気配はなかった。

「何とも陰気な村であったな」

「歓迎してくれなくてもいいから、話くらい聞いてほしかったよね」

昼間から窓に鎧戸を下ろしている人々は、心の内にも鎧戸を下ろしているのかもしれないと思う。

「ねえ、シロ。あの小屋の持ち主、もう帰ってきてたりしないかな？」

ちょうど通路の切れ間に来ていた。小屋とも呼べない代物ではあったが、少なくともタンクではないし、鎧戸付きの窓でもない。そもそも窓も扉もなかったが。ただ、タンク以外のものを住居としている人なら、話を聞いてもらえるかもしれない。

さっきは離れたところから様子を窺《うかが》うだけだったが、今回はすぐそばまで行ってみた。扉も窓もなしでは、雨の日はどうしているのだろうと思ったが、間近に見ると横に渡した丸太に分厚い布がくくりつけてある。悪天候の際には、これを地面まで下ろして雨風を防いでいるらしい。

「なんだろう、あれ」

白い花が見えた。曲がりなりにも他人様《ひとさま》の家だとか、勝手に入り込むのは悪い事だとかを忘れてしまうくらい、心惹《こころひ》かれる花だった。白い花など他に幾らでもあるのに、この花の白さは格別だった。雲の白とも真珠の白とも異なる、温かみのある、それでいて透明な白さ。

「綺麗《きれい》な花だなあ」

「伝説の花だ。魅了されるのも無理はない」

月の光と同じ白さを持つ、伝説の花。月の涙。

「じゃあ、これが……」

ヨナの集めたかった月の涙。吸い寄せられるように手を伸ばした、その時だった。

「その花に触るなっ！」

鋭い声がした。手を引っ込めて振り返ると、背の高い女がいた。怒りに満ちた顔よりも、その出で立ちにニーアは狼狽《うろた》えた。

「あの女の人、下着しかつけてないよ」

目のやり場に困って顔を背けようとすると、白の書に叱責《しっせき》された。

「たわけが！　もっと他に見るべき場所があろう！」

言われて視線を戻すと、きつく握りしめている左の拳に黒い靄《もや》が掛かっている。見れば、左足も同じ靄に覆《おお》われていた。ところどころに文様《もんよう》が蠢《うごめ》く。女が深く息を吸い込む。威嚇《いかく》するような息づかい。

「あの人……マモノ？」

身体が勝手に後ずさる。マモノ特有の黒い靄は、半身を覆うまでに広がっている。だが、それ以外はどう見ても人間だった。石の神殿では、石像がマモノだったのだから、ここ崖の村で人間の見た目を持つマモノが出現したとしても、不思議はない。不思議はないのだが、攻撃するのはためらわれた。

「やられる前に攻めよ！」

白の書に促《うなが》されて、ニーアは魔法を放った。そうだ。マモノであれば倒さなければならない。

「やはり、こうなるのか……」

苦々しげに言って、「マモノ」は剣を抜いた。左右の手に一振りずつ握られた双剣が、凄まじい勢いで振り下ろされる。

「攻撃の手を休めるな！」

剣が風を切る音が聞こえた。身を躱《かわ》し、距離を取る。回避《かいひ》しながら魔法を放つ。

「此奴の攻撃力、侮《あなど》ってはならぬぞ！」

勢い余って地面にめり込んだ剣を引き抜き、再び攻撃へと移る動作は、石の神殿の石像を連想させた。あの石像よりずっと動きが速いとはいえ、似ているのは確かだ。だとすれば、次の攻撃へ移る際に隙ができる……。

敢《あ》えて攻撃を誘い、剣を回避した後、すかさず魔法を放った。攻撃力の高い剣は、重量がある分、動作が遅れがちになる。どうしても防御が後回しになるのだ。

狙いどおり、魔法の弾が直撃した。「マモノ」の身体が吹っ飛び、仰向《あおむ》けに倒れる。

「やったか？」

しかし、マモノ特有の黒い血が噴き出す事もなければ、塵《ちり》となって消える事もなかった。致命傷にはほど遠かったらしく、荒い息をつきながらも「マモノ」が立ち上がった。その左手が奇妙な動きをした。

「彼奴も魔法を使えるのか」

奇妙な動きと思ったのは、魔法陣を描いていたらしい。「マモノ」の周りを魔法特有の赤い光が取り囲む。橋の上にいたマモノとは桁違《けたちが》いに強い魔力の気配がある。

その気配どおり、強烈な攻撃が飛んできた。木箱に当たって弾ける球体の比ではない。当たりどころが悪ければ死ぬ。ぎりぎりで躱《かわ》した瞬間、そう思った。

しかも、「マモノ」の魔法は攻撃だけではない。魔力で編まれた白い壁がニーアの放つ魔法を悉《ことごと》く跳《は》ね返《かえ》した。双剣の時と違って、攻撃の隙をついて魔法を放つというやり方が通用しなくなった。もはや逃げるしか選択肢はなくなった。だが、その隙すら見せてくれそうにない。戦う前に逃げるべきだったと後悔したが遅い。これまでか、と弱気と諦《あきら》めとが交錯《こうさく》した時だった。

不意に、目の前の「マモノ」が動きを止めた。逃げる好機かと思いきや、逃げ道が徹底的に叩き壊されただけだった。「マモノ」の視線の行き先を見たニーアは、崖っぷちに立たされたと思った。もう一体、マモノが現れたのである。まさに崖の上から這《は》い下りてきたのは、これまでに見た中で最も巨大なマモノだった。

崖を這う様子は、トカゲに似ていた。村の図書館ほどもあるトカゲなど存在している筈もないが。加えて、甲殻類《こうかくるい》のように節くれ立った尾、それも先端に自在に動く指がついた尾など、真っ当な生き物が持つものではない。

その尾と三本の足を使って動くたびに、マモノの黒い体表が、油膜でも張っているかのように、てらてらと光った。

強力な魔法を使う「マモノ」と、巨大なマモノ。これが連携して襲ってきたら、どう足掻《あが》いても勝てる筈がない。これは死んだな、と思いながら、「マモノ」に目をやったニーアは戸惑った。「マモノ」がマモノを睨《にら》みつけている。憎悪と憤怒《ふんぬ》とを滾《たぎ》らせた眼で。

気のせいでも、見間違いでもなかった。次の瞬間、「マモノ」が双剣を振り上げてマモノに襲いかかったのである。マモノもまた、鉤爪《かぎづめ》のついた前足を「マモノ」へと叩きつけようとしていた。

「どうやら、我らのことは眼中にないようだな」

なぜだろう？　罵倒《ばとう》の言葉を吐き散らしながら、「マモノ」が続けざまに魔法を放っている。およそ容赦《ようしゃ》というものが感じられない攻撃だった。さっきは相当に手加減をしていてくれたらしい。これと同じ攻撃を向けられていたら、今頃、自分はここに立っていなかったはずだ。

「とにかく大きいほうのマモノを倒そう」

深く考えていた訳ではない。ただ、二体が戦っている隙に逃げようとは思わなかった。

「今までの奴とは格が違うぞ！　気を引き締めよ！」

小さくうなずいて、ニーアは巨大マモノの頭部へと魔力を集中させた。橋の上のマモノを一撃で仕留《しと》めた槍を放つ。もちろん、今回は一撃で仕留められるとは思っていない。ところが、結果は最悪だった。巨大マモノがニーアへと視線を向けてきたのである。

鉤爪のついた手が迫ってくる。逃げる暇もなかった。このまま叩き潰されて死ぬと思った。だが、そうはならず、いきなり身体が浮いた。横合いから蹴り飛ばされたと気づいた時には、地面に転がっていた。その傍らに鉤爪がめり込んでいる。今の今まで、自分が立っていた場所だと気づき、ぞっとした。

なぜだかはわからないが、「マモノ」が助けてくれたらしい。乱暴なやり方ではあったが。

「あ、ありがとう……」

「邪魔だっ！」

鬱陶《うっとう》しげに吐き捨てると、「マモノ」は双剣を構え直した。そこへ、マモノが前足を振り下ろした。ニーアを助けるという余計な動作が入ったせいで、「マモノ」の反応がわずかに遅れた。見るからに強烈な一撃だった。

まともに食らった「マモノ」の身体が仰向けに倒れていく。しかし、「マモノ」はその体勢から無理矢理に魔法を放っていた。当たり所が悪ければ死ぬと思った、あの強力な攻撃魔法である。

巨大マモノの左目を魔法が抉《えぐ》る。「マモノ」が無理矢理に放った魔法だが、偶然なのか、執念のなせる技か、無駄撃ちにはならなかった。巨大マモノが奇妙な咆哮《ほうこう》を上げ、身を震わせた。致命傷ではなかった。巨大マモノはその大きさに似合わぬすばやさで崖をよじ登る。

「待…て……」

起き上がれぬまま、「マモノ」が苦しげに顔を歪《ゆが》める。後を追おうとするかのように伸ばした手が、力を失って落ちる。

「見よ！　文様が消えていく」

それは、引き潮のようだった。「マモノ」の左半身を覆い尽くしていた黒い靄が消えていく様は。

静けさが戻った。巨大なマモノは、崖の向こうへと姿を消した。「マモノ」からは、黒い文様も消えた。

「この人、人間だよね？」

黒い文様もなく、双剣を振り回す事もなくなれば、目の前に倒れているのは、ただの人間にしか見えなかった。

「半分はな。いわゆる『マモノ憑《つ》き』というやつらしい」

人でありながらマモノを身に宿した者だと、白の書は言った。つまり、人間である。たとえマモノが憑いていたとしても。

「悪い事しちゃったな、僕」

てっきりマモノだと思っていたから、攻撃した。人間相手であれば、絶対に向けなかったであろう魔法の弾を、撃った。

『やはり、こうなるのか……』

あの苦々しげな声。これまでにも、マモノと見なされて攻撃されてきたからこそ、口をついて出た言葉だ。

「ともかく、この人を助けなきゃ」

マモノ扱いして攻撃した自分を、助けてくれた人だ。あの小屋の中へ運び込んで、傷の手当てをして。この人が意識を取り戻したら、改めて礼を言おう。そして、謝ろう……。

瞼《まぶた》が小刻みに震えた。黒い睫《まつげ》が大きく揺れる。

「あ、気がついた！」

戸惑うように動いた瞳がニーアを見、白の書を見た。起き上がろうとしたようだが、わずかに頭が浮いただけだった。色を失った唇から、「貴様ら」と低く押し殺したつぶやきが漏《も》れる。

「さっきはごめんなさい！　てっきりマモノだとばかり……」

謝罪の言葉は皆まで言わせてもらえなかった。

「半分は本当にマモノだ。さっさと出て行け」

「我らはおまえを介抱《かいほう》し、謝罪した。名前くらいは名乗らぬか」

心外だと言わんばかりの白の書を、あわてて止めた。

「いいよ。あんなに激しく戦った後だもの。疲れてるんだ、きっと」

本当は疲れているのではなく、顔も見たくないと思われているのかもしれない。そう思われても仕方のない事をしてしまったのだ、自分達は。

「行こう、シロ」

白の書を促《うなが》して、小屋を出ようとした時だった。

「カイネ」

思わず足が止まった。

「私の名前だ」

「その名……村で聞いたな」

白の書と同じ事をニーアも思い出していた。カイネを殺せ、という言葉を。

「もういいだろう。私に関わってもロクな事がない。帰れ」

それから、と続く言葉は、どこか冷ややかで突き放すような響きがあった。

「奴は私のエモノだ。絶対に手を出すな」


カイネの小屋を出た後は、まっすぐに村へ戻った。ヨナの事も気がかりだったが、その前に向かったのは図書館だった。ポポルに村での出来事を報告しておかなければと思ったのだ。

「そう。崖の村にはそんなに大きなマモノが出ているの」

崖の村で村長に追い返された事、巨大なマモノに遭遇《そうぐう》し、逃げられた事をかいつまんで話した。カイネの事には触れなかった。本題とは無関係だったし、なぜか気が進まなかった。

「そうなんです。今の僕じゃあ、追い払うのが精一杯でした」

絶対に手を出すなとカイネに言われたが、はいそうですかと聞き入れる訳にはいかなくなった。あの巨大マモノの左目がカイネによって抉られた瞬間、「封印されし言葉」が手に入ったと白の書が言ったのである。それだけではない。巨大マモノからは、まだ他の「封印されし言葉」の気配が感じ取れたという。

「武器をもっと強くする方法はないですか?」

何が何でも、あのマモノを倒すしかなくなった。「封印されし言葉」を手に入れた事で、白の書が使える魔法が増えた。黒い、巨大な腕を召喚《しょうかん》して、辺り一面の敵を叩き潰す強力な魔法だった。だが、それだけでは不足だ。あの化け物じみたマモノを倒すには、もっと手数が要《い》る。

それなら、とポポルが顔を上げた。

「ロボット山のほうで採れる金属で、武器を強化できるって聞いた事があるわ。山の入り口にある商店でやってくれる筈よ」

そういえば、北平原の地図に「ロボット山」と記された場所が確かにあった。

「わかった。訪ねてみます」

地図上では、崖の村よりも近い。明日にでも行ってみようと思った。

3

明日にでも行こうと考えていたロボット山だが、実際に足を運ぶにはもう一日を要した。武器を強化する為の費用を稼がなければならなかったのだ。

幸い、仕事はあった。北平原で半日ほど羊狩りをして、羊の肉と引き換えに現金を手に入れた。逃げる羊を一人で狩るのは重労働だが、今は白の書がいる。離れた場所から魔法を撃てば、走り回らずとも羊を仕留める事ができた。

崖の村よりも近くにあるロボット山だったが、やはり早朝に村を出発した。ヨナの病状が思わしくなかったからだ。昼も夜も、うとうとと微睡《まどろ》んでいるばかりで、食も進まない。それが可哀想《かわいそう》で、少しでも早く治してやりたくて、とても眠ってなどいられなかった。

冷たい朝露に足を濡らしながら北平原を駆け抜け、地図に従って北東の鉄橋を登った。鉄橋の上を渡ると、そこがロボット山の入り口だった。白の書が不思議そうに辺りを見回して言う。

「ここは……いったい？」

「昔の遺跡が埋まってるんだって」

入り口には金網の柵と扉があって、その向こうには、大きく傾いた梯子やどこから登っていいのかわからない櫓《やぐら》などが見えている。白の書でなくとも、ここはいったい何の為の場所なのかと言いたくなる。

驚いた事に、崖の村の通路で見たのと同じ、細い二本の金属と、その下に規則正しく並べた石板が鉄橋の上から、金網の柵の向こうまで続いていた。

とはいえ、崖の村との共通点といえば、それくらいで、風見鶏もなければタンクもない。金属の太い筒が地面から生えていたり、鉄の箱が転がっていたり、筒のひとつから引っ切りなしに白い煙が上がっていたりと、ここはここで風変わりな場所ではあるが。

「こんなところに、お店なんてあるのかな?」

さっきから目の奥や鼻の奥が痛かった。おかしな臭いの煙のせいだ。何を燃やせば、こんな臭いになるのだろう? 天然ゴムを燃やすと酷い悪臭がすると、道具屋の主人が笑いながら話してくれた事があったが、これがその悪臭なのだろうか?

「誰かに訊いてみたいけど。誰もいないよね、ここ」

崖の村とのもうひとつの共通点だった。どうしたものかと思いながら歩いていると、子供の声が聞こえた。おなかすいたよ、と愚図《ぐず》っている声だ。

「良かった。誰かいるみたいだ。シロ、行ってみよう」

声が聞こえたほうへと走った。錆《さ》び付《つ》いた筒が何本も地面から生えているのを横目に見ながら進んでいくと、また金網の扉があった。子供の声はこの向こうから聞こえていた。おにいちゃん、と呼ぶ声はまだ小さい男児のもの。

こんにちは、と声をかけながら扉を開ける。

「いらっしゃいませ」

声の主は、ニーアと同じくらいの年格好の少年だった。その傍《かたわ》らにいるのが、おなかがすいたと愚図っていた弟だろう。

「ここ、お店なの？」

いらっしゃいという挨拶《あいさつ》は、店主が客に向けてするものだ。

「はい。といっても、今はできないんだけど」

「今は？」

「普段は、奥にあるロボット山から金属を掘ってきて、加工して売ってるんです」

ポポルが言っていた、武器を強化してくれる店とは、ここだったのだ。村の武器屋や道具屋のような店を想像していたから、看板ひとつない金網の扉の先が店になっていたとは思わなかった。

「ロボット山は昔、軍事基地だったらしくて、良い素材がたくさんあるんですよ。ちょっと危ない場所なんですが、背に腹は代えられないというか」

「君達二人だけでやってるの？」

「父さんは、弟が幼い頃に死にました」

うちと同じだ、と思った。ヨナが生まれて間もない頃に、遠い町で父さんは死んだ……。

「母さんは……仕入れに出かけています」

「仕入れって、金属を掘ってくるっていう？　さっき言ってた」

不意に、横合いから小さな手が伸びてきて、ひとつ、ふたつと指を折った。

「七つ。おかあさん、これだけかえってきてない」

「一週間も⁉」

弟のほうはヨナと同じくらいだろうか。母親と一週間も離れるには、まだ小さすぎる。

「最近は、奥のほうまで行かなきゃ素材が手に入らないらしくて……」

なるほど、「今はできないんだけど」と言っていた理由がわかった。傍らの弟が「おなかすいたよう」と、また愚図った。その姿に、ヨナが重なって見えた。いや、ヨナはもっと聞き分けが良かったけれども。

「素材さえあれば、武器の加工ができるんだよね？」

「ええ。でも、山の中は危険で……」

「じゃあ、素材は僕が取ってくるよ」

「えっ？」

驚きに見開かれた目を見て、改めて思った。自分にはデボルとポポルがいたし、親切な村人達もいたけれども、この少年には誰もいないのだ、と。


兄弟の店を出て、少し歩けばもうロボット山だった。地面から金属の筒が生えているのは、兄弟の店の入り口と同じだが、こちらのほうは筒以外にも金属板やら柱やらも生えていた。進んでいくと、建物の内部のようだった。「元は軍事基地だった」と言われても、今ひとつ意味がわからずにいたのだが、要するに大きな建物だったのだろう。

窓らしきものは全くなかったが、内部は明るい。天井を見上げると、松明《たいまつ》でも蝋燭《ろうそく》でもない、丸い明かりが取り付けられている。白の書の言葉を借りれば「旧世界の機械が延々と守り続ける廃墟《はいきょ》」

だから、らしい。

「全く、このような錆臭《さびくさ》い所に我が来ようとは」

「シロはすぐブツブツ言うんだよなぁ」

そう言い返してみたものの、気持ちはわからなくもない。錆臭いだけでなく、何を燃やしたのかわからない煙の臭いがする。古い油の臭いもするし、そのせいなのか、床が滑って歩きにくい。

そして、マモノは出没しなかったが、代わりに四角い、箱のような機械が攻撃してきた。機械というものはその場から動かないと思っていたが、ロボット山の機械は結構な速度で移動する。

羊を狩る要領で魔法を放って事なきを得たが、羊と違って、ここの機械は倒した後に爆発するのが厄介《やっかい》だった。

「けっこうキツイね」

「子供のやる仕事ではないな」

大人であっても、腕力の弱い女性には難しいのではないか。兄弟の母親は女性にしては腕力があって、武器を持って機械とやり合ったりできたのかもしれない。それとも、物陰に隠れたり、逃げたりしながら、隙を見て金属を採取していたのだろうか。いずれにしても、危険極まりない仕事である。そして、母親はもう一週間も戻っていない……。

その先を考えたくなくて、ニーアはひたすら機械を壊し続けた。

4

十分すぎるほどの素材を手に入れて、店に戻ったニーア達を迎えたのは、弟の泣き叫ぶ声だった。おかあさん、と叫ぶ声を聞いて、胸が締め付けられた。ニーア自身、母が死んだ後、発作のように叫び出したくなった言葉だ。そして、決して発する事なく飲み込むしかなかった言葉でもあった。

「あっ。お帰りなさい」

兄のほうは笑顔だったが、それがかえって痛々しい。

「素材を取ってきたよ」

「ありがとうございます。すぐに武器を強化しますね」

ニーアから素材と武器を受け取ると、兄は奥へと戻っていった。弟がまとわりつくようにして後に続く。

金属を削るような音や、叩く音の合間に、弟の泣き声が入り交じる。少し遅れて、弟を宥《なだ》める兄の声も。立ち聞きするつもりはなかったのだが、聞こえてしまった。弟が母親を捜しに行きたいと駄々《だだ》をこねていたのだ。

「お待たせしました。今回は特別に無料で結構です」

これでうちも営業できますと、にこやかに言う兄の横で、弟が泣きじゃくっている。

「あの……」

「ああ、すみません。弟がお騒がせしてしまって」

しゃくり上げている弟の頭に手をのせ、「もうちょっと待っていよう。な？」と兄が宥《なだ》め賺《すか》すのを見て、とうとう我慢できなくなった。

「シロ……」

「皆まで言うな！　もうわかっておる。此奴らの母親を捜せばいいのだろう？」

兄はひたすら恐縮していたが、弟は「早く、おかあさん見つけてきてね」と無邪気に笑った。


地下へ向かうエレベーターの起動パスコードを教えてもらい、再びロボット山へと引き返した。この事態を予測していた訳ではないが、早朝に村を出発したのは大正解だった。あの兄弟の母親を捜しに行っても、さほど遅くならずに帰宅できる。

「何故そこまであの兄弟に肩入れするのだ？」

「母さんがいない寂しさは、僕達兄妹も知っているから」

寂しさだけでなく、兄としての不安も痛いほどわかる。自分よりも弱く幼い者を守らねばならない重圧も。

それでも、自分には、何かにつけて気に掛けてくれるデボルとポポルの姉妹がいた。親切な村人達もいた。だが、このロボット山に村はない。店に客がやって来たとしても、彼らは日々の挨拶を交わし合う隣人とは違う。あの兄には誰一人として手を差し伸べてくれる者がいない。その孤独の深さを思うと、せめて母親捜しの手伝いくらいはしてやりたいと思うのだ。

それに、あの兄と違って、自分にはロボット山の奥まで進む力がある。エレベーターで次の階層へと進むなり、機械どもの攻撃は激しくなった。一振りの剣だけでは難しくとも、白の書の魔法が使えるおかげで、機械どもの攻撃を凌《しの》ぐ事ができる。そこまで考えて、はっとした。

剣だけでは難しい？　白の書の魔法が使えるおかげ？　じゃあ、あの兄弟の母親は、どうやってロボット山の地下まで進んだのだろう？

「おまえは、本当に信じておるのか？　彼奴らの母親が本当にこんな場所まで来られた、と」

白の書は鋭い。たった今、考えていた事を読み取られたかのようだ。

「一週間以上も、たった一人で素材を探し続けていると信じておるのか？　我が思うに、母親はきっともう……」

「生きてるよ！」

その先を言わせたくなかった。言葉にしてしまったら、現実になってしまうかもしれない。それが怖い。あの二人には母親が必要だ。幼い弟以上に、あの兄には。

「信じなきゃ、奇跡だって起きない」

油と煤《すす》と錆の臭いしかしない、ロボット山の内部。湧き水もなければ、身体を休める木陰もない。そんな場所を一週間も彷徨《さまよ》うのは……果たして可能なのだろうか？　しつこく浮かび上がってくる疑問を頭の中から追い払う。生きてる、生きてる、と自分に言い聞かせる。

「奇跡、か」

それきり、白の書は黙り込んだ。

ロボット山の地下一階は、地図があっても迷いそうになるほど複雑に入り組んでいた。幸いにも、兄弟の母親の作業範囲は地下一階までだという。それより深い階層には近寄らないようにしていたのだろう。それだけ危険という事だ。兄に教えられたエレベーターも地下一階にしか止まらないようになっていた。

トロッコに乗ったり、柵を壊して進んだり、予想外の手間がかかったものの、ようやく地下一階もほぼ踏破《とうは》した。残るは最奥《さいおう》にある円形の部屋のみ。地図には「試験場」と掠《かす》れて消えかけた走り書きがあった。地図で見る限り、これまでで最も広い部屋である。いったい何を行う部屋なのだろう？

その部屋の前には、なぜか見慣れた郵便ポストが設置されていた。

「昔は、たくさん人がいたって事なのかな？」

軍事基地として使われていた、という兄の言葉を思い出す。ここへ至るまで、人の姿を見かける事はなかった。このポストを使っていた人々はどこへ行ってしまったのか。

北平原からロボット山へ向かう鉄橋《てっきょう》も、かつては大勢の人間を乗せた「鉄の箱」が走っていたとポポルから聞いた。その人たちはどこへ行ったのかと尋ねても、ポポルは「わからないわ」と言った。もう誰も覚えていないでしょう、と。このポストを使っていた人々の消息も、もう誰も覚えていないのだろう。

扉の開く音で我に返った。視線を上げると、「試験場」は地図のとおり、いや、地図を見て思い描いていた以上に、広い部屋だった。見上げれば首が痛くなりそうなほど、天井が高い。

真ん中に円形の広場があり、入り口からは、そこへ至る短い橋が伸びている。橋を渡る足音がだだっ広い部屋に響き渡った。床の材質が今までとは異なっているのだ。

「早く奥へ進もう」

地図によれば、この「試験場」の向こうにはエレベーターホールがあり、ロボット山の地下一階はそこで終わりだった。つまり、母親の捜索もそこまでという事だ。

終わりが近いからなのか、部屋が広いからなのか、酷く落ち着かないものを感じて、円形の広場を走り抜けようとした。

「な、何これ？」

静まりかえっていた筈の部屋に、耳障《みみざわ》りな音が響いた。ばりばりと紙を破るような音と、お喋《しゃべ》りに似た音。お喋りのほうは人間の話し声に似ているけれども、抑揚がなく、全く意味をなさない音の羅列《られつ》だった。

「非常に不穏であるな」

赤い光が瞬《またた》いている。お喋りに似た音はまだ続いている。

「あっ！　橋が！」

たった今、渡ってきたばかりの橋が切り離され、消えた。もう引き返したくても引き返せない。もっとも、引き返したいとは思わないし、当初の目的はこの先のエレベーターホールである。そこへの道が確保されているのなら、問題はなかった。

しかし、エレベーターホールへ続く扉の前に、立ちはだかる敵がいた。巨大な金属の塊《かたまり》に見えたが、どうやらあれも機械らしい。これまで行く手を阻《はば》んできた機械どもと同じく、自ら動き、攻撃してくる機械だった。

「ちょっと大変そうな敵、だね」

「だが、その労苦に見合う敵でもあるぞ」

「どういうこと?」

「彼奴、『封印されし言葉』の気配がある」

「『封印されし言葉』を持ってるのって、マモノだけじゃなかったんだ」

いずれにしても、これで逃げるという選択肢が完全に消えた。あの巨大な機械を倒す。「封印されし言葉」を手に入れる為に。

「来るぞ」

白の書にうなずいてみせると、ニーアは剣を抜いた。


巨大な機械を破壊し、「封印されし言葉」を手に入れた後、エレベーターホールへの扉を開けた。この先にはもう、捜すべき場所は残っていない。だから、扉を開ける前から、そこに何があるか予想はしていた。

「女の人だ」

薄暗いエレベーターホールの床に倒れている女性は、確かめるまでもなく死んでいた。

「彼奴らの母親であろう」

その傍らには、死体がもうひとつ。あの兄弟の母親は、一人で死んだのではなかった。

「男か……」

まだ若い男だった。首に巻いた金色の鎖が安っぽい光を放っている。恐怖の為か、苦痛の為か、死に顔は醜く歪《ゆが》んでいた。

おそらく、この二人は「試験場」に入り込んでしまい、あの巨大な機械に襲われたのだろう。地図に書かれたエレベーターに乗るつもりでいたのかもしれない。その手前に、とんでもない敵が待ち構えているとは思いもせずに。

隙を見てここまで逃げたものの、その時点で致命傷を負っていたに違いない。あの巨大な機械は、高温の光や高速で飛ぶ爆弾といった攻撃を繰り出してきた。あれを無傷で掻《か》い潜《くぐ》るのは不可能だ。自分にしても、白の書がいなかったら無事では済まされなかった。

死体のそばに大きな鞄《かばん》が転がっていた。どこかに叩きつけられて留め金が壊れたらしく、派手な色の布がはみ出している。女物の服だ。この鞄は男の持ち物ではなく、母親のものらしい。

何か手がかりになるものはないかと、ニーアは鞄の中を探った。この女性が兄弟の母親ではない、という証拠でもあればと思ったのだ。しかし、そんな都合の良い品がある筈もなく、出てきたのは余所行きの服や化粧品だった。

「お金もある。どうして……」

「子供達を捨てて、若い男と逃げるつもりだったのであろう」

そんな、とニーアは絶句する。

「奇跡は起こらず、最悪の真実が待っておったな」

母親が生きていると心の底から信じていた訳ではない。むしろ、生きている筈がないと頭ではわかっていたから、奇跡を信じようとした。ただ、母親には、子供達の許《もと》へ戻る意思がなかったとは想像もしていなかった。帰りたくても帰れなかったのだと思っていた。

母親は、子供達に食べ物を置いていくでもなく、自分が美しく装うための品々を鞄に詰め込み、手許にあった現金のありったけを持ち出した。しかし、綺麗な服は油と錆に汚れ、化粧品の瓶にはひびが入ってしまった。持ち出した現金にしても、死んでしまったのでは使えない。何もかもが無駄になった……。

「戻ろう」

もう、この場所に用はない。

帰りは地上の出口まで一気にエレベーターだったから、たいして歩かずに済んだ。にも拘《かか》わらず、足が重くてたまらなかった。

「彼奴らには何と言う？」

足が重かった理由がそれだ。早く、おかあさんを見つけてきてね、という弟の言葉が耳に蘇《よみがえ》る。あの幼い弟に、真実を告げるのは残酷に過ぎる。皮肉にも、帰りは考える時間がほとんどなかった。

お母さんはお空に昇ったよ、と本当の事を言うべきか。捜したけど見つけられなかった、と嘘をつくべきか。どちらを言っても泣かれるだろうなと思った。そして、弟の反応はニーアの予想どおりになった。

弟は怒りの目でニーアを睨みつけ、その乏しい語彙《ごい》の中から可能な限りの悪罵《あくば》を投げつけ、しまいには大声で泣きながら店の奥へ戻っていった。叱《しか》りつける兄の言葉など耳に入っていない様子で。

「すみません。弟が失礼な事を……」

「いいんです。怒らないであげて」

弟の泣き声が遠ざかると、兄は声を潜めて言った。

「母さんは、一人で死んでましたか？」

ニーアは目を見開く。兄の言葉はまるで、母親の隣に誰かがいた事を知っていたと言わんばかりのもの……。

「いいんです。わかってます」

そういえば、エレベーターの起動パスコードを教えてもらった時、兄の様子はどこかおかしかった。幾度となく、「母さんは」と言いかけては口を噤んだ。兄には何もかもわかっていたのだ。

「教えてください。母さんは、好きな人と死ねたんですか？」

答えられずにいると、白の書が代わりに「遺体はふたつあった」と短く言った。

「良かった。母さんはもう、俺達のことでイライラしたり、悩んだりしなくて済むんだ」

これで良かったんだと繰り返す声が痛々しい。涙ひとつ流すでなく、ただ静かにあろうとする姿が。

「あ、そうだ。これ」

母親の荷物の中から、ひとつだけ持ち帰ったのが香水の瓶だった。他の化粧品の瓶は割れてしまったのに、これだけは無傷で残っていたのだ。

「母さんの香水……」

ニーアの手から瓶を受け取るなり、兄は栓を開けた。バラの香りが漂う。

「母さんの、匂いだ」

初めて兄の目に涙が浮かんだ。


ひとしきり泣いた後、兄は再び穏やかな表情になって、ニーア達を見送ってくれた。いつの間にか、弟も店の奥から出てきて、手を振ってくれた。

何か重苦しいものが胸の内に燻《くすぶ》っていたが、これで良かったのだと思う事にした。あの兄弟の店には、また武器の強化を頼みに行く。そのとき、ちょっとしたお喋りでもできればいい。ただそれだけでも、慰めとなり励ましとなる。ニーアはそれを誰よりも知っていた。


北平原を全速力で駆けても、村に戻ったのは夕刻だった。今日ほどヨナの笑顔が見たいと思った事はない。

蝶番《ちょうつがい》を鳴らさないように、そっと扉を開け、静かに階段を上る。少しでもヨナの顔色が良くなっていますようにと願いながら、寝台に歩み寄った。

「ヨナ、ただいま」

静かに声をかけてみる。毛布がもぞりと動く。寝返りではないとわかる動きだったから、ヨナは眠っていないとわかった。

「ヨナ？」

起きているのなら、すぐに返事がある筈だった。体調が良い時には、「おにいちゃん！」と飛び起きてくるし、具合があまり良くなくても寝床の中から「おかえりなさい」と言ってくれる。

「ヨナ？　大丈夫か？」

嫌な感じがした。毛布をそっとめくった手が凍り付いた。

「からだ……いたい……」

ヨナの額には脂汗《あぶらあせ》が滲《にじ》んでいた。

「ポポルさんから薬をもらってくるからな。それまで待ってるんだぞ」

額の汗を拭《ふ》いてやり、急いで部屋を出ようとした時だった。おにいちゃん、と今にも消え入りそうな声がした。

「むり……しないでね」

「心配しなくていいから」

こんな時でも我儘《わがまま》を言わないヨナがいじらしくてならなかった。早く何とかしてやりたい。早く病苦から解放してやりたい。

ただそれだけを願いながら、ニーアは図書館へと走った。

[報告書04]

白の書と黒の書について記された古文書をニーアに見せたところ、その反応はこちらの予想を超えていた。白の書と黒文病《こくもんびょう》の治療を結びつけて考えるであろう事は想定の範囲内だったが、「封印されし言葉」を全て集めると言い出すとは思わなかった。

しかも、それを後押ししたのが他ならぬ白の書だった。記憶を失っていて好都合だと思ったが、それが裏目に出る事もあると思い知らされた。

闇雲《やみくも》に「大型のマモノ」を探し回られては、またも想定外の事態を引き起こしかねない。それで、崖の村の情報を教えた。現時点では確定事項ではないのだが、崖の村に不穏な動きがある。その意味でも、ニーアと白の書を崖の村へ行かせるのは都合がいいと判断した。

事実、崖の村から帰還した彼らは、村の中に「マモノ」が出没したことや、「封印されし言葉」を持つ「巨大マモノ」と遭遇した事などを報告してくれた。

ただ、今度は武器を強化したいと言い出した為、ロボット山についての情報を与えなければならなくなった。その判断が果たして正しかったかどうか、現時点ではわからない。

武器の強化と度重なる戦闘とで、ニーアは着実に力をつけつつある。これも、今までになかった事象であり、細心の注意を払って観察すべきと考える。

(記録者・ポポル)

NieR Replicant
ver.1.22474487139...
《ゲシュタルト計画回想録》
File01

少年ノ章4

1

海岸の街へ向かう時は、いつもいつも足が重かった。マモノや気の荒い鹿が出没しなければ、のろのろと歩いていたに違いないと思っていた。その南平原を、一分一秒でも早くと自らを急《せ》き立《た》てて走る事になろうとは。

もちろん、ヨナの為だった。

これまでと同じように薬を飲んでいたにも拘《かか》わらず、ヨナが身体の痛みを訴えた。昨夜の事だ。病が悪化して、薬では痛みを抑えきれなくなったのかと、絶望的な思いでポポルのところへ向かった。

ポポルなら良い知恵を貸してくれるに違いないという期待は、今回も裏切られなかった。

『それだったら、薬魚《くすりうお》がいいかもしれないわね』

同じ薬を続けて飲んでいると、効きが悪くなることがあるのだとポポルは言った。それを聞いて、少しだけ安堵《あんど》した。打つ手がないほど病が悪化した訳ではなかったのだ。

『薬魚って？』

『海岸の街で獲れる魚なんだけど、強い鎮痛作用があるって聞いた事があるわ。ただ、薬魚は保存が利かないのが難点なの』

現地で入手するしかないと言われて、今日も早朝に村を出た。鶏飼いの夫婦もまだ起き出していない時刻だった。

ひたすら走り続けた甲斐《かい》あって、海岸の街に着いたのは昼前だった。薬魚を入手するのに手間取らなければ、今日のうちに村に戻れるかもしれない。

「薬魚か。無闇《むやみ》に探しても見つかる訳ではないな」

「どうしよう。どんな魚かもわからないのに」

「ひとまず、街の住民に話を聞いてみるのがよかろう」

「そうだね。お店で売ってるかもしれないし」

初めて海岸の街を訪れた際、浜辺の近くに魚を売る店を見つけた。人の良さそうな老婆が、ゆっくりした動作で魚を油紙に包んでいたのを覚えている。ぼんやりと魚を見ていると、「魚が珍しいの？」と老婆は笑って、並んでいる魚の名前をひとつひとつ教えてくれた。

その時には、「薬魚」という名の魚はいなかったような気がする。もともと魚に興味があった訳ではないから、単に聞《き》き漏《も》らしただけかもしれないが。

店に行ってみると、くだんの老婆が空っぽの陳列台をせっせと水拭きしているところだった。

「ごめんなさいねえ。今日はまだ、新しいお魚は入ってきていないのよ」

「そうなんだ……」

早朝に村を出たのが仇《あだ》となったらしい。

「焦っても仕方あるまい。薬魚とやらが店に並ぶのを待つしか……」

白の書がそう言いかけた時だった。通りすがりの若い男が「薬魚が欲しいのかい？」と声をかけてきた。

「そうなんです。他に売ってるお店はありませんか？」

「薬魚は店じゃあ売ってないよ」

「え？」

「薬としてはともかく、そんなに美味しい魚じゃないしね。色だって、たいして綺麗《きれい》じゃないし。まあ、全然店に並ばない訳じゃないけど。他の魚と一緒に網に掛かったとか」

だとしたら、店の前でじっと待っていても手に入るとは限らない。困った。いったいどうしたらと頭を抱えたくなったが、若い男は親切だった。

「薬魚が欲しいなら、堤防のところにいる爺《じい》さんに訊《き》いてみるといい」

「お爺さん、ですか」

「釣り好きだからね。この辺の魚の事はよく知ってる。薬魚にも詳しいと思うよ」

「ありがとう」

耳寄りな話を聞いた。魚屋で薬魚を買う計画が頓挫《とんざ》した今、薬魚に詳しい人物は貴重である。魚屋以外で買えるのか、値段は幾らぐらいなのか、わからない事だらけだった。釣り好きなら、今も釣りの真っ最中で、薬魚を釣り上げているかもしれない。もしそうなら、売ってくれないかと話を持ちかけてみてもいい……。

堤防に行ってみると、確かに老人が佇《たたず》んでいた。近づいてみると、老人は海に向かって、ぶつぶつと何かつぶやいている。

「こんなに海が近いのに、釣りひとつ満足にできない奴等《やつら》ばかりか」

ふん、と鼻を鳴らす様子は不機嫌そのもので、声をかけるのがためらわれるほどだった。それでも、不機嫌な老人に話しかけるくらい、どうという事もない。……この街では。

「あの、すみません。僕、薬魚を探してるんですけど……」

「薬魚? ああ、そんなんなら、すぐ釣れるだろ」

ぶっきら棒な物言いではあったが、不思議と、不快感や恐怖はなかった。悪い人ではない、と感じた。

「ほれ、竿《さお》をやるから自分で釣ってこい」

老人は、ニーアの手に釣り竿を握らせた。恩着せがましさのない、ごく自然な動作だった。やはり、悪い人ではなかった。

「ここじゃ釣れないからな。薬魚がいるのは、西の入り江だ」

「でも……。釣りって、やった事ないんです。竿の使い方とか、よくわからないし」

「そんな事も知らんのか」

呆《あき》れ声で言いながらも、老人は釣りのやり方をひととおり教えてくれた。悪い人どころか、親切な人だ。

「薬魚はルアーを使え。ほら、これをやろう」

「あ、ありがとう」

「釣りは魚との体力勝負だからな。頑張れよ」

老人に励まされて、ニーアは西の入り江へと向かった。

「そういえば、さっきのお爺さんも、街の人達も、シロを見ても驚いてなかったね」

「我が偉大なる『白の書』と知っての事であろう。宜《むべ》なるかな」

「あー、うん。そうかも」

海岸の街には、珍しい品々を積んだ外国の船がやってくる。街の人達は、そういった品々を頻繁に目にしている。変わった味の食べ物や、何に使うのかわからない素材に、風変わりな仕掛けの道具に……。おそらく、白の書もその類《たぐい》だと思っているのだろう。海の向こうから届いた本であれば、喋《しゃべ》っても不思議はない、と。

改めて訪れてみると、美しい街だった。真っ白な壁を持つ建物が青い海をますます鮮やかに見せていた。形や大きさを揃《そろ》えた石を敷き詰めた道は歩きやすいだけでなく、目にも楽しい。人々は開放的で、余所者《よそもの》は出て行けなどと言い出す者は皆無《かいむ》である。魚臭い風だけは如何《いかん》ともし難かったが。

店が立ち並ぶ目抜き通りから狭い道に入り、洞窟《どうくつ》をくぐると西の入り江だった。広々とした砂浜に、何頭ものアザラシが丸太のようにごろごろ転がって日なたぼっこをしている。走り回る子供達の姿が微笑《ほほえ》ましい。

長閑《のどか》な光景を眺めつつ、教わったとおりにルアーを釣り糸に付け、竿を振った。

「慎重にな」

「わかってるよ。浮きの動きをよく見て、と」

浮きが沈んで釣り竿が大きく撓《しな》ったら、身体ごと竿を引き、魚と逆方向へ竿を倒し続けるように力を入れる……と、老人の言葉を反芻《はんすう》する。あとは、静かに待つだけだ。会話は最小限、どうしても話をするなら声は小さく。大きな声や物音は、魚が逃げる……。

「釣れた！」

老人の教え方が良かったのか、たまたま運が良かったのか、釣り糸を垂れていくらも経《た》たずに薬魚が掛かった。黒っぽくて、「たいして綺麗じゃない」色をしていて、思っていたよりも小振りの魚だった。半日がかりの帰り道を思えば、小さい魚のほうが荷が軽くて助かる。

「早く村に帰ろう」

これなら、帰りも走れる。帰ってすぐに薬魚を食べさせてやれば、今夜こそヨナは痛みに悩まされずに、ぐっすり眠れるだろう。


薬魚は劇的に効いた。幼い子供は苦みの強い食べ物を嫌うものだが、ヨナは文句ひとつ言わずに薬魚を食べた。それだけ痛みが耐え難かったのかもしれない。

効き目はその晩のうちに現れた。夜遅くになって様子を見に行くと、ヨナは静かな寝息をたてていた。苦しげに眉根《まゆね》を寄せる事もなく、毛布をきつく握りしめるでもない、穏やかな眠りだった。

翌朝になると、ヨナはもうベッドに起き上がっていた。顔色も悪くない。

「おはよう、ヨナ。調子はどうだい？」

「うん。もういたくないよ」

「そっか……。良かった。本当に良かった」

これからも、時間と用事を作って海岸の街へ行き、薬魚を釣ってきてやろうと思った。

「ねえ、おにいちゃん。そのご本、なあに？」

ヨナが物珍しそうに白の書を見ている。

「そうか。ヨナにはまだ紹介していなかったんだね」

考えてみれば、石の神殿から戻る途中もヨナは眠っていたし、帰宅後もほとんどベッドから起き上がれなかった。白の書もヨナを気遣って、家の中にいる間はほとんど喋らずにいたのだ。同じ家の中にいながら、ヨナが白の書をそれとわかって目にしたのは初めてだった。

「我が名は白の書。深遠なる叡智《えいち》の……」

しかつめらしく名乗りを上げようとする白の書をヨナの楽しげな声が遮《さえぎ》った。

「シロちゃん？　こんにちは、シロちゃん！」

「なっ、我が名は白の……」

「シロも、ずっとヨナの事を心配してたんだ」

「そうなの？　ありがとう、シロちゃん！」

白の書が深々とため息をついた。

「もうその呼び方で良い」

「よろしくね、シロちゃん」

「この兄にして、この妹あり……であるな」

白の書の嘆きをよそに、ヨナは嬉しそうに目の前の本を見上げていた。

2

海岸の街へ出かけた数日後、ニーアは頼まれた薬草を届ける為に、図書館へ足を運んだ。

「最近、調子はどう？　大丈夫？」

「薬魚のおかげで、すっかり元気になったよ。ポポルさん、ありがとう」

「ヨナちゃんもだけど、あなたもよ」

「僕？」

「最近、遠出ばかりしているようだけど、無理してない？」

再びロボット山へ出かけたのは、一昨日だった。ロボット山の地下で素材を探し、また武器を強化してもらったのだ。「封印されし言葉」を持っている敵は、どれも強かった。この先も戦い続けるには、武器の強化は欠かせない。

「平気だよ。ヨナの身体の事を考えたら、立ち止まる訳にはいかないからね」

「そう。そうね……」

ポポルに心配をかけたくなくて、ニーアは殊更《ことさら》に明るい声を出す。

「何か、僕に手伝える事はない？」

わずかばかりの逡巡《しゅんじゅん》の後、ポポルは「実は」と切り出した。

「交易用の水路を整備する計画があるの」

水路といえば、村にも小さな船着き場がある。今は使われていないが、昔は船が行き来していたのだと、村の誰かが言っていた。あの辺りを整備して再び船で行き来できるようにする、という計画なのだろう。

「準備が整うのはずっと先になってしまうのだけれど……。それでも、船が使えるようになれば、あなた達の助けになるはずよ」

「そうだね。船ならマモノに襲われる心配もないし」

「ただ、その計画が少し滞っていて」

「そうなんだ？」

「心苦しいんだけど、お願いを聞いてもらえないかしら」

「もちろん。遠慮せずに言って」

「ありがとう」

ポポルには世話になりっぱなしだったから、「お願い」があるのはむしろ嬉しい。役に立てれば、多少なりとも恩返しになる。

「水路の整備をお願いしていた人が、ここ数日、仕事に来ていなくてね。心配だから、海岸の街まで様子を見に行ってほしいのよ」

「お安いご用だよ。僕も、ちょうど薬魚を釣りに行こうと思ってたんだ」

昨夜、寝しなにヨナが微《かす》かに眉根を寄せたのを、ニーアは見逃さなかった。薬魚の効き目が切れてきたのだ。

「助かるわ。いつも赤いカバンを身につけているから、行けばわかる筈よ。街の人達にも『赤いカバンの人』で通じると思うわ」

「わかった」

ポポルから「赤いカバンの人」の家の所在地を地図に書き込んでもらうと、ニーアは図書館を後にした。


目的の家は、海岸の街の目抜き通りにあった。もともと迷うような場所でもない上に、「目印」があった為に、すぐにそれとわかった。赤いカバンを身につけた男が家の真ん前に座り込んでいたのである。

「あの?」

どこか具合でも悪いのかと、静かな声で話しかけてみた。赤いカバンの男は抱えた膝《ひざ》に顔を押しつけ、何やらつぶやいている。

「ああ……もうだめだ……僕の人生は終わりだ……」

いったい何があったのだろう?

「厄介事《やっかいごと》に巻き込まれそうな気配であるな」

今すぐにでも逃げ出したいと言いたげな白の書を窘《なだ》め、ニーアはもう一度、男に話しかけた。

「何かあったんですか? 水路を整備してる人ですよね?」

「実は……妻が家出したまま帰ってこないんだ。もう一週間も音沙汰《おとさた》がなくて、街じゅう捜しても見つからなくて、心配で何も手に付かなくて……」

ここ数日、仕事に来ていないとポポルは言っていた。なるほど、家出した妻を捜し回っていて、仕事どころではなかったわけだ。

「僕も捜すのを手伝うよ」

「えっ？　本当かい？」

妻さえ帰ってくれれば、男はこれまでと同じように仕事に出かける筈だ。だったら、捜索を手伝うのが手っ取り早い。

「何か心当たりはないの？　奥さんが行きそうな場所とか」

男は少し考え込んでから、「心当たりというほどじゃないけど」と前置きをして言った。

「よく酒場で女友達と飲んでたくらいで……」

「酒場だね？　わかった。その人に話を聞いてくるよ」

「そうか。助かる。妻も僕と同じ赤いカバンを持っているから、その事を話せば通じる筈だよ」

同じカバンと聞いて、白の書が「奇妙な夫婦であるな」と遠慮会釈《えんりょえしゃく》のない感想を口にした。だが、男は気分を害した様子もなく「結婚記念に買った思い出のカバンなんだ」と説明した。

「そう……思い出の……カバン……なのに、僕が、あんな事をしたせいで、妻は……」

男が口をへの字にした。ヨナが泣き出す寸前の顔と同じだ。

「お、落ち着いて！　すぐに奥さんを見つけてくるから！」

それだけ言うと、ニーアは酒場へと走った。

結果から言うと、酒場に行っても男の妻の行方はわからなかった。男の妻とよく一緒に飲んでいるという女友達も、居場所は知らないという。ただ、男の妻が釣具屋の妻とよく世間話をしていたと教えられた。

今度は釣具屋に行ってみたところ、釣具屋の妻は「ちょっと前に街の外へ出かけるって言ってたような？　だいぶ前だったかしら？」と今ひとつ自信なさそうな顔で言った。

街の外と一口に言っても、広い。曖昧《あいまい》な情報ではあったが、他に手がかりはない。行ってみるしかなかった。

「あの男、妻が家出をした理由に心当たりがあるようであったな」

「だよね。シロもそう思う？」

「だが、行き先となると、まるで心当たりなしときた」

「逆なら良かったのにね」

「それはそれで、厄介《やっかい》だと思うぞ」

酒場の女友達と、釣具屋の妻の話を聞いて、わかった事がある。あの赤いカバンの夫婦は頻繁に夫婦喧嘩をしていて、街の人々から「喧嘩夫婦」とまで呼ばれているらしい。妻の不在を嘆く男の姿からは想像もできなかった。

街の出入り口付近を捜し、南平原までの道を捜した。男の妻は一人だったのだろうか？　ロボット山での出来事が脳裏《のうり》をよぎり、嫌な気持ちになった。もうあんな思いはしたくない……。

途中、何度かマモノと遭遇した。女性一人で歩くには危険すぎる道だ。おまけに、南平原へ近づくにつれて、マモノはその数と強さを増していった。不吉な予感しかしない。ますます嫌な気持ちになった。

その予感が的中したのは、南平原だった。それまでよりも一段と強いマモノに遭遇したのである。崖《がけ》の村とロボット山で手に入れた魔法を駆使して、どうにか倒した。そこで、見たくもなかったものを見つけてしまった。倒したマモノが塵《ちり》となって消えた後に、赤いカバンが残っていた。

「もしかして、これ……」

「あの男が身につけていたカバンと瓜二つ《うりふた》であるな。おそらく、妻のものであろう」

「そんな……」

男の妻はマモノに殺された。周囲を捜しても遺体は見つからなかったから、殺されたのは別の場所だろう。

「あの人に、何て言えばいいんだろう」

「辛《つら》いであろうが、真実を告げるしかあるまい」

何かの間違いだったらいい、このカバンが別人のものならいいのに、などと考えながら、男の家へ戻った。

だが、カバンは紛れもなく男の妻のものだった。マモノがこれを持っていたと言って差し出すなり、男は顔色を変えた。

「そんな……妻が、マモノに……」

男は崩れ落ちるように座り込むと、子供のように泣きじゃくり始めた。うわごとのように、「僕のせいで」と繰り返している。

「家出の原因は、何だったのだ？」

「シロ、今はそっとしといてあげようよ」

白の書を促《うなが》して立ち去ろうとしたところで、「ただいまぁ」と脳天気な声がした。

「あら？　あなた、いったいどうしたの？」

男が目を見開いて立ち上がる。

「お、おまえ！　マモノに殺されたんじゃ⁉」

「何よ、それ。何の話？」

「だって、このカバンが……」

「あらぁ。それ、拾ってくれたの？　良かった。落としちゃったのよね」

「本当に無事だったんだ……良かった……良かった……」

死んだと思った妻が生きていたと知り、男はまた泣きじゃくった。今度は嬉し泣きである。人騒がせな、と白の書がぼそりとつぶやいたところまでは、良かった。そこまでは、平和だった。ところが。

やがて、問われるままに男が状況を説明し、次は妻が事情を説明した。家出と思っていたのは男の早とちりで、妻は実家に帰っていただけだった。妻は、「私の話を聞いてなかったのね」と怒り、男は「おまえだって結婚記念のカバンを落としたじゃないか」と詰《なじ》り、盛大な夫婦喧嘩が始まった。

「街の人達が言ってたのって、これだったたんだ……」

水路の整備の件をどうにか伝えて、その場から逃げ出した時には、大型のマモノを倒したかのように疲れていた。

3

赤いカバンの夫婦の家を出た後は、西の入り江へ向かい、薬魚を釣った。あとはヨナのところへ帰るだけだ。肩の荷を下ろした気分で砂浜を離れた。いくら何でも、これ以上、厄介事にぶつかる事はないだろうと思った。思ったのだが。

「ちょっと!」

目抜き通りへ続く道の入り口で、誰かを呼ぶ声が聞こえた。釣りを教えてくれた老人以上に不機嫌そうな声だった。この街に知り合いは一人もいないから、自分の事ではないだろうと通りすぎようとすると、「ちょっと! ここだよ!」と重ねて声がした。がなり立てる声に、思わず足が止まる。

「こんな老婆が大変そうにしているのに、見て見ぬふりかい! あーあ、最近の若い子ときたら、血も涙もありゃしない」

周囲にいるのは、走り回る子供達とアザラシばかりである。

「え? 僕?」

よせ、と白の書が鋭い声で制止してくる。

「こういう手合いは無視が得策であるぞ」

白の書の気持ちはわかる。また厄介事に巻き込まれそうな予感しかしない。とはいえ、明らかに自分を呼んでいるとわかっていて無視するのは如何《いかが》なものか……。などと考えていると、老婆がいきなり悲鳴を上げた。

「いた！　いたたた！　アイターッ！」

「おばあちゃん⁉　どうしたの⁉」

どこか怪我でもしているのだろうか。急いで駆け寄ると、老婆はじろりと白の書を睨《ね》めつけた。

「喋る本なんて奇怪なものを見たせいか、持病が悪化して……」

「我が奇怪だと⁉　失敬であるぞ！」

「何が失敬なものか！　気味が悪いから『奇怪』って言ったまでだよ！」

「この……言わせておけば……貴様！」

「ちょ、ちょっとシロ！」

今にも飛びかかりそうな白の書を引き戻し、この場から離脱しようとすると、またも老婆ががなり立てた。

「可哀想《かわいそう》な老婆を放っておく気かい⁉　ちょっとぐらい助けてくれても、罰は当たらないと思うがね⁉」

「ご、ごめんなさい」

白の書がこれ見よがしにため息をついた。

「それだけ口が回れば、大抵の用事はこなせそうだが。やれやれ。で、我らに何を頼みたいのだ？」

「郵便局まで行って、あたし宛の手紙をさっさと届けるように言ってくれないかね？」

「それくらい……」

自分でやれと白の書が言いかけた途端《とたん》、「あいたたたた！」と老婆が大声で騒いだ。

「わかったよ！　行く行く！　行きます！」

今日はもう、こういう巡り合わせの日なのだろう。何をどうやっても厄介事から逃げられないなら、無駄な抵抗は止《や》めたほうがいい。

そういえば、西の入り江へ向かう途中で、街の人が「灯台の婆さんには気をつけろよ」と言っていたのを思い出した。意味がわからなくて、ただ聞き流した自分を恨んだ。わからない事があったら、その場で質問すべし、という教訓を得たのが、今日唯一の収穫かもしれない。

海岸の街の郵便局は、目抜き通りからも、広場からも、船着き場からも至近《しきん》の、とても便利な場所にあった。

ニーアの村には、郵便ポストはあっても郵便局はない。手紙が届かなければ、郵便配達員がやってくるのをひたすら待つしかなかった。だから、郵便局に催促《さいそく》に行くという老婆のやり方には仰天《ぎょうてん》した。そんなやり方があるとは、想像した事もなかったのだ。

「やあ、いらっしゃい」

愛想が良く、優しそうな郵便配達員だった。この人に手紙の催促をするのは何だか申し訳ないような気がした。

「あの……入り江で会ったお婆ちゃんが、自分宛の手紙が来ている筈だって……」

「ああ。灯台の婆さんか」

「いかにも。あのうるさい老婆に、さっさと手紙を届けよ！」

ニーアとは違い、白の書は遠慮も容赦《ようしゃ》もなかった。配達員は困ったように俯《うつむ》いた。

「届けたいのは山々なんだけど、ちょっと足を怪我してしまって」

ますます申し訳ない気持ちになった。怪我をしているのなら、手紙の配達どころか、買い物ひとつするにも不自由しているに違いなかった。自分に何かできる事はないだろうか、とニーアは頭をひねった。

「あっ、いい事、思いついた」

「やめろ！　口に出すな！　『いい事』な訳がない。絶対違う。我にはわかっておるのだぞ」

白の書が慌《あわ》てふためいていたが、ニーアは構わず続けた。

「僕が配達員さんの代わりに届けます」

配達員の顔に安堵の色が広がる。白の書は苦り切っている様子だったが。

「済まないね。気をつけるんだよ。あの婆さん、一筋縄《ひとすじなわ》ではいかないから」

知っておる、と白の書が憮然《ぶぜん》として言った。

「そうだ、君達はポポルさんの村からやって来たのかい？」

「どうしてわかったの？」

「服がちょっと違うし、ここらの人とは雰囲気が違うからさ」

「もし良かったら、村に戻った時、この手紙をポポルさんに渡してくれないか」

「もちろん！」

この手紙を代わりに運べば、配達員は不自由な足で南平原を越えなくてもいい。どうせ、村へ戻れば、水路の件を報告する為に真っ先にポポルのところへ行く事になるのだ。お互いの利となる妙案だった。

「全く。この調子なら、郵便配達員に転職したほうが良いな」

しかし、白の書はやはり憮然としていた。


郵便局と灯台は、それほど離れている訳ではない。ただ、灯台は明かりが遠くまで見えなければならないからか、小高い丘の上にあった。どっさり坂道を登らなければならない、という事だ。おまけに、老婆の部屋は灯台の上のほうにあり、これまた階段をどっさり上らなければならなかった。年を取って足腰が弱った人には、ちょっとした買い物に出るのも重労働に違いない。足を怪我している配達員にとっても。

「何しに来た？」

ニーア達の姿を見るなり、老婆は不機嫌そうに顔をしかめた。

「望みどおり、手紙を届けに来たのだ」

「配達員さん、怪我しちゃったらしくて、僕達が代わりに」

怪我？　と老婆の眉が跳《は》ね上《あ》がる。

「まったく使えない配達員だよ。道理で手紙が来ない筈だ」

「怪我なんだから、しょうがないよ」

「しょうがないもんかね」

ふん、と老婆が鼻を鳴らした。

「しかし、手紙をくれる相手がおったとはな」

「大事な人だよ。あたしの、大事な人さ……」

手紙を押し頂く様子は、それまでとは別人のようだった。悪態ばかりついていた老婆の面影が一瞬で消え失せて、夢見る乙女《おとめ》が現れたような……というのは言いすぎだろうか。

「ま、届けてくれた礼くらいは、やろうかね」

皺《しわ》だらけの手がニーアの手に銅貨を握らせてくる。口調こそ無愛想だったが、その手は優しい。悪い人じゃないのかも、と初めて思った。


半日がかりで村へ戻ると、その足で図書館へ行った。すでに遅い時間だったが、ポポルはまだいつもの部屋にいて、書き物をしていた。

「ポポルさん宛の手紙を預かってきました」

ありがとうと言いながら、ポポルは手紙の封を切った。

「海岸の街の町長さんから？　何かしら」

これは、とポポルが眉をひそめた。

「どうしたんですか？」

「崖の村にマモノがまた発生しているらしいの。それも大量に」

「あの不機嫌な村の事か。あの村民どもときたら、人の話は聞かぬわ、我らを理不尽《りふじん》に締め出そうとするわ……全く酷いものであったな」

「ええ。でも、あそこにはたくさんの人がいて……」

ポポルの声が小さくなる。

「心配しないで。僕が様子を見に行ってくるよ」

大量発生したマモノの中には、あの巨大なトカゲに似たマモノもいるかもしれない。だとすれば、人助けの為ではなく、自分の為に行かなければならない。あのマモノは、「封印されし言葉」を持っているかもしれないのだから。

4

左足の包帯を巻き直す手を止めて、カイネは考え込んだ。

異形《いぎょう》と見なされ蔑《さげす》まれるのは慣れていた。女でもあり男でもある身体に生まれ落ちたその瞬間から。化け物扱いされるのも慣れていた。マモノを半身に宿した時から。

だから、いきなり攻撃魔法を撃たれても、またかと思っただけだった。少しばかり痛めつけて追い払えばいい。そうすれば、二度と近寄ってこないだろう。カイネにとって、他人とはそういうものだった。

ただ、あの少年だけは違っていた。さっきはごめんなさい、と言った時の、心底申し訳なさそうな表情が脳裏をよぎる。

まさか謝られるとは思わなかった。振り返れば、他人から「ごめんなさい」なんて言われた事があっただろうか？　その事実は、カイネを酷く落ち着かない気分にさせた。

身体の左半分に、ざわりとした感触が広がった。カカカカッと耳障りな哄笑《こうしょう》が響き渡る。頭の中に直接響いてくるマモノの声は、何度聞いても慣れない。不愉快で鬱陶《うっとう》しい。

『世の中には酔狂《すいきょう》なヤツもいるんだなぁ。バケモノを人間扱いするなんざ、頭のネジが飛んでるとしか思えねえもんなぁ。酔狂ってよりアレか、仲良くしましょぉって言いさえすりゃあ、攻撃されないと思い込んでるおバカちゃんか？』

「黙れ」

声を発する必要などないのに、つい不快感が声となって漏れてしまった。

『あのおバカちゃんの肩を持つってか？　仲良くしましょってか？　なあ？』

いつもの挑発だと気づいた瞬間、胸の内でごちゃごちゃになっていた感情が消えた。

『なんだよ、怒らねえのかよ』

残念だったな、とカイネは声に出さずに返す。こいつには、餌になるモノなんて、ひとかけらだってやらないと決めている。

このひねくれ者のマモノは、どす黒い感情が大好物だった。憤怒《ふんぬ》や憎悪、嫌悪といった感情がカイネの身の内を満たすのを、舌なめずりして待っているのだ。それに気づいてからというもの、テュラン《テュラン》の一言一言に激怒するのが馬鹿馬鹿しくなった。

『かーっ。イヤだねぇ。これだから、擦《す》れっ枯《か》らしは』

もう慣れてしまったんだから仕方がない、と今度は苦笑まじりに伝えてみる。テュランは面白くなくなったのか、何も答えてこなかった。

そうだ、もう慣れてしまった。その程度には長い付き合いだ。このマモノに憑《つ》かれたのが何年前だったのか、数えるのを止めて久しい。数えれば、考えずにいられなくなる。祖母が死んで何年経《た》ったのか。たった一人の肉親をマモノに殺されて、自分自身も死にかけて、忌《い》むべき身体になって生き延びて……何年経ったのか。

それまでの生活にしても、決して平穏という訳ではなかった。両性具有《りょうせいぐゆう》という身体に生まれついたカイネを、周囲の人々は忌み嫌った。カイネが人々に害をなした訳ではない。なのに、ただ異質というだけでカイネの一家は迫害を受け、その結果として両親は早くに亡くなった。

孤児となったカイネを引き取った祖母も、集落の中から外へと住まいを移さなければならなくなった。異質であるという事は、それだけで攻撃の理由となるのだと、思い知らされた。

とはいえ、そんなものに傷ついていられたのだから、当時はまだ平和なものだった。人間の暴力や残酷さなど知れたもの。マモノのそれに比べれば。

祖母を殺したマモノの力は圧倒的だった。おまけに残虐極まりなかった。マモノは明らかに楽しんでいたのだ。ひと思いに殺さずに、その巨大な足の下で祖母が弱っていくのを楽しみ、カイネが悲嘆《ひたん》に暮れるのを楽しんだ。

さらに、カイネの目の前で、祖母を踏み潰した。「誰が何と言おうと、おまえはあたしの可愛《かわい》い孫だ」と言い切り、白い花の髪飾りを頭にのせてくれた祖母が、踏み潰された。汚らしいマモノの足の下で、跡形《あとかた》もなく消えた。

　怒りに任せて、そいつを刺し殺そうとした。無謀を通り越して愚行《ぐこう》そのものだと、今なら、わかる。巨大なマモノを、ちっぽけなナイフで殺せる筈がない。当然の結果として、返り討ちに遭って瀕死の重傷を負った。当のマモノには傷ひとつ付けられないまま。

　そのカイネの身体を乗っ取ろうとした変わり者がいた。左腕がちぎれ、左目が潰れ、ずたずたになっている身体の上を真っ黒な粘液状のモノが這《は》いずり、言ったのだ。おまえのそのキテレツな身体をよこせ、と。

『俺は地を踏みしめ、風を感じ、雨や光を受ける身体が欲しい』

　それがテュランだった。ただ、テュランはその望みを果たせなかった。カイネの生きようとする意思がそれを阻《はば》んだ。カイネは何が何でも生きなければならなかったのだ。それが死にゆく祖母の望みだったから。

　テュランが入り込んだ事で、重傷を負った身体は修復され、カイネは生き延びた。乗っ取りに失敗したテュランは、そのままカイネの中に居着いた。隙あらば身体を乗っ取ってやろうと考えているようだが、いや、考えているのがカイネにはわかるのだが、実際にテュランにできたのは、こうして挑発したり悪態をついたりする程度だった……。

　カイネは考えるのを止めて、顔を上げた。マモノの気配だ。純然たる人間だった頃には察知できなかったが、今はわかる。テュランというマモノを身の内に飼うことで、その感覚を共有できるようになった。

村へ向かう通路から、闇の色が転がり出てくる。双剣を手に取り、迎え討つ。

『他にも、いるな』

言われるまでもなかった。村の方角にマモノの気配がある。それも、複数。ここ二、三日というもの、よくマモノの気配を感じたが、今日はとりわけ多い。

「くそっ！　鬱陶しいな」

北平原辺りに出没する雑魚《ざこ》と違って、目の前のマモノどもは魔法を跳《は》ね返《かえ》してくる。群れで襲ってくるマモノは魔法で一掃するのが手っ取り早いのだが、その方法が使えない。一匹一匹、剣で仕《し》留《と》めなければならないと考えただけで、うんざりした。

だが、それでも仕留める。マモノは一匹残らず殺す。祖母を殺したあのデカブツには、それなりの知能があるようだった。だとすれば、仲間を殺されれば腹を立てて出てくるかもしれない。だから、マモノは片っ端から殺し尽くすと決めている。

テュランの力が己の力となってから、人の身では持ち上げる事すらままならないような大剣を片手に持って振り回せるようになった。腕力だけでなく、跳躍力も上がった。ひとっ飛びでマモノとの距離を詰め、一振りで叩き潰す。そんな戦い方が可能になったのも、マモノ憑《つ》きとなったからだ。

村人達から忌み嫌われようとも、祖母の仇討《かたきう》ちにはなくてはならない力だった。

『おい。客だ』

マモノの気配には敏《さと》くなったが、人の気配には鈍い。剣を振り上げて、マモノの群れに飛び込んできた者に気づいたのは、テュランのほうが先だった。

マモノを叩き潰しながら振り返ると、喋る本を連れた少年がいた。この自分に向かって、ごめんなさいなどと言ってのけた、あの少年である。

「何しに来た⁉」

「助けに来たんだよ！」

は？　何を言ってる？　ごめんなさいの次は、助けに来た？　訳がわからない。

「感動するのは後で良い」

答えずにいたからか、喋る本が横合いから口を挟んだ。

「感動なんか、するかっ！」

怒鳴《どな》りつけてやったが、喋る本は気に留《と》める様子もなく、ただ少年の傍《かたわ》らを浮遊している。これでは、怒鳴った自分のほうが間抜けに思えて、カイネはマモノの駆除に専念する事にした。

ところが、少年がやって来た途端に、マモノの群れが急速に数を減らしていった。どう見ても年《とし》端《は》のいかない子供なのに、少年はマモノ憑きの自分と同じくらいの数のマモノを倒している。この前、ここへ来た時よりも腕を上げたようだ。

『へえええええ。珍しい事もあるもんだなあ？　おまえが人間に興味を……』

黙れ、と低くつぶやく。テュランに余計な詮索《せんさく》をされるのが腹立たしくて、カイネは力任せに双剣を振り回した。目の前のマモノどもが一塊《ひとかたまり》になって吹っ飛び、塵になる。気がつけば、マモノの群れを殲滅《せんめつ》していた。

「なぜ、これほど急にマモノが？」

喋る本が訝《いぶか》しげに言って、カイネのほうへ顔を向けてくる。顔を向けるといっても、表紙の意匠《いしょう》になっている仮面であって、実際の目鼻や口もそこにあるとは限らない。

「どういう事なのだ？」

「原因は、わからない。ただ、村のほうにも出てる」

「村の人達が危ない。助けに行こう」

当然のように言って、少年が走り出した。喋る本がすぐ後に続く。

『どうする？　まさか、あいつらに付いていったりしねえよなあ？　村の連中を助けに行くとか、あり得ねえよなあ？』

確かに、人助けなんて柄じゃない。そう答えようとしたところで、全身の皮膚《ひふ》が粟立《あわだ》った。気配を察知するより先に、本能がそれを捉《とら》えた。

『……来たな』

「ああ。ヤツだ」

カイネは走った。先に通路を進んでいた少年にたちまち追いつく。気配はますます強くなる。

少年と共に通路を出て、吊《つ》り橋《ばし》を渡ろうとした時だった。地響きと揺れが来た。あの、てらてら光る巨体が谷底から崖を這《は》い上ってきている。巨大マモノはカイネ達の頭上を飛び越え、行く手を阻むかのように広場の上へと降り立った。一瞬、目が合った……ように思えた。

「死ねっ！」

カイネは跳躍した。上体を思うさま撓《しな》らせて、飛距離を稼ぐ。祖母の仇めがけて、剣を振り下ろす。だが、双剣の切っ先はどちらもマモノの表面をわずかに削ったに過ぎなかった。

もう一度だ。カイネは柄《つか》を握り直す。わずかな傷しか付けられないなら、何度も繰り返すしかない。

「油断するでないぞ！」

「大丈夫！　油断してる余裕なんてないよ！」

少年と本の掛け合いを聞き流して、カイネは魔法を放ち、剣を振るい続ける。自分一人では難しくとも、この少年と共になら、このマモノを倒せるのではないか、という考えが不意《ふい》打《う》ちのように湧いて出て、カイネは狼狽《ろうばい》した。

なぜ、そんな事を考えたのか、考えた後に狼狽したのはなぜなのか、自分でもよくわからなかった。そのわからなさが、どうにも気持ち悪くて、カイネは剣を振り回した。はっきり言って、八つ当たりだ。

何度目かの攻撃の後、マモノが不自然に動きを止めた。見れば、少年が本から黒い巨大な腕を出している。その「腕」がマモノの尾を摑んで空中へと引っ張り上げていたのだ。

「黒い……魔法？」

巨大マモノが崖に叩きつけられる。近くにあったタンクが崖から剥《は》がれ落ちるほどの衝撃だった。だが、その程度で動けなくなるような生易《なまやさ》しいマモノではない。巨大マモノが崖を伝《つた》って、村の奥へと向かう。奥の広場に陣取って、巨大マモノは小型のマモノを吐き出し始めた。

「あのデカブツは私がやる！　おまえは雑魚を頼む！」

カイネは再び大きく跳躍した。通路に群がる雑魚を一気に飛び越え、先へ進んだ。

忌まわしき娘は去れ、おぞましい姿のマモノ憑きめ、と罵声《ばせい》が聞こえた。タンクの中からだ。オマエがマモノを呼んだんだろう、という声も。

『マモノを呼ぶなんて器用なマネができりゃあ、楽ができたのになぁ？』

そうだな、と思う。それができないから、このクソッタレなマモノが現れるのをただ待つしかなかった。数日前、仕留め損ねて逃したのは痛恨の極みだった。また延々と待ち続けなければならないのか、と。

今日こそは決着を付ける……。

だが、巨大マモノはまたも逃げようとした。村の奥の広場で双剣をお見舞いし、魔法を幾つか撃ち込んでやったところで、崖に飛び移ってカイネの攻撃を躱《かわ》した。足場のない崖なら追ってこられないと踏んだのだろう。

「くそっ！」

マモノ憑きの身体能力を以《もっ》てしても、トカゲのように崖を這ったり、鳥のように空を飛んだりするのは不可能だ。カイネ、と少年が叫んだ。

「僕が追い詰めるから、カイネはあっちで待ち伏せしてて！」

「わかった」

少年に言われるまで、挟み撃ちという方法など全く思い浮かばなかった。誰かと連携するやり方をカイネは知らない。今までずっと独りで戦ってきたのだから。

「無理はするな」

短く言い添えて、通路から橋へと跳び、橋から別の通路へと跳んだ。トカゲに似た身体を持つ巨大マモノに翼はないから、逃げる先は自ずと限られる。少年の読みは過《あやま》たなかった。地響きと耳障りな咆哮《ほうこう》とがカイネのほうへと向かってくる。

『来た来た。来たねぇ』

カカカカッと耳障りな笑い声が脳内に響き渡る。同じマモノがやられているというのに、なぜ、こいつは《テュラン》こんなにも嬉しそうなのだろう？

『おい！　見ろよ、アレ。ボロボロじゃねえか！』

巨大マモノを追い詰めていたのは、あの「腕」だけではなかった。時折、黒い「槍《やり》」や「弾丸」が、あのてらてら光る体表を削り、抉《えぐ》っている。

『満身創痍《まんしんそうい》……ってヤツかぁ？　やるねぇ。ただのおバカちゃんかと思いきや。いいねえ、いいねえ。殺せ殺せ殺せ殺せ！』

テュランの殺意が自身の殺意と共鳴し合い、膨れ上がるのを感じた。もう逃がすものかと思った。斬《き》り刻《きざ》んでやる。原形を止《とど》めないほど、いや、肉片になってもさらに、斬り刻む。跡形もなくなるまで。……おばあちゃんにしたのと同じように。

崖を這う体力もなくなったのか、巨大マモノは広場へと跳び移った。その動作も心なしか鈍い。止めを刺す好機だ。カイネもその後を追って跳び、剣を振り上げてマモノへと迫る。最後の一撃だ、と思ったが、マモノはまだ悪足掻《わるあが》きをしてきた。白い霧のようなものを吹き付けてきたのである。咄嗟《とっさ》に鼻と口を覆ったが、遅かった。吸い込んだのは、ほんのわずかなのに、頭がくらりとした。目の前が真っ白なのは、霧のせいだけではないらしい。谷底から吹く風の音が消えた。カイネ、と呼ぶ少年の声が遠い。

カイネ、とまた声がした。少年の声ではない。もっとよく知っている……懐かしい声だった。

『カイネ……あたしだよ……おばあちゃんだよ……』

息が止まりそうになる。おばあちゃんは死んだ筈なのに、なぜ？　という疑問を『おおきくなったねぇ』という声がかき消した。ずっと、ずっと、聞きたくてたまらなかった声だった。

『久しぶりだねぇ』

目の前に、祖母の顔があった。

「おばあ……ちゃん……」

もう一度会えたら、きっと子供みたいに泣きじゃくってしまうと思っていたのに、驚きが過ぎて涙ひとつ出なかった。

『カイネに会えて、おばあちゃんは嬉しいよ』

長い間、心の奥底にしまい込んでいた思い出が次から次へと蘇《よみがえ》った。薪《たきぎ》の割り方や火の熾《おこ》し方を教えてくれた事。村のいじめっ子を、石を投げるという乱暴なやり方で追い払ってくれた事。初めておばあちゃんの似顔絵を描いたら誰の顔かわからないくらい下手くそだったのに、それでも嬉しそうに微笑んでくれた事。それから……。

『どうだい、カイネ。おばあちゃんのとこに来ないかい？』

昔のように、おばあちゃんと暮らしたい。貧しかったけれども、幸せだったあの頃に戻れたら。

『誰にも頼れず、何処《どこ》にも属せず、ずっとずっと独りで、辛い仕打ちの怒号《どごう》の中、生きてたって仕方ないだろう？』

え？　おばあちゃん？　どうして？　どうして、そんなことを言うの？

『ね、カイネ……』

ああ、そうか。そういう事だったのか。急速に、頭の中の霧が晴れていった。

「それだけか？」

目の前の顔に狼狽の色が浮かぶ。腹立たしいほど、死んだ祖母に似ている。

「話はそれだけか？」

『何言ってるんだい？　おばあちゃんは』

「話が終わったんなら……ッ！」

力任せに跳ぶ。妙な霧を吸い込んだ直後では思うに任せないのではないかと気がかりだったが、そんな事はなかった。怒りがカイネの四肢《しし》に力を与えた。罵倒の言葉を吐き散らすと、一瞬にして視界が戻った。

「おばあちゃんは、絶対に言わない」

肩が、腕が、足が、震えるのを感じた。身の内に収めきれないほどの憤怒《ふんぬ》が捌《は》け口《ぐち》を求めて全身を駆け巡っている。

「生きてたって仕方ないなんて、死んだって言わない！」

剣がマモノに深々と突き刺さったのを感じる。どこに刺さっているのか、もはや自分ではわからない。目の前が黒い。マモノの色なのか、己の憤怒の色なのか。

「だから、私はどれほど死にたくても、おばあちゃんの仇を討つまではずっと、ずっと……この醜い身体を晒《さら》して生きてきた！」

肉に食い込んで止まった剣を無理矢理に横に払う。

「その時間がどれほど長く耐え難いものだったか！　おまえにわかるか⁉　ああ⁉」

跳ぶ。マモノの脳天めがけて剣に力を乗せる。耳に突き刺さるような咆哮《ほうこう》と共に「今だ！」という声がした。黒い「腕」が巨大マモノを吊り上げるのを見た。着地と同時に、足許《あしもと》が大きく波打った。身体が浮いた。何がどうなったのかはわからないが、とにかく吹っ飛ばされた、らしい。

天地が逆になった視界の片隅で、あのマモノが太い柱に突き刺さった。胴体を串刺しにされ、あの脚が、尾が、だらりと垂れ下がる様が見えた。安堵のあまり、力が抜けた。

落下する感覚と共に、意識がどこかへ吸い込まれていくのを感じる。薄暗い、どこかへ真っ逆さまに落ちていく。

おばあちゃん、もういいよね……疲れちゃった。

あのクソッタレなマモノを殺したよ。おばあちゃんの仇、討ったよ。これでもう、やらなきゃならない事はなくなったもの。全部、全部、終わったもの。

もう、おばあちゃんのところへ行ってもいいよね？

残念ながら、返事はない。祖母の声は聞こえない。だが、それがかえって嬉しい。これは、マモノの見せた幻などではない。現実だ。祖母の仇を討ったのは、紛れもない事実なのだ。

薄暗さが闇に変わる。意識を手放し、漆黒《しっこく》に身を委《ゆだ》ねようとしたときだった。

カイネ、と呼ぶ声を聞いた。あの少年の声と共に、光が射し込んでくる。

「諦《あきら》めちゃダメだよ！　生きるんだ！」

生き……る……？　生きるって……？

「絶対に、諦めちゃダメだ！」

この声。どうして、懐かしいなんて思うんだろう？

温かな何かが近づいてくる。それはとても心地良さそうで、触れてみたくなって、カイネは思わず手を伸ばす。「まったく……手間の掛かる女だ」と声がする。喋る本だ、と思った瞬間、光が溢《あふ》れた。

「死んじゃダメだ、カイネ！」

空の色が眩《まぶ》しい。視界が崖の色に変わって、抱き起こされたのだと気づく。目の前に、少年の顔がある。生きるんだ、という声が耳に蘇る。温かく、明るい光を思い出す。

「生きる……何の為に？」

それは、と少年が口ごもる。答えられる筈もない事を問うてしまった自分に、些《いささ》かうんざりする。他人には答えようのない問いを、自分よりも年下の相手に投げてしまった。だから、自らその問いを打ち切った。

「私の復讐《ふくしゅう》は、もう終わったんだ」

復讐こそが生きる意味だった。その終わりは、生の終わりにも等しい。生きる意味が消えた世界で、どう生きていけと言うのだろう？

「まったく！　御託《ごたく》の多い女ほど扱いづらいものはない！」

唐突に、喋る本が割り込んできた。

「我らに、その復讐とやらを手伝わせておいて、終わったらサヨナラか？」

シロ、と少年が制止したが、本はまるで聞く耳を持たずに喋り続ける。

「たわけが！　あれほど俊敏に戦うくせに、頭のほうはてんで回らぬようだな！」

何をそんなに苛立《いらだ》っているのか。いや、なぜ、この本は叱《しか》りつけるような口調で言葉を吐き出しているのか。なぜ、自分はこの本に叱られているのか？

「仲間の為に死ぬ事こそ、剣士の本望なのであろう？」

おかしな事を言う本だ。仲間……？　だが、なぜだろう、その響きが妙に心を揺さぶった。

少年が「そうだよ！」と叫ぶ。明るく、温かく、喜びに満ちた声で。光に似た声だ。

「僕達、もう仲間だよ！」

「べ、別に我はそういう意味で言った訳では……」

「じゃあ、どういう意味で言ったの!?」

「それは……」

喋る本を言い負かした少年がまっすぐにカイネを見る。ごめんなさい、と謝られた時と同じ、嘘も虚飾もない瞳だ。これまで誰からも謝罪された事なんてなかったから、戸惑いしか感じなかった。その戸惑いの正体が今ならわかる。仲間だよ、と言われてわかった。

忌み嫌われ続けてきた自分を、何の気負いもなく受け入れた少年に戸惑っていたのだ。

「カイネ、僕達と一緒に戦ってくれる？」

「バカモノ！　単刀直入《たんとうちょくにゅう》すぎるぞ！　ここは、もっと段取りというか、手順というか、何というか、言葉を尽くして交渉に当たるのが由緒《ゆいしょ》正しき……」

少年と本のやり取りを聞いているうちに、何とも妙な気分になった。そして、気づく。自分の口許に笑みが浮かんでいた事に。

「そこの本」

呼びかけると、喋る本は憤然《ふんぜん》とした口調になった。

「我をモノのように呼ぶでない！　我が名は白の書。深遠《しんえん》なる叡智《えいち》の……」

「では、シロ」

「だから、なぜ略すのだ！」

どこまでも憤然としているふうなのが可笑《おか》しい。仲間、と声に出さずにつぶやく。どうやら、テュランには面白くない展開のようで、反応はない。そこがまた可笑しい。

「貴様の言うとおりかもしれないな。復讐以外の自分、か」

立ち上がる。少し足許が頼りない。ただ、その頼りなささえ、どこか新しく感じられて、快い。

確かに、復讐だけを生きる意味としてきた自分は死んだのだ。今、ここにいるのは、そうではない自分。まだ何者でもない自分だった。

「一緒に……来てくれるよね？」

おずおずと問いかける声を背中で聞きながら、傍らに落ちていた剣に手を伸ばす。この剣も、復讐の道具としての役割は終えた。何の為の武器となるのか、まだ定まっていない。

「この剣の使い道がわかるまでは、そうするとしよう」

とはいえ、カイネにはその道筋が朧気《おぼろげ》ながら見えていた。

[報告書05]

ニーアが頻繁に海岸の街へ行くようになった。薬魚《くすりうお》目当てだ。コードネーム「赤ト黒」の一件もあったから、ポポルは薬魚の事を教えずに済めばと考えていたらしい。だが、ヨナの病状がそれを許してくれなかった。

もっとも、ポポルのそれは杞憂《きゆう》に終わった。ニーアはそこそこ楽しくやっているようだ。夫婦喧嘩のとばっちりを食らった事とか、灯台守の婆さんに手を焼いた事とか、「大変だったよ」とため息をつきつつも、概《おおむ》ね笑いながら話してくれた。

それから、釣り好きの老人から「釣りの極意」とやらを伝授してもらった話をする時も、楽しそうだった。白の書などは「小僧はあの老人に良いように使われているだけではないか?」と疑っていたが。

確かに、話をよくよく聞いてみると、釣りの修行に走り込みだの腹筋だのは不要に思われる。修行と称して釣った魚を巻き上げられているようでもある(ブリーム五匹なんて、店で買ったら結構な金額だ!)。まあ、釣りの腕前が上がるのは悪い事じゃない。斡旋《あっせん》する仕事に幅ができるのはいい事だ。マモノ狩りより、食材集めのほうが格段に危険が少ない。これからは、せいぜい釣りの腕前を生かせる仕事を斡旋する事にしよう。

といった案配で、海岸の街は平穏そのものなのだが、崖の村のほうが厄介な状況に陥っている。少し前から、ポポルが村の動向を気にしていた。考えすぎだろうと思っていたが、今回ばかりは心配性のポポルのほうが正しかった。

問題行動を起こしているのは、まだ一部の住民のようだが、それが飛び火するようでは困る。タンクの中に引きこもっている彼らは、村の外との交流も少なければ、住民同士の交流も少ない為、その可能性はさほど高くないとは思うのだが。

ただ、村に出入りする者が極端に少ない為、情報収集に難がある。地形的に、郵便配達員もあまり行きたがらないので、仕方がないといえば仕方がないのだが。村長と手紙を頻繁にやり取りする事で、否応なく村へ足を運ばねばならないようにしてはいるものの。

いずれにしても、崖の村への監視の強化は急務である。何らかの仕事を斡旋するなどして、ニーアを向かわせる事も選択肢に入れるべきだろう。今回も些《いささ》か長くなったが、近況報告を終わる。以上。

(記録者・デボル)

NieR Replicant
ver.1.22474487139...
《ゲシュタルト計画回想録》
File01

少年ノ章5

1

村の東門を出て、東街道を石の神殿とは逆方向へと進むと砂漠地帯にぶつかる。見渡す限り、砂に覆《おお》われた大地がそこにあるのは知っていた。村を訪れる行商人から聞いた事もあるし、ポポルからも聞いたような気がする。

だが、自分の足で砂漠を歩くのは初めてだった。足許《あしもと》が沈んで歩きにくいし、靴の中にも細かい砂が入り込んで気持ちが悪い。強い向かい風に吹かれると、とても目を開けていられなくなる。

「ページの間に砂が……ぺっ、ぺっ」

唾《つば》を吐くような動作で本当にページの間の砂が取れるのか？　と疑問に思わないでもなかったが、深く追求しない事にした。ニーア自身、口の中にまで細かい砂が入り込んだようで、あまり喋《しゃべ》りたくなかったのだ。

そんなニーアと白の書を後目《しりめ》に、カイネは慣れた足取りで歩いている。何度か砂漠を越えた事があるという。

「カイネ、『仮面の街』ってどんなところ？」

今回、ニーア達が砂漠を越える事になったのは、カイネの提案だった。ヨナが黒文病《こくもんびょう》に冒されていると打ち明けたら、カイネは「王が黒文病に罹《かか》り、その治療法を研究している国がある」と教えてくれたのだ。

その国は砂漠の奥地にあって、「仮面の街」と呼ばれているという。国を挙げて研究しているなら、もしかしたら治療が可能になっているかもしれない。まだ研究の途上であったとしても、治療の手がかりくらいは得られるのではないか……。

「仮面の街か」

カイネが少し歩調を緩めて、振り返る。ニーアが遅れ気味になっているのを気遣ってくれたのかもしれない。もっとも、カイネ本人にそれを言っても「そんなんじゃない」と返されるだけだろう。

「よくわからない。とにかく変なところだ」

「おまえもたいがい変な奴ではないか、下着女」

白の書はカイネを「下着女」と呼ぶ事に決めたらしい。ニーアが「その呼び方はあんまりなんじゃない?」と窘《たしな》めても、白の書は頑として聞き入れようとはしなかった。

ただ、当のカイネが「呼びたいように呼べ」という姿勢だった上に、白の書のことを「クソ紙」などと、これまたあんまりな呼び方をしていたりする。それで、ニーアも二人の呼称については口を挟まない事にした。

「あれ、何だろう?」

砂塵《さじん》の向こうに黒い影が見えた。遅れて、獣の吠《ほ》える声が聞こえた。犬によく似ている……などと考えている間に、黒い影がみるみる近づいてくる。それも、ひとつではない。

「気をつけろ!」

白の書が鋭く叫んだ。カイネが跳ぶ。黒い影と思われたのは、狼の群れだった。カイネの双剣が、群れの中へと突っ込む。ニーアも急いで魔法弾を撃った。

ただ、狼達は動きが速い。当たってはいるようだが、仕留《しと》めるには至らない。弾丸より「腕」のほうがいいかも、と考えた時だった。風に乗って遠吠えが聞こえた。

狼達の動きが変わる。

「戻って……行くみたいだ」

遠吠えが聞こえた方角を見れば、岩の上に黒い影がある。群れを率いている狼らしく、他の狼に比べて一回り大きいのが遠目にもわかる。

現れた時と同じ迅速さで、狼達は引き上げていった。もう遠吠えも聞こえない。耳を澄ませても、聞こえてくるのは風の音ばかりだった。

砂漠の奥地めざして再び歩き出す。

「ああ。びっくりした。まさか狼に襲われるなんて、思わなかったよ」

もっとも、野生動物は概《おおむ》ね人を襲う。羊、山羊《やぎ》、鹿、イノシシ。マモノほどではないにせよ、人にとっては十分すぎるほど脅威となる。

「しかし、砂漠に狼とは。妙であるな」

「そうなの？」

「元来、狼は森に棲《す》む。砂漠に棲むとは聞いた事もない。砂漠には、連中の餌となる生き物がおらぬ。何らかの理由で森を追われたか……」

「何らかの理由って？」

「さて、な」

狼が砂漠に現れる理由など興味を感じないのだろう、カイネはさっさと前を歩いていく。

やがて、岩の壁に大きな細長い岩が傾き寄りかかっているのが見えてきた。その向こう側に人の手が加わっているとわかる壁がある。あれが仮面の街なのだろう。ニーアの村から仮面の街まで、大人の足で半日足らずと聞いていたとおりの頃合いだった。

遠目には、村の門と同じくらいと思っていたが、近づいてみると、もっと大きな門だった。門の前は階段になっていて、その両脇に槍《やり》を持った門番が一人ずつ立っている。ただ、年齢も性別もわからなかった。彼らは顔がすっぽり隠れてしまう大きな仮面をかぶっていたのである。黒い皿をそのままのせたような、変わった仮面だった。

「仮面の街って……要するに、仮面をかぶった人達の街って意味？」

「そのようであるな」

不意《ふい》に、門番達が騒ぎ始めた。強風のせいか、何を言っているのか聞き取れない。辛《かろ》うじて聞こえたのは「カイネ」だけだった。

「もしかして、カイネの知り合い？」

「いや、知り合いという訳じゃないんだが」

そう言いながらも、カイネは彼らに向かって片手を上げてみせる。と、二人の門番は門の中に向かって何か叫んだ。

「昔、この近くで、狼達から子供を助けた事がある。それ以来、この街に入れるようになった。こんな私を受け入れてくれる、奇妙な街だ」

音をたてて門が開いた。門番達がすぐそばまで下りてくる。彼らが歩くたびに鈴の音がした。見れば、衣服の裾に鈴が幾つも縫い付けられている。仮面ばかりでなく、衣服も風変わりだった。

「キツ　ワレラ　オンギンダ！」

「えっ？」

さっきは風の音にかき消されて言葉が聞き取れないのだと思ったが、間近に聞いても何を言っているのかわからない。

「言い忘れていたが、この国の言葉は特殊だ。私も、未だに彼らの言葉はわからない」

「そう……なんだ。もしかして、シロにもわからない？」

「我は偉大なる白の書であるぞ。未知の言葉のひとつやふたつ……と言いたいところであるが、さっぱり理解できぬ」

衛兵達がカイネに対して感謝の念を抱いているのは、その仕種《しぐさ》で何となくわかった。だが、それだけだ。この状況で、果たして黒文病の治療法について教えてもらえるのか、教えてもらったとしても理解できるのか、と一抹《いちまつ》の不安を覚えた。

門の中へ入ってみると、砂の色をした街が広がっていた。街全体が階段状になっていて、外周ほど高く、中央に近づくに従って低くなっている。

「王は奥の館にいるからな。後は自分達で行け」

そう言うなり、カイネは入り口の柱にもたれて目を閉じた。

「カイネは？」

「面倒だから、ここで待ってる」

確かに、この入り組んだ道を通って街の奥まで行くのは、面倒に違いないのだが。

「全く……役に立つのか立たんのか、わからぬな」

ぼやく白の書と共に、とりあえず街を巡ってみる事にした。改めて見渡してみると、曲線よりも直線が目立つ街だ。至る所で水車が回り、街の中層部と低層部を薄茶色の水路が走っている。

「もしかして、あれって……砂？」

最初は砂で水が濁《にご》って薄茶色になっているのかと思ったが、目を凝《こ》らしてみると、砂そのものが流れているのだった。その砂の運河を人々は四角い船を使って行き来していた。

「奥の館、というのは、あの巨大な建物であろう」

「あれが王の館……」

ただ、そこへ至る道筋がよくわからない。中央に行くほど低い構造のおかげで全体を見渡すのは容易《たやす》いのだが、砂の運河のせいで道が分断されている上に、至る所に狭い坂道だの階段だのがあって、複雑に入り組んでいる。崖《がけ》の村とは全く異なった構造でありながら、わかりにくい印象だけは同じだった。

しかも、わかりにくいだけでなく、街の中央部は道がなくなっていて通行できそうにない。つまり、街の奥にある王の館までは、中央を突っ切らずに外周を迂回《うかい》して行くしかない、という事だ。結構な遠回りである。

入り口の近くには、子供が三人ほど遊んでいる。門番のかぶっていた皿のような仮面と違い、角《かく》錐《すい》型の仮面をかぶっている。見回せば、他の大人達も角錐型の仮面である。皿をのせたような仮面は門番以外、見当たらない。

「こんにちは」

試しに挨拶《あいさつ》してみると、子供達は人見知りする様子もなく、言葉を返してくれた。が、やはり何を言っているのか、わからない。

別の女性にも挨拶してみたが、その言葉もわからなかった。口調の優しさから、好意的な言葉であろう事が推測できただけだ。

「せっかく話してくれてるのに、何もわからないなんて。シロ、もっと頑張ってよ」

「無理だな。我は、たいそう価値のある優秀な書物であるが、辞書ではない」

人々の言葉を理解するのはひとまず断念し、王の館へ向かう事にした。入り口から右に曲がり、外周に沿って歩くと、ちょうど店と思《おぼ》しき場所の真上に出た。品物を並べて、店主が座るという配置は、村の武器屋に似ている。

ただ、そこは武器屋ではなかった。店にあるのは、木の葉型の大きな板や、門番の仮面よりずっと大きくて重たそうな金属の円盤、何が入っているのかわからない壺や袋。

「変なモノばっかりだなあ」

失礼極まりない言葉を口にしてしまったが、どうせ、街の人々には通じないのだ。これでは、道に迷っても、誰かに尋ねる事もできない。

砂の運河にぶつかって道が途切れるたびに、階段を下りたり、運河を飛び越えたりし、方角がわからなくなると、外周まで登って全体を見渡し……という段取りを繰り返して、ようやく王の館に辿り着いた。

「やっと着いた！」

「街の者の言葉がわかれば、すぐであったろうにな」

振り返れば、くぼんだ中央部の向こう側に街の入り口が見える。確かに、道さえわかっていれば、たいして時間はかからなかっただろうな、と思える距離だった。

「しかし、不思議な街だな。明らかに余所者《よそもの》である我等《われら》をほとんど警戒せぬとは」

意味不明の言葉で挨拶をしたニーアに対して、街の人々はごく当たり前の口調で言葉を返してくれた。無言だった者はいなかったし、悪意を感じさせる言葉など一度たりとも耳にしなかった。

「少しでも違うところがある人をつまみ出す街より、よっぽどいいよ」

少し歩いてみただけで、仮面の街の人々が気さくで親切だという事はわかった。風変わりではあっても、居心地の悪さは感じなかった。

だが、言葉の壁は如何《いかん》ともし難い。

「アラタテ　シテ　タス　オイク」

「何て言ってるんだろう……」

「アラタテ　シテ　タス　オイク」

王の館の入り口を守る衛兵は、そう繰り返すばかりだった。衛兵にしてみても、ニーア達の訪問目的がわからないのだから、それ以上の対応はできかねたのだろう。

「これでは埒《らち》が明かぬ。戻ろう」

せっかく辿り着いたのにと思ったが、白の書の言うとおりにするしかなかった。

2

道さえわかっていれば、たいして時間はかからないと思ったとおり、入り口まで戻るのは早かった。ただ、早く戻ったところで、事態が好転する訳ではなく、それがますますニーアの気を滅入らせた。

どうしたものかと、俯き加減で歩いていると、目の前に果物が転がってきた。顔を上げると、少女が道にうつ伏せになっている。躓《つまず》いて転んでしまったのだろう、籠《かご》やら果物やらが辺りに散らばっていた。

ニーアは急いで籠に果物を拾い集めると、立ち上がろうとする少女に手を貸してやった。

「大丈夫？　って、通じないんだよね」

少女からの答えはない。ただ、少女は頻《しき》りと身振り手振りで何かを伝えようとしてくる。その様子は他の住民とは明らかに違っていた。

「声が出ぬのか……」

それで、少女は身振り手振りをしていたのかと得心《とくしん》がいった。

「そのおかげと言っては何だが、この娘なら、身振り手振りを通して我等と話せそうだぞ」

言われてみれば、少女の身振り手振りはわかりやすい。礼を言おうとしているのがよくわかったし、どこにも怪我をしていないと言いたいのもわかった。

それに、少女はニーア達の言葉をそこそこ理解しているように見える。もしかしたら、仮面の街以外の場所でも暮らした事があるのかもしれない。

「ありがとう……か。む？」

同じ仕種を繰り返す少女を、白の書がじっと見つめる。

「あなたたち、困ってる、か？」

「そう！　そうなんだ！」

ニーアが大きくうなずいてみせると、少女はまた同じ仕種を繰り返し始めた。

「あなたたちを……あんない？　案内してくれるのか？」

「ありがとう！　良かった。すぐにでも、王様のところへ……」

ところが、白の書が「待て」とニーアを制した。見れば、少女の身振り手振りはまだ続いている。

「その前……に、この……街の、説明を、する必要……」

「説明？　僕達、王様に会いに来ただけなんだけど」

「ダメ……掟《おきて》がある……から」

掟？　何のことを言っているのか、説明してほしかったが、少女の身振り手振りはそこまでだった。

「ついてきて、だそうだ」

少女はもう走り始めている。走るといっても小さな子供の足だったから、ニーアは早足で歩く程度で良かった。

「掟って？」

「さてな。そこまではわからぬ。だが、七面倒臭《しちめんどうくさ》い代物である事は確かであろうよ」

ひそひそと話していると、少女が立ち止まった。

「ここは……道具屋、さん」

「あっ、今のは僕にもわかったよ」

少女が嬉しそうにうなずいて、次から次へと別の身振りをした。

「この街には……お店も、家も、次の掟に従う必要が……あります」

これほど多くの言葉を意味する身振りとなると、ニーアでは理解が追いつかない。それを読み取る白の書は、やはりたいしたものだと思う。「人類の叡智《えいち》」を自称するだけの事はある。

「掟106、平地に……住んではならない、と。では、街の民はその掟を守って、こんな階段だらけのところに住んでおるのか」

「不便そうだね」

王の館へ辿り着くまでの道のりを思い出しただけで、足がだるくなってくる。この街の人々は、毎日毎日、階段や坂道を上り下りして暮らしているのだ……。

しかし、ニーアのつぶやきへの答えはなく、少女は走り出していた。次の行き先は店ではなく、船着き場だった。あの砂の運河を行く四角い船は、「砂船《すなぶね》」というらしい。

「掟115017、物品を、購入する……前に、船で街を見るべし」

少女の身振りのうち、「船で街を見る」だけはニーアにも理解できた。ただ、それにどんな意味があるのか、店で買い物をする前に船に乗らねばならない理由まではわからなかった。

ともかく、少女に従って船に乗り込んでみる。四角い船は思ったよりも乗り心地が良かった。しかも、砂の運河の上を滑るように進む。この速さならば、街の入り口から王の館まで、あっという間だろう。

そうして、船を下りると、木の葉型の大きな板が目に入った。つい「変なモノばっかりだなあ」と失礼な感想を漏《も》らしてしまった、あの店だった。

「なになに？　ここは、変なモノ屋さん？」

「そのまんまだ……」

ニーアの感想は別に失礼でも何でもなく、至極《しごく》真っ当なものだったらしい。

そんな調子で、砂船に乗ったり降りたりしながら店を回り、その合間に「掟」についての説明があり、ほぼ街を一周したところで少女の「案内」は終わった。

それなりの時間をかけただけあって、街のどこに何があるのかが把握できたし、何より、街の人々の言葉が多少なりとも聞き取れるようになった。さらに、少女がフィーアという名であることも知った。街の人々がそう呼んでいたのである。

案内が終わると、フィーアはニーア達を王の館へ連れて行ってくれた。

（ここは、王の館です）

フィーアの身振り手振りも、ほぼ理解できるようになった。余所者にはまず街の説明をするという「掟」は、最初こそ面倒だったが、今は理に適《かな》ったものだと思える。

（だけど……王はいません）

どういう事だろう？　ニーアと白の書は思わず顔を見合わせた。

（先代の王は、黒き病に冒されてご逝去《せいきょ》されました。今は、王子がこの国を治めています）

黒文病か、と白の書がつぶやく。国を挙げての研究も、王を救うには至らなかったのだ。

（こちらは、王子直属の副官です。王子の事はこちらの方が詳しいです）

いつの間にか、王の館の前に衛兵ではない男がいた。

「ああ。いろいろ案内してくれたおかげで、言葉もだいぶわかってきた。直接話させてもらうよ」

ニーアはまだ幾つかの言葉が聞き取れる程度だが、白の書は会話ができるまでになっていた。

「王子様にお話を聞きたいのですが」

ニーアの言葉を白の書が仮面の街の言葉に換えて話してくれた。これでもう、仮面の街で会話に不自由する事はない。

（それが……王子はただいま、外部の方とお会いできない状態なのです。日を改めて《アラタテ》おいでいただ《シテ》きたく存じます《タスオイク》）

最初にここへ来た際、衛兵が繰り返し言っていた「アラタテ　シテ　タス　オイク」の意味がやっとわかった。

意味がわかるようになったのは良しとしても、当初の目的は果たされないままだった。結局、王は逝去していて会えず、王子にも会えなかった。

（ごめんなさい）

ニーアの気落ちが伝わったらしく、フィーアが身を縮めるようにして頭を下げてくる。あわてて、ニーアは首を振った。

「フィーアが謝る事じゃないよ。とりあえず、カイネのところに戻ろう」

またも砂船に乗り、入り口へと戻った。フィーアも一緒にである。頼んだのは王の館までの案内だけだったが、どうやら見送りもしてくれるつもりらしい。

砂船を降り、階段を駆け上がった。街に到着してから、結構な時間が経《た》ってしまったから、カイネが待ちくたびれているかもしれない。

「カイネ！　お待たせ！」

腕組みをして柱にもたれていたカイネが目を開けた。いつものように淡々と「もう用事は終わったのか？」と言って、軽く伸びをした。

「うん。小さな女の子にずいぶん親切にしてもらったんだ」

「女の子？」

「うん。ほら、あそこにいる……」

肩越しに振り返ると、フィーアが駆け寄ってくるのが目に入った。走りながら、大きな身振りで何か伝えようとしている。よほど驚いているのか、あわてているのか、ここまで早く手足を動かされると、じたばたと暴れているようにしか見えない。

「何？　昔、助けてもらった人？」

白の書が身振りを読み取ってみせると、フィーアは強くうなずいた。

「カイネが？　そういえば、昔、狼から子供を助けたって……フィーアの事だったんだ」

「この粗野で大食らいの下着女が、まさか、本当に人助けをしておったとはな」

相変わらずカイネに対しては一言も二言も多い白の書である。カイネは、むすっとした様子で「用事が終わったなら、行くぞ」と歩き出そうとした。

そこへあわてふためいた様子で男がやってきた。あの皿のような仮面をつけている。この街の兵士だ。見れば、門のそばにも兵士達がいる。大変だ、と叫んでいるのが今はニーアにも聞き取れた。

（王子の行方がわからないんだ）

（ええっ⁉）

（絶対保護の掟に従って、早く捜しに行かないと！）

（だが、行方不明になった場所が……砂の神殿なんだよ）

（ええっ⁉　「掟５０５２７王族の者以外、神殿に立ち入ってはならない」に該当するじゃないか！）

（しかし、この状況では……）

（しかし、掟が……うううむ）

（しかし、うーむ……）

王子の救出はしたいし、しなければならないと掟に定められているが、捜索先の砂の神殿とやらに立ち入るのは、これまた掟で禁じられている、という事らしい。

仮面の街の人々にとって、「掟」がどれほど重要なものなのか、フィーアの話から察していた。その数は膨大《ぼうだい》で、今月で十二万四千余り、現在も増え続けているという。それだけの数の掟が作られ続ければ、中には矛盾《むじゅん》しかねないものも出てくるだろうし、状況によっては掟が掟の邪魔になる事態も生じ得るのだろう。

「自分達が困るような掟なんて、止《や》めちゃえばいいのに」

「彼らには彼らの生き方があるのだ。用が済んだ余所者は、とっとと帰るぞ」

「でも……」

このまま帰ってしまっていいのかどうか。兵士達は心底困っているようだ。顔を突き合わせ、腕組みをして、うんうん唸《うな》っている。

言葉が通じない余所者を、この街の人々は決して冷遇しなかった。言葉が通じてみると、勤勉で親切な人々だとわかった。その彼らが困っているのに、知らん顔をするのは気が咎《とが》める……。

すると、兵士達の前へフィーアが進み出て、大きく手足を動かした。

(私が王子を助けに行きます!)

兵士達が仮面の下で息を呑《の》むのがわかった。だが、すぐに彼らは揃《そろ》って首を横に振った。

(無理だ)

(そんなことは許されない)

フィーアが地団駄《じだんだ》を踏むような動作をした。

（掟が何よ！）

今にも走り出しそうな剣幕である。ニーアは急いで兵士達とフィーアの間に割って入った。

「掟と無関係な余所者だったら、どこに行こうが誰も構わないよね？　って伝えてよ、シロ」

「やれやれ。良かったな、厄介事《やっかいごと》に首を突っ込みたがる余所者がいて」

白の書がニーアの言葉を伝えたが、それでも仮面の兵士達は腕組みを解こうとしない。掟には抵《てい》触《しょく》しないものの、王子の救出を余所者に任せっきりで良いものかと、悩んでいるらしい。どこまでも生真面目《きまじめ》な人々だ。と、カイネが口を開いた。

「私も行こう」

はっとしたように、兵士達がカイネを見る。

「掟1024……だったか？　恩義ある客人の望みは全て叶《かな》えよ。だろう？」

カイネがフィーアを見遣《みや》って言う。常々、人助けなど柄ではないと言っているカイネだったが、困っている人や危ない目に遭っている人を放っておけない性分なのだと、ニーアは知っている。初めて崖の村を訪れた際、巨大マモノの攻撃から守ってくれた時から。

「全く……どいつもこいつも」

白の書はまだ文句を言い足りない様子だったが、異を唱える気はなさそうだった。

3

砂の神殿には、フィーアが連れて行ってくれた。砂嵐の砂漠は慣れた者でなければ通る事ができないからと、またも案内役を買って出てくれたのである。

(私が入れるのは、ここまでです)

岩山の麓《ふもと》に、切り揃えた石を積んで造られた入り口が見えた。一見したところ、洞窟《どうくつ》の入り口を整えただけに見えるが、あの内部が神殿として使われているのだろう。

「ありがとう。フィーアがいなかったら、あの砂嵐は越えられなかったよ」

(どうか、王子を)

「うん。任せて」

深々と頭を下げるフィーアを残して、ニーア達は神殿の入り口へと向かった。


神殿の入り口には扉がなく、不用心なほどに容易く中に入ることができた。だが、入ってみて、全く不用心などではなかったと気づかされた。ニーア達が中に入るなり、入り口は魔力によって封鎖されてしまったのだ。盗掘を目論《もくろ》んで侵入する不心得者を懲《こ》らしめる為の仕掛けなのだろう。しかも、魔力による仕掛けは神殿の入り口だけではなかった。神殿内の扉はどれも同じような魔力で封印が施されていた。

一カ所だけ開いている扉があったが、そこも中に入ると封印が発動して出られなくなってしまった。天井が高く、だだっ広い部屋の中には、魔法攻撃を放ってくる箱がいくつも置かれていて、ただ歩くだけでも難儀《なんぎ》した。その魔法攻撃を掻《か》い潜《くぐ》って、「光る箱」を破壊すれば封鎖が解ける仕組みになっていたのだが、ここにもまた厄介《やっかい》な「掟」が設けられていたのだった……。

「仮面の街の王子って、どんな人なんだろうね」

思わず、そんな問いかけをしてしまったのは、ようやく「光る箱」を破壊した直後だった。王族なら入れるとはいえ、厄介な場所であるのはよくわかった。好き好んで足を運ぶとは思えない。何を目的としていたのか。そもそも、王子は如何《いか》なる人物なのか。

「本来、民を守るべき人物が、逆に街の者達にその身を案じられておるのだぞ？　わかるだろう？　無能な痴《し》れ者《もの》だ」

（何だとっ！）

おや、と思った。誰かの声が聞こえた気がしたのだ。

誰なのかという疑問は、口にする前に解けた。声の主と思われる子供が飛び出してきたのである。

「シロ、今の声、聞こえたよね？」

（無礼者！　そこになおれ！）

裾広がりの服から細い足が突き出している。むき出しになった二の腕も細い。街の人々と似たような服装だったが、なぜか仮面を横にずらしていて、顔が丸見えだった。目の前に飛び出してきた際には、その背格好から、自分より少し年下の子供だろうと思ったが、これで性別もわかった。

「坊主、どこから来た？」

白の書が尋ねると、少年は顔を真っ赤にして怒鳴《どな》り返してくる。

（坊主だと!?　我は『仮面の人』第九十三代目の王子であるぞ！）

「え？　王子って、こんな子供だったんだ」

少年はますます声を荒《あら》らげた。

(子供で悪いか!)

その怒鳴り声が高い天井に跳《は》ね返《かえ》り、響き渡った瞬間、どこからともなく「箱」が現れた。魔法攻撃を吐き出してきた箱と似たような大きさ、形である。その箱が王子の真上へと移動する。

(だいたい、オマエだって子供……あっ!)

箱の下部から白い光が王子へと放たれる。王子の全身を白い光が包み込んだ。

(なんだっ!? このっ!)

箱が高く浮き上がった。白い光に包まれたまま、王子も一緒に浮き上がる。どうやら、あの光は照射した対象を捕獲するものらしい。……などと考えている間に、箱は何処《どこ》へともなく飛び去ってしまった。

そもそも神殿へやって来た目的は、王子の救出である。早々にその目的を発見したというのに、それが目の前で運び去られてしまった。

「助けに行かないと……だよね?」

「いっそ見なかった事にしたいがな」

白の書がぼやいた。


通路に戻ってみると、さっきまで固く閉ざされていた向かいの扉が開くようになっていた。先へ進むには、一部屋ずつ、仕掛けを解除していく必要があるらしい。

「やれやれ。またか……」

向かいの部屋に入るなり、例によって扉が封印によって閉ざされた。白の書がうんざりしたようにため息をつく。最初の部屋と同じく、得体の知れない声が部屋に響き渡った。

(この部屋では以下の行為を禁ず)

ここでの「掟」を告げる声だった。これも、扉の封鎖と共に作動する仕掛けのひとつなのだろう。

「立ち止まりし梟《ふくろう》を禁ずるって……もしかして、立ち止まっちゃダメってこと?」

最初の部屋で禁じられたのは、「跳ね飛ぶ兎《うさぎ》」だった。「光る箱」を壊す際に、うっかり力を入れすぎて足が一度に床から離れた瞬間、魔力によって入り口に戻され、おまけに壊した筈の「光る箱」は元通りになっていた。

「クソッ! やってられるかっ!」

カイネの怒鳴り声が響き渡った。腹立ち紛れに魔法を放つつもりなのだろう、カイネの足が止まる。まずい、と思ったが遅かった。王子を連れ去ったのと同じ箱が現れ、カイネの頭上から白い光を放つ。

「なんだっ! このっ! 離せっ! 離しやがれっ!」

箱はカイネを吊《つ》り下《さ》げたまま、天井近くまで浮き上がり、何処へともなく消えた。さっき、ニーアがうっかり掟を破ったときは、入り口まで戻されただけだった。どうやら、大声を出すか、反抗的な態度をとるかすると、別の場所へ連れ去られてしまうらしい。

「追いかける相手がもう一人増えたぞ」

「……うん」

王子とカイネの捜索の前に、この部屋の仕掛けを解除しなければならない。立ち止まらないように用心しながら、魔法攻撃を放つ箱を壊し、「光る箱」へと向かった。


次の部屋は、「走り抜ける狼」と「魔を放ちし蝙蝠《こうもり》」とが禁じられていた。走る事なく、魔法も使わずに、魔法攻撃を避《よ》けながら「光る箱」を破壊しなければならない、という事だ。

「次から次へと、面倒な掟を仕掛けおって」

ニーアはあわてて「しーっ」と白の書を制した。

「余計な事を言うと、失敗しちゃうよ」

万が一、白の書まで連れ去られてしまったら、手詰まりになる。自分一人では、ここの仕掛けを解くのは無理だ。白の書もそれは重々承知しているのだろう、むっとしたように黙り込んだ。

黙りこくったまま仕掛けを解除し、別の部屋に入り、また仕掛けを解除するというのを繰り返した。外の通路へ続く扉が開いたときには、ニーアも白の書も疲れ切っていた。体力的にもだが、気疲れのほうが酷かった。

「あの連中は、よほど『掟』が好きだと見える」

「そうだね。でも、こんなにややこしい掟を作らなくてもいいのに……」

「掟は悪いものではないという見解には賛同しかねるな」

それは、フィーアの見解だった。街の中を案内してもらった際、掟にうんざりするニーアと白の書に、フィーアがそう言ったのだ。ある人から『掟は縛る為にあるんじゃない、自由を知る為に存在するんだ』と教えられた、と。

確かに、こうして「掟」のない通路を歩いていると、晴れ晴れとした気分になった。頭上にあるのが石の天井ではなく、晴れ渡った空だからかもしれないが。

外の通路は、石の神殿のような板きれの通路と違って、岩山を削り、石を積み重ねた頑丈なものだった。それでも、通路の至る所にひびや破損が見受けられた。王族以外の立ち入りが禁じられているせいで、補修ができずに放置されているのだろう。

掟のない通路を存分に走って渡り、その先の扉を入ると、大広間だった。これまでに通ってきた部屋の何倍もの広さがある。ただ、ところどころ壁が崩れ、広間の中央が大きく、深く陥没《かんぼつ》している。見上げれば、陥没の真上、天井にも大穴が開いていた。まるで、何か巨大なものが空から降ってきた痕跡《こんせき》のようだ。

「見るからに怪しい広間だな」

白の書がつぶやくのを待っていたかのように、背後で扉が閉まった。ただ、他の部屋の扉に比べて、より厳重に封印されていた。やはり、この大広間は特別なのだろう。

「あ。あれ!」

天井近くを箱が漂っている。下部から見覚えのある光を放ちながら。その光の中にいるのは、仮面の王子だった。

「あの口のへらぬ子供か」

箱はゆっくりと下降し、大穴の底へと降りていった。助け出さなければと穴の縁《ふち》へと駆け寄ったニーアは、あわてて足を止めた。大穴から、箱が現れた。ひとつふたつではない。これまでの部屋で魔法攻撃を放ってきた箱が、幾つも幾つも、群れをなして飛び出してきたのである。

やがて、箱の群れは集まって輪を作った。何段かに重なった輪が高速で回転し始める。

「王子を助けるには、あれをやっつけないと」

「だが、掟がないのであれば、我等の本領が発揮できよう」

「うん。思う存分、やれるね!」

走るなだの、止まるなだの、魔法を放つなだの、剣を振るなだの……これまで、さんざん悩まされてきた「掟」を告げる声が今はない。攻撃も防御も好きなようにできる。なるほど、掟は自由を知る為にあるものだと、心の底から実感できた。

回転する輪には、ところどころにあの「光る箱」があった。という事は、この大広間の仕掛けも、「光る箱」を破壊すれば解けるのではないか?

ニーアは魔法の弾丸と槍を連発して、「光る箱」を壊しにかかった。要領はわかっている。今までと異なるのは、壊すべき箱が多い事と、攻撃が激しい事。たったそれだけだ。

「他愛《たあい》もない」

高速で回転していた輪から「光る箱」を撃ち落としてしまうと、輪は崩れ落ちて消えた。だが、扉の封鎖が解ける気配がない。まだ終わっていない、という事だ。ニーアは剣を構えたまま、成り行きを見守る。

案の定、大穴の底から、またもや箱の群れが飛び出してきた。さっきの回転する輪を形作った箱よりも数が多い。無数の箱が再び集まり、今度は人の形になった。天井を突き破らんばかりの高さの、箱の巨人である。

「何とも奇妙な奴であるな。箱の集合体とは」

「シロもたいがい不思議だと思うよ」

本が喋って動いているのだから、箱が集まって攻撃してくる事もあるだろう。とはいえ、後者のほうが圧倒的に迷惑だった。

巨人が腕を振り下ろしてくる。腕の先、人間ならば拳に当たる部分が光っている。「光る箱」の拳が床を直撃すると、敷石が砕け、飛び散った。石を破壊するほどの強度を持っているという事は、今までの「光る箱」に比べて壊すのが難しい、という事だ。

実際、何度か魔法で攻撃してみても、巨人は少しも怯《ひる》まずに拳を振り下ろしてくる。

「防御が固いな……」

攻めあぐねて、ただただ逃げていた時だった。

「このっ！　×※○△☆共ッ！」

上から聞き慣れた声が降ってきた。ニーアには意味がよくわからない罵倒《ばとう》の言葉、白の書に言わせれば「子供は知らんでいい」言葉は、紛れもなくカイネのものだった。

「全部まとめてグシャグシャにしてやる！　そこを動くなあああっ！」

天井近くの壁に横穴が開いているのが見える。そこでカイネが剣を振り立て、怒鳴っていた。この大広間に「掟」はない。カイネがいくら罵声を発しても、あの白い光を放つ箱は現れなかった。

カイネが跳んだ。人間離れした跳躍力で巨人の肩に着地すると、そのまま剣を横に薙《な》ぎ払《はら》う。それは巨人の頭部を直撃した。数十個近い箱が一度に吹っ飛ぶ。

巨人の拳がニーア達から離れ、カイネへと向かう。

「カイネ！　危ない！」

再びカイネが跳躍《ちょうやく》する。巨人の拳を掻い潜り、ニーア達の傍《かたわ》らへと着地した。

「無事だったんだね。どうやって、ここに来たの？」

「知らん。暴れたら、ここに出てきた」

大雑把《おおざっぱ》なやり方がカイネらしい。だが、見たところ、かすり傷ひとつ負っていないし、こうして首尾良く合流できた。カイネらしいやり方が正解だったわけだ。

「よくやったぞ、下着女！」

「うるさい！」

カイネが鬱陶《うっとう》しげに怒鳴り返したが、白の書はお構いなしに続けた。

「光る箱を優先して破壊するのだ。この神殿の仕掛けはそれで止まる」

「優先もクソもあるか！　全部ブッ壊せばいいだけだろうが！」

言うが早いか、カイネの剣は箱をまとめて数個、吹き飛ばしていた。カイネほど豪快にはいかないが、ニーアも魔法の弾と槍をありったけ撃ち込んだ。

人型を保っていられなくなった箱の群れが魔法の球体を立て続けに放ってくる。崖の村で、人型のマモノが同じような球体を放出してきたが、見た目はあれとよく似ている。ただ、こちらのほうが数が多く、動きもいくらか速い気がした。

白の書の魔法で球体を吸い込み、敵に向かって吐き返す。敵の魔法を吸収して、自らの攻撃手段に変えるのは、ロボット山の機械から手に入れた「封印されし言葉」の魔法である。魔法で攻撃を仕掛けてくる敵には、極めて有効な魔法だった。

ロボット山で得た魔法だけでなく、崖の村で覚えた魔法や、最初に石の神殿で覚えた魔法などを片っ端から使った。ニーアと白の書が奮戦《ふんせん》する傍らで、カイネもまた手当たり次第に箱を斬《き》り飛《と》ばし……それをどれだけ繰り返しただろうか。ようやく、全ての箱が大穴の底へと落下していき、大広間は静かになった。

「そうだ。王子を助けに行かなきゃ」

王子を捕らえた箱は、この穴の底へ降りていった。もう邪魔をしてくる箱はない。早く王子を救出しなければ。

「怪我とか、してないといいんだけど」

ニーアが穴の縁に駆け寄ったちょうどその時、要《い》らぬ心配、と言わんばかりに王子が現れた。自力で上までよじ登ってきたらしい。

「良かった。王子、一緒に街へ帰……」

言いかけたニーアを王子の声が遮《さえぎ》った。

（あった！　これだ！）

王子が大広間の一角へ走り、瓦礫《がれき》の山から何かを拾い上げた。嬉しそうに掲げ持っているそれは、長い耳のついた仮面だった。

4

箱の巨人を倒すと、神殿の仕掛けは全て解除されるらしく、帰りは通路をまっすぐ戻るだけだった。もちろん、神殿の入り口も通れるようになっていた。ただ、王子はずっと言葉少なで、なぜ、危険な神殿に入り込んだのか、全く説明しようとはしなかった。

あの長い耳のついた仮面を手に入れるのが目的だったのは、何となく察したが、肝心《かんじん》の「何の為に」という疑問は残ったままだった。

それが氷解《ひょうかい》したのは、街へ戻った後である。

(王子!)

館の前で待ち受けていたのは、仮面の副官だった。副官だけでなく、他の兵士達もいた。仮面の下で、彼らが安堵《あんど》の表情を浮かべるのが手に取るようにわかった。

(貴方《あなた》はっ! 自らのお立場を何と心得ておいでか!)

仮面の副官は、どうやら王子の教育係のような立場でもあるらしい。叱責《しっせき》する気満々といった副官に、王子が例の仮面を差し出した。

(それは……王家の仮面!)

傍らに控えていた兵士達の間にも、どよめきが広がった。「王家の仮面」という呼び名もさることながら、彼らの様子から、その仮面が大切な品であることがよくわかった。

(王が……死んでからというもの、幼き我では他所《よそ》との文化の違いを埋め切れず、交易すらままならない。食料も水も、全てが不足し、民の顔からは笑顔が消えてしまった)

街の人々の生活が苦しいものだったと初めて知った。街を巡る間、嘆きの声を聞く事もなければ、力なく座り込む人も見なかった。誰もが穏やかに、かつ勤勉に暮らしているようにニーアの目には映った。何より、彼らの素顔は仮面の下だった。

けれども、王子には民の素顔が見えていた。仮面の下から笑顔が消えた事を、王子は知っていた。

(この仮面は王の証《あかし》。これさえあれば、我や我の国を見る目が変わる。国を再び豊かにできよう)

(王子……)

何もかも、街の人々の為だった。王子がたった一人で危険な神殿に足を踏み入れたのは。

(……これで、僕は王になれる？)

(もちろんでございます。王子……いえ、王よ)

新しい王の前に、副官が跪《ひざまず》いた。兵士達も一斉《いっせい》に倣《なら》う。なるほど、「王家の仮面」とは、民の為に危険を冒す勇気と覚悟の持ち主だという証だったのだ。

まだ幼さの残る顔が誇らしげに輝いた。

行方がわからなくなった王子が戻り、仮面の街に新しい王が誕生した。街は喜びに沸《わ》き返った。

ただ、ニーアがこの街を訪れた目的、黒文病の治療方法についてはわからずじまいだった。

病に倒れた先代の王のために、人々は手を尽くしたという。遠い国から様々な薬を取り寄せ、あらゆる治療が試みられた。それでも、王の病は治らなかった。「仮面の人」達の勤勉さを以《もっ》てしても、黒文病を「治る病」に変えるには至らなかったのだ。

とはいえ、悪い事ばかりではなかった。あの箱の巨人から「封印されし言葉」を手に入れたのである。これで差し引きゼロ、いや、一歩前進だと思った。治療法がわからなくても、「封印されし言葉」を地道に集めていけば、黒文病は治せる筈だ……。

館の前から砂船に乗り込むまで、王や副官、兵士達、そしてフィーアが見送ってくれた。ほんの短い間の交流だったが、ニーアはこの街の人々、「仮面の人」達を好きだと思った。

(あ、あの!)

砂船に乗り込んだところで、呼び止められた。

(また……遊びに来てくれないか？　今度は、友達として)

おずおずと尋ねてくる様子は、「王子」でも「新王」でもない、ごく当たり前の少年だった。

「もちろん！」

ニーアは飛びきりの笑顔で応えてみせた。仮面の王が嬉しそうに笑う。いつの日か、病気が治ったヨナを連れて、この街を訪ねたいと思った。

5

夢を見た。少年がいた。見知らぬ少年だった。銀色の髪が風に流されるのを見た。透き通った瞳が綺麗《きれい》だと思った。

風の音がした。鳥が鳴く声がした。なのに、少年の声だけが聞こえない。少年は何かを伝えたいのか、何度も何度も唇を動かしている。その言葉を受け取らなければならない気がして、懸命に口許を見つめた。

最初は「ふ」、次は「う」、その次が「い」、そして「ん」。ふういんされしことば、と少年は言っている。封印されし言葉。

少年の口の動きが変わった。ゆめ。そして、しんわのもり。神話の森？

唐突《とうとつ》に目が覚めた。眠りが一瞬で消え去ったせいなのか、夢の記憶は鮮明だった。見知らぬ少年と、封印されし言葉。夢の中で「夢」と言われ、「神話の森」などという聞いた事もない場所が出てきた。

封印されし言葉、と言われたのは、何となくわかる。いつもいつも、封印されし言葉を探さなければと焦っているせいだ。だが、あの少年は？「神話の森」は？　わからない。

「どうしたの？　おにいちゃんも、からだ、いたいの？」

食卓でもぼんやりと考え事をしてしまったせいか、ヨナが心配そうに顔を覗《のぞ》き込んできた。一時はどうなる事かと危惧《きぐ》していたヨナの病状も、このところ、落ち着きを見せていた。完治した訳ではなくとも、痛み止めの薬が再び効くようになったのだ。

食事を取る場所も、ベッドから食卓になり、こうしてニーアの心配をしてくれるまでになった。それが嬉しい。ニーアは「何でもないよ」と微笑《ほほえ》んだ。

「ただ、変な夢を見たからさ」

「ゆめ?」

「大丈夫。ヨナは心配しなくていいよ」

「ヨナもゆめをみたよ」

どんな夢かと尋ねると、ヨナは嬉しそうに「ゲームをする夢」と答えた。

「誰と?」

「おとこのこ。ことばを当てっこするゲームだよ」

「言葉を当てっこする?」

「うん。おとこのこが何をいっているか、お口をみて当てるの。むずかしかったよ」

何を言っているか、口を見て当てる? 心臓が跳ねた。

「その子は、何て言ってた?」

「えーっとね、『ゆめ』と『しんわのもり』かな」

夢と神話の森。心臓が激しく脈打つ。同じだ。自分の夢と。

「あとはむずかしくて、ヨナにはよくわからなかった。でも、次まではおべんきょうをして、ぜったい当てるんだ」

おにいちゃんもヨナとゲームをしようね、とか何とか言われた気がしたが、生返事になってしまった。それどころではなくなったのだ。

考えれば考えるほど、奇妙な夢だった。自分達は同じ夜に、同じ夢を見た事になる。これは、いったい何を意味しているのだろう？　ポポルに訊《き》けばわかるだろうか？　たかが夢と一笑《いっしょう》に付《ふ》されるだろうか？　それとも？

尋ねていいものかどうか、迷いながら図書館に向かうと、ポポルがいつになく難しい顔をして机に向かっていた。

「ポポルさん、どうしたの？」

ちゃんとノックしてからドアを開けたのに、そして、ポポルは確かに返事をした筈なのに、ニーアに声をかけられて驚いた様子だった。上の空だった、という事だ。

「実は……こんな手紙が来たのよ」

ポポルが机の上に広げていた手紙をニーアと白の書のほうへ向ける。

『いつもお世話になっております。折り入って相談させて頂きたい事があります。
実は最近村の中で夢夢夢を見続け夢夢夢夢る夢夢夢夢という夢夢夢夢夢夢悪夢夢夢夢夢夢夢夢夢
夢夢夢夢夢夢夢夢夢夢夢夢夢夢夢夢夢夢夢夢夢夢あ夢夢夢夢夢夢夢夢夢夢虚夢夢夢夢夢夢呪夢夢
夢夢夢夢夢夢夢夢夢夢夢夢夢夢夢夢夢夢夢夢夢夢夢夢夢夢夢夢夢夢夢夢夢夢夢夢夢が夢夢夢夢夢
夢夢夢
夢夢夢夢夢夢夢夢夢夢夢夢夢夢夢言葉夢夢夢夢夢夢夢夢夢夢夢夢夢夢夢夢夢夢夢夢夢夢夢夢夢夢
夢夢夢誰か夢夢夢夢夢夢夢夢』

便箋《びんせん》いっぱいに「夢」の文字ばかりが並んでいて、意味をなさない。手紙を覗き込んでいた白の書が、もう見たくないと言わんばかりにその場を離れた。

「気味の悪い手紙であるな」

同感だった。誰がこんな手紙を寄越《よこ》したのだろう。だが、その問いに対するポポルの回答は思いがけないものだった。

「北の方にある、『神話の森』と呼ばれる場所の村長からよ」

「神話の……森？」

実在する地名だった事に、まず驚いた。そして、自分が尋ねるよりも先に、ポポルの口からその名を聞かされた事に。さらに、その「神話の森」からの手紙にびっしりと書き込まれた「夢」の文字。ゆめ。あの銀色の髪の少年は確かにそう言った。……ヨナの夢の中でも。

「話し好きの明るい人達ばかりで、こんな悪戯《いたずら》みたいな手紙を送ってくるような人はいないと思うんだけど」

心配だわ、とポポルがまた眉根《まゆね》を寄せた。

「僕が様子を見てくるよ」

「え？　でも……」

「大丈夫だよ。心配しないで」

自分達が見た夢の話は敢《あ》えて口に出さなかった。それを言えば、ポポルはますます心配するだろうし、神話の森へ向かうのを止めにかかるかもしれない。

「僕もちょっと気になってる事があって」

「そう。なら、いいんだけど」

「神話の森って、北のほうにあるんだっけ？」

「ええ。北平原の橋を渡って、さらに北へ行くの」

例によって、ポポルは地図にその位置を書き込んでくれた。

「お願いするわね」

いつものように「任せて」と答えながら、ポポルに自分が見た夢の話をしなかった事を、少しだけ後ろめたく思った。

6

岩山に囲まれた道を進んでいくと、神話の森の入り口だった。いつしか、頭上にはびっしりと葉を付けた枝が広がり、陽の光を遮《さえぎ》っている。以前、濃霧が多発する場所でマモノの群れに囲まれた事が思い出された。ここは濃霧が出ている訳ではないが、薄暗く、ひんやりした空気の感触があの山岳地帯によく似ている。

「カイネは……やっぱり中に入らないんだ？」

「ああ。ここで待ってる」

なぜか、カイネは村や街の中へ入ろうとしない。ニーアの村でも、海岸の街でも、いつも合流するのは門の外だった。仮面の街だけは門の中まで入っていたけれども、街中へは足を踏み入れようとはしなかった。

ニーアとしては、自分の家に招いて、質素ながらも食事を振る舞いたいと思っていたし、ヨナにも紹介したかった。だが、白の書に「無理強《むりじ》いをするものではない」と窘《たしな》められ、諦《あきら》めた。

「じゃあ、行ってくるよ」

カイネは「ああ」と短く答えると、傍らの大木の幹にもたれた。そのわずかな震動で、枝葉が音を立てる。

「何だか静かな場所だね」

葉が触れ合う音が響くほど、他に音らしい音がない。これだけ多くの樹木があれば、小鳥が囀《さえず》っていそうなものだし、鳥がいなくても虫の声くらい聞こえるものだ。いや、全く聞こえない訳ではないのだが、鳥の囀りも、虫の声も、どこかおとなしく感じられる。

「陰気な村だ。どうせ、ろくでもない事が起こるんだろう」

ニーアはあわてて人差し指を唇に当てた。自分達の足音がうるさく感じるくらいに静かなのだから、白の書の言葉は村の中まで筒抜けだ。

「シロは、もうちょっと言葉に気をつけようよ」

これから訪問する人々の反感を買いたくなかった。「余所者は帰れ」などと罵声《ばせい》を投げつけられるのは、崖の村だけでたくさんだ……。

だが、罵声どころか、ささやき声ひとつ聞こえなかった。村の中はどこまでも薄暗く、光る虫達が音も立てずに宙を舞っている。いつしかニーアは足音を忍ばせて歩いていた。

驚くほどの巨木が村の至るところにあり、それらにはどれも扉が付いていた。崖の村の人々がタンクの中を住まいにしていたように、神話の森の人々は巨木の洞《ほら》に住んでいるらしい。

村の中に道らしき道はなかったが、ところどころ、草が踏まれて短くなっていたり、土が剥《む》き出《だ》しになっていたりしている。それがこの村の「道」なのだろう。ただ、そこを行き交う人々の姿がないのが薄気味悪い。

「あ。誰かいる……」

扉の付いた巨木の前に、佇《たたず》む女性がいた。その「家」に住む人だろうか。ただ、彼女は無表情だった。目は開けているものの、どこか虚《うつ》ろで、ニーアが近づいてもまるで反応がない。

「こんにちは」

挨拶をしても、返事がない。

「あの？」

顔を覗《のぞ》き込んでみたが、やはり無反応だった。

「おい。あそこにも村人の姿があるぞ」

白の書に言われて向かってみると、今度は若い男性だった。ただ、さっきの女性と同じく、近づいても呼びかけても、答えはなかった。

「話し好きの明るい人達、ねえ……」

白の書もポポルの言葉を思い出していたらしい。ニーアも同じ事を考えていた。ポポルの話とはあまりにも違う。

「あの人が村長さんかな？」

切り株に座っている老人の姿があった。近づくと、その瞳が微《かす》かに揺れた気がした。他の村人とは反応が少し違う。

「えーと。こんにちは？」

驚いた事に、老人の口許がゆっくりと動いた。

「……コ……ト……コトバ……に、気を……つけ……て」

他の村人達のように、老人もまた無表情ではあったが、必死で何かを伝えようとしているのだけはわかった。

「言葉？　何の事？」

「伝染する……言葉……ユメ……ミル……ヒ…ト……」

「ユメミルヒト？　夢見る人？」

そう口にした瞬間、違和感を覚えた。これまで感じた事のない、奇妙な感覚だった。

「何だ……この奇妙な感じは？」

白の書が不思議そうに声を上げる。

白の書：『不思議そうに』とは失礼な！

ニーア：何これ？　声が……文字になってる⁉

目の前の村人が身体を揺らし、ゆっくりと目を開ける。

白の書：やれやれ。此奴に訊くのが適当であろう。

ニーア：シロの声も文字になってるね。ヘンなの。

村長：……あなた達は？

ニーア：この人、やっぱり村長だったんだ……。
ニーア：僕達、この村に異変が起こったって聞いてやってきました。
村長：私と会話できているという事は、夢に巻き込んでしまったようですね。
ニーア：夢？
村人は答える。「神話の森」では、ここ一ヶ月ほどの間に「死の夢」という謎の病が広がっていたという。それは、一度眠ると二度と起きないまま夢を見続ける、という奇病だった。言葉を媒介《ばいかい》に伝染する特殊な病である事が判明した時点で、村長自身も病に倒れてしまう。
白の書：我等がおまえの夢に取り込まれた、というのか。
村長：はぁ……おそらく。
白の書：そんなバカな！　いつ？　どうやって？　我は眠った自覚などないぞ。
村長：『死の夢』はそういう病気ですから。この村で、あなた方は誰とどんな話をしましたか？
おそらく、何か夢に入るきっかけがあったはずです。
そう断言され、ニーアと白の書はそれぞれ思い出そうとしたが、叶《かな》わなかった。はからずも、普段いかに無意識に言葉を交わしているか、いかに自分の言葉を垂れ流し、いかに他人の言葉を聞き流しているか、痛感させられる羽目《はめ》に陥っただけである。
白の書：適当に会話していて悪かったな！
気分を害したように、白の書はつぶやく。
白の書：害したようにではなく、害しておるのだ！　はっきりと！

ニーア：あ、『伝染』……。
白の書：伝染がどうした？
ニーア：確か、『伝染する言葉に気をつけろ』って言われたよね？
村長：それは、何という言葉でしたか？
ニーア：えーと、ゆめみる……ゆめみる……何だっけ？
ニーア：ひと、だ！　ユメミルヒト！
ニーアが叫ぶと、村長は懐《ふところ》から取り出した紙の綴《つづ》りをめくってうなずく。
村長：ソレです！　以前にも報告がありました。その言葉を聞いた途端《とたん》、あなた方は死の病に罹《かか》り、眠りに落ちたのでしょう。
村長はちびた鉛筆を走らせながら、首をひねった。
村長：他人の夢に入り込む症例なんて、初めてです。私は今まで、この難病の解明こそ急務と症例集めに励んできたのですが、こんな事が……。
白の書：夢の中まで病を研究する熱意は買うが、まずは夢から覚める方法を探すべきではないか？
村長：探しましたよ。だけど、ここは所詮《しょせん》、私の夢なんです。私は目覚める方法を知らない。だから、夢の中を隅から隅まで探したって見つかる筈がないじゃないですか。症例を集める以外に、私に何ができるというんです？　何もできやしないんだ……。
途方に暮れる村長に、ニーアはうなずいてみせる。
ニーア：え？　僕は別にうなずいてないけど？

「僕達にできることなら何でもするよ」とニーアは言った。
ニーア：えええ!? 言ってないし！
白の書：静かにせよ！
白の書がぴしゃりと言って、ニーアと村長を見る。何かを摑《つか》んだらしい。
白の書：ああ、摑んだとも。自分の夢の中なのだから、自分の知らない事が存在する筈がないという考えはわかる。だが、実際にはどうだ？ おまえは我等を知っておったか？
村長：いいえ！ いいえ！
白の書：ヒトのユメは無限だ、と我はどこかで聞いた事がある。夢から覚める方法は、この夢、この森のどこかにきっと潜んでおる筈だ。おまえに代わって見つけてやろう。
村長：おお！ ありがとうございます！
白の書：礼には及ばぬ。我等とて、夢から覚めたいのは同じだからな。
霧深き森の奥へと分け入っていくニーア達を見送りながら、村長は強い既視感を覚えていた。私は前にも彼をこうやって送り出した事がある。でも、いったいどこで？
一方、ニーア達の足取りは重かった。森は深い霧に包まれ、視界が悪い。びっしりと生えた苔《こけ》のせいで、足許も悪い。緑の木々が吐く新鮮な空気も、いつしか青臭さが鼻につくようになっていた。
ニーア：それにしても、なんて深い森だろう……。
次の瞬間、虫達が一斉に鳴き出した。金属を引っ掻いたような音、鈴が転がるような音、耳障りなものから心地よいものまで、ありとあらゆる虫が鳴いていた。凄まじい音量に、思わず耳を塞《ふさ》ぐ。

ニーア：何!? 何が起こったの!?
白の書が何か言っているようだが、聞こえない。耳鳴りがひどい。
ニーア：これは……言葉？
気がつけば、虫の鳴き声が「文字」に置き換わっていた。様子を窺《うかが》っていると、それらの文字の間に、全く別の「音」が混じっていることに気づく。虫の鳴き声が「文字」へ、そして「言葉」へと変貌《へんぼう》を遂げていた。
〈一人ではもてあまし、二人ではじゅうぶんで、三人ではだめになってしまうものは？〉
白の書：謎かけか？
ニーア：さあ？ 何だか仕組まれた展開っぽいけどね。正しく答えれば、夢から覚める方法がわかるとか？
白の書に促《うなが》されて、ニーアは答えた。
ニーア：一人ではもてあまし、二人ではじゅうぶんで、三人ではだめになってしまうもの、それは『秘密』かな？
鳴き始めたときと同じ唐突さで、虫の声が止んだ。目の前の草が次々と倒れ、森の中に道ができていく。ニーア達は用意された道を進んだ。しばらく行くと、今度は四角い泉が現れた。
ニーア：特に変わった様子はなさそうだけど……。
試しに、足許の木切れを拾って投げ込んでみる。白の書が驚きの声を上げた。無理もない。水面に広がるさざ波が美しい旋律を奏でつつ、文字へと変わったのだ。

〈まどからへやにとびこんできても、ガラスがわれず、ゆうがたになると、たちさってしまうものは？〉
白の書：またか。
ニーア：答えは『日光』だね？
泉の水が高く噴き上がる。細かな水の粒が木漏れ日《こもび》を受けて虹の橋を架けた。
白の書：美しいものだな。
ニーア：シロ！　見て！　あそこ！
ニーアが指さす方向に、小さな家があった。こんな森の奥に誰が住んでいるのかと訝《いぶか》りつつ近づくと、扉が開いた。小さな家から出てきたのは、ケープをすっぽりかぶった男だった。顔はわからない。口を開きかけるニーアを制し、男は言った。
〈はじめは、四本。つぎは、二本。さいごは、三本。これは？〉
あなたは誰？　なぜここに？　どんな問いをぶつけても、男は答えず、同じ謎かけを繰り返すばかりだった。
白の書：会話がしたくば、謎かけに答えるしかなさそうだぞ。
ニーア：やっぱり？　はじめは四本、つぎは二本、さいごは三本。それは『人間』？
霧が晴れた。ケープから覗く男の唇が微笑んでいる。正解、と言って男はケープをするりと脱ぐ。
ニーア：村長!?
ニーアに呼びかけられ、男は首を左右に振り、「私は君の知る村長ではない」と答えた。さらに男は続ける。「そして、私は君ではない君を見た事がある。はるか昔に……」と。
ニーア：どういう事？
謎の男：ともかく、おめでとう。封印は解けた。目覚めの時だ。さあ、戻りたまえ。君達が探している男は、森の入り口で待っているよ。
男はそう言うと、踵《きびす》を返した。扉が閉まると同時に、再び立ちこめた霧が家をかき消した。虫の合唱や四角い泉と同じく、これきりだ。たとえ再び森に入っても、二度と見える事はないだろう。
村長：よくお戻りで！
男の言葉どおり、村長は森の入り口近くの切り株に腰を下ろしていた。
ニーア：死の夢の封印、ちゃんと解いてきたよ。
村長の顔がぱっと輝いた。そして、三人は眠った。
ニーア：『眠った』って？　別に誰も寝てないけど？　それに、文章のつながりも唐突でおかしくない？
白の書：いいから眠れ！　早く！
白の書に急《せ》き立《た》てられ、村長とニーアは草の上に寝転んだ。白の書は、半ば叱《しか》りつけるように説明した。
白の書：忘れたか？　死の夢の世界を支配しているのは『文章』だ。たとえ違和感があったとしても、そこに示される文章が絶対なのだ。だから、我等は眠る。きっと眠れる。
まもなく、本当に三人に睡魔が襲ってきた。

村長：夢に閉じ込められてから、眠くなった事など一度もなかっ……た……のに……。
どれくらい眠っていたのか。三人は寝転んだときと同じ草の上で目覚めた。霧は深く、鳥の声は高く、緑は濃い。何も変わっていないように見えるが、確かに夢は覚めたのである。
ニーア：『夢は覚めたのである』だってさ。よかったね。
村長：本当にありがとうございました。あなた方には感謝してもし足りません。そうだ、木に祈りを捧げねば。
ニーア：木に祈り？
村長：この災厄が早く過ぎ去るよう、村の奥にある巨木に祈るのです。あの木は、村の歴史を見守ってきた神聖な木で。
白の書：神頼みか。
村長：いいえ。神ではなく、言葉です。巨木には、『封印されし言葉』が眠っていると、昔から伝えられてきました。
ニーアと白の書は思わず顔を見合わせる。意外なところに目指すものがあった。人助けと思ってやったことが、自らの利益につながった。
白の書：実に……『夢』のような展開であるな。
ニーアは、村長との別れ際に、村長そっくりの男について話してみた。私は君ではない君を見た事がある、という男が残した謎めいた言葉の事も。
村長：実は、私もあなたとは会った事がある気がしていたんです。

ニーア：えっ？
村長：でも、私の思い違いです。死の夢に作られた既視感でしょう。その男もまた、死の夢が見せた幻。気にする事はありませんよ。
村長の言葉には、現実を生きる者が持つ説得力があった。ニーアはうなずいた。それでも、男の言葉は小さな棘《とげ》のように心に刺さっていた。なぜ？　わからない。その謎は、簡単には解けそうになかった。

今度こそ、夢から覚めた。不可思議な夢の中で手に入れた「封印されし言葉」だったが、目が覚めても消えたりはしなかった。白の書は、地面から無数の槍を突き出すという攻撃魔法をちゃんと覚えていた。

「ありがとうございます。これでやっと、普通の暮らしに戻れます」

切り株に座っていた村長が安堵した様子で頭を下げる。奇妙な病であったな、と白の書がつぶやく。言葉によって伝染し、言葉によって封印が解けて夢から覚める……確かに奇妙だ。

「でも、おかげで簡単に『封印されし言葉』が手に入ったね」

これまでは、強力なマモノを倒したり、巨大な機械を破壊したりと大変だった。箱の巨人と戦ったのも、つい先日の話である。それに比べたら、今回はただ夢の中に入って謎解きをしただけだ。

ただ。これまで、「封印されし言葉」は強大な敵の持ち物だった。それらを倒して、奪い取るもの。だとすれば、今回は？　もしや、村の奥にある聖なる木が……？　そこまで考えて我に返った。

白の書が不信感も露《あら》わに言ったのだ。

「ちょっと……簡単すぎやしないか？　この村にも、誘導されてきたような気が」

「考えすぎだよ、シロ」

そう、考えすぎだ。白の書も、自分自身も。

「それより、他の人達も助けなきゃ」

声をかけても反応がなかった村人達は皆、同じ奇病に罹っていたのだ。あの文字だらけの世界にはうんざりしていたが、眠りから目覚めさせる方法がそれしかないのだから、仕方がない。

片っ端から村人達を起こして回り、全員を救出したときには疲労困憊《ひろうこんぱい》していた。ぐったりして村を出ると、カイネが待っていた。

「村はどうだった？」

相当長く待たせた筈なのに、カイネは気を悪くした様子もなかった。

「全く……言葉にできないくらい、素晴らしかったよ」

むしろ、白の書のほうが、半日以上も待ちぼうけを食わされたような口調で答えたのだった。

[報告書06]

このところ、ニーアの行動半径が頓《とみ》に拡大している。先日などは、仮面の街にも出入りするようになったという。街の入り口は常時閉門されており、また周囲とは文化的にも言語的にも異質な街である。これまで全く接点を持たずにきたニーアが、今になって仮面の街と関わりを持ったのは予想外だった。仮面の街で王が代替わりした事もあり、今後も注意深く観察したい。

また、先日は、神話の森で「死の夢」と称される奇病が発生した。夢の中から出られなくなるという奇妙な症状の病で、当該地区の住民の大半が罹患《りかん》していたらしい。幸い、白の書が同行していたおかげで、ニーアは無事に「死の夢」からの帰還を果たした。しかし、詳しく事情を聞いてみたところ、事態はこちらで把握していた以上に深刻だった。

これまで、神話の森でこのような事象が観測された事はなかった。崖の村とは異なり、問題行動を起こす住民もいない。場所が場所だけに、徹底した原因究明を行うべきであろう。

また、今後、何らかの変事が予想される地区へ住民を派遣する際には（ニーア含む）、入念な事前調査を行い、かつ携帯品・装備を十分に整える事を推奨《すいしょう》すべきと考える。

（記録者・ポポル）

NieR Replicant
ver.1.22474487139...
《ゲシュタルト計画回想録》
File01
少年ノ章6

1

石の神殿、ロボット山、崖《がけ》の村、仮面の街、神話の森。「封印されし言葉」は着実に集まっていた。神話の森を除けば、強力な敵との戦いがあり、その過程は決して楽ではなかったが、その労苦に見合うだけの成果があった。

戦いの合間に、ヨナのための薬魚《くすりうお》を釣りに海岸の街へ行き、村人に頼まれて、あちこちの街や村へ足を運び……とニーアは忙しく過ごしていた。

約束どおり、仮面の王のところへも遊びに行った。王は勝手に館を抜け出したりして、相変わらず副官を悩ませているようだった。白の書は「人はそう容易《たやす》く変われるものではないな」と苦笑していた。

もっとも、王子だった頃から街中へ頻繁に出かける習慣があったからこそ、王はフィーアに出会ったのだという。郷里を離れてこの街へ来たばかりのフィーアにとって、王は良い「友達」となった。そんな事もあったのだと思えば、人は容易く変わらなくても良いような気もしてくる。それに、仮面の街で、王やフィーアと過ごす時間はニーアにとって得難い休息の時でもあった。

そんなふうに、楽しい出来事もあったが、悲しい出来事もあった。海岸の街の老婆《ろうば》が死んだ。気難しい、灯台守の老婆だ。黒文病《こくもんびょう》だった。

老婆の許《もと》へ届けられていた恋人からの手紙は、郵便配達員が書いた偽の手紙だったとニーアが知ったのは、その少し前のことである。遠い国に行ったという老婆の恋人は、もうずっと昔に死んでいて、街の人々はそれを隠す為に偽の手紙を届け続けていたのだ。

真相を知った時、「あたしの大事な人さ」と手紙を押し頂いた老婆の姿が思い出されて、居たたまれない気持ちになった。ただ、死を看取《みと》った郵便配達員の「眠るような、安らかな笑顔だったよ」という言葉に、少しだけ救われた。そして、それを告げた配達員が誰よりも老婆の死を悲しんでいるように見えた……。

その郵便配達員と、近頃、よく出会《でくわ》すようになった。花屋の女性に頼まれて球根や苗を買いに海岸の街へ行く機会が増えたから、そのせいで、よく会う気がしたのかとも思っていた。しかし、気のせいではなかった。配達員のほうもニーアの村へ頻繁にやってきていたのだ。その理由を、思わぬところから知る事となった。

「あのね、おにいちゃんに、だいじなおねがいがあるの」

その話を切り出してきた時、ヨナはいつになく真剣な顔をしていた。

「えっと……えと……」

一生懸命、言葉を探している様子に、ニーアは「ヨナの頼みは何でも聞いてあげるからね」と言わずにいられなかった。

「じゃあ、いうね？」

ヨナは小さく息を吸い込んだ後、それを思いっきり吐き出すかのように言った。

「おともだちを、たすけてほしいの！」

「お友達？」

村の誰かだろうか？　だが、これまで「お友達」という言葉をヨナの口から聞いた事はなかった。なかなか外へ遊びに出られないヨナには、村の子供達ともどこか距離があったのだ。

「ヨナ、おてがみでおはなししている、おともだちがいるんだけどね」

「手紙で話？」

文通の事ではないのか、と横合いから白の書に言われて思い当たった。このところ、頻繁《ひんぱん》に郵便配達員と出会していた理由は、これだったのだ。

「文通している友達……って⁉」

「うん。おとこの子のおともだち」

「お、男の子⁉」

声が裏返った。落ち着け、落ち着け、と自分に言い聞かせる。

「その子、びょうきでこまってるんだけど。おにいちゃんと、シロちゃんで、びょうきをなおしてあげてほしいの！」

「その……。男の子ってのは……ええと」

「うん。みなみのほうにある、大きなおうちにすんでるらしいの」

駄目だ、頭がうまく回らない。ヨナの言葉が半分くらいしか理解できない。

「おにいちゃんにしか、おねがいできないの！」

ヨナが真剣そのものといった顔で見上げてくる。

「だめ？」

ふたつの瞳が悲しげに揺れるのを見て、ニーアは狼狽《うろた》えた。

「だめとかじゃなくて、その……アレだ。今は、ヨナの病気を治すのが先で、その子よりもヨナの身体のほうが大事で、えっと……その……」

しかし、それ以上、しどろもどろの言い訳を続ける事はできなかった。

「いっしょうのおねがい！」

小さな手を合わせて必死に頼み込んでくる姿に、抵抗などできよう筈がない。ヨナがここまで何かを願うなど、滅多《めった》にない事なのだ。

「わかったよ……。何か方法を探してみる」

ヨナの顔が輝いた。

「おにいちゃん、ありがとう！」

花が開いたような笑顔だった。この笑顔の為なら、何でもできる。ヨナの願いは全部、叶《かな》えてやりたい……。

というのは、嘘偽りのない気持ちではあったが、今回ばかりは、その願いが己の手には余る。

「文通……ヨナが……お友達……男の子……」

ヨナとの会話を終えた後、いつの間に外へ出てきたのか、よくわからない。気がつくと、家の扉に背中をつけたまま、ぼんやりと虚空《こくう》を見つめていた。

「どうした？　声が震えておるぞ、〝お兄ちゃん〟」

「ば、バカ！　そんなことないよ！」

白の書にからかわれて否定したものの、動揺しているのは事実だった。

「とにかく、南のほうにある大きなおうち？　そこへ行ってみよう」

心当たりはある。南平原を抜けてすぐの小高い丘の上に、やたらと大きな館があった。いつも門が閉ざされているし、出入りする人の姿も見た事がなかったから、もう誰も住んでいないのだろうと思っていた。

「その文通相手からの手紙とやらを見れば、正確な所在地が記してあったのではないのか？」

「あっ」

しまったと思ったが、引き返すのも億劫《おっくう》だった。それに、ヨナに宛《あ》てた「男の子からの手紙」など見たくもなかった。……何が書かれているのか知りたくないと言えば嘘になるけれども。

2

その館は、堅牢《けんろう》な石造りだった。ただ、酷く古びて見えた。建物そのものが大きく、凝《こ》った造りなだけに古さが目立つ。鉄製の門扉《もんぴ》も、塗装が剥《は》がれかけていて、うっすらと錆《さび》が浮いている。

門は施錠されていなかった。ずっと前に、ここを通りかかったとき、好奇心に駆られて門扉を押してみた事がある。その時は、確かに施錠されていた筈だ。

「僕等《ぼくら》が来ると思って、開けといてくれたのかな？」

通れる程度に門扉を押してみても、咎《とが》める者はない。門の中に入ると、館の入り口に誰かが立っているのが見えた。

「この家の人だよね、きっと」

踏み出そうとした足が止まる。妙な感じがした。神話の森に足を踏み入れた時とは異質の違和感がある。共通しているのは、どちらも、その理由がわからない事だった。

理由はわからないが、ひんやりとした空気を感じた。今日はよく晴れているし、南平原を走った事もあって、汗ばむほどだった。なのに、門の中に足を踏み入れるなり、汗が引いた。ここは曲がりなりにも屋外なのだから、敷地の内と外とで気温に変化がある筈がない。だとしたら、体感温度の低下はいったい何なのか？

もうひとつ、違和感を覚えたのが、館の前にいる人物だった。こちらの理由ははっきりしている。身なりのいい、中肉中背の男なのだが、どうにも表情が乏しいのだ。ニーアと白の書、そしてカイネが、門を開けて人が入ってきたというのに、何ら反応する様子がないのである。客に対する歓迎もなければ、侵入者に対する拒絶もない。それが些《いささ》か薄気味悪い。

あれは生きた人間ではなくて、人間そっくりの置物なのではないかと思いながら、そっと男に近づいてみる。

「お待ちしておりました」

「うわっ！」

人形ではなく、人間だった。だが、ニーアが素《す》っ頓狂《とんきょう》な声を上げたというのに、男は取り立てて気にする様子もない。普通なら、怪訝《けげん》そうな表情のひとつも浮かべそうなものだ。

「こちらへどうぞ」

促《うなが》されるままに館の中に入った後になって、無鉄砲な事をしてしまったのではないかと後悔した。この男が、自分達に害をなさない保証などどこにもないのだ。

おまけに、館の中は予想以上の荒れ具合だった。入り口の扉を入るなり、崩れた大階段が目に飛び込んできた。倒れたままの燭台《しょくだい》、梁《はり》とも柱ともつかないものに塞《ふさ》がれた通路、わずかばかりの光が射し込む窓は、いったいいつ磨いたのかわからないほど、汚れで曇っている。

「どうする?」

先に立って歩く男に聞かれないように、ニーアは白の書にそっとささやく。

「ここまで来て帰るのも芸がないぞ」

白の書にしては珍しく、声をひそめている。警戒を緩めずに先へ進め、という事か。そうだね、とニーアはうなずいた。

「ヨナの友達にも会わないと」

気がつくと、男が立ち止まっている。無言だったが、こちらを振り返っているところを見ると、遅れているニーア達を待っているのだろう。状況から、気遣《きづか》ってくれているのだろうと推測できるのだが、残念ながら男が無表情すぎて、そうは見えなかった。

小走りに、男のほうへと向かいながら、また違和感を覚えた。門の中に入った瞬間に感じたのと同じものだ。今回もまた、理由がわからない……。

「こちらでお待ちください」

案内されたのは、やたらと奥行きのある部屋だった。食堂だというのは、すぐに見てとれた。六人掛けの大きなテーブルには、料理の皿や酒瓶、グラスが並んでいるからだ。

「主人を呼んで参ります」

扉の蝶番《ちょうつがい》を耳障《みみざわ》りな音で軋《きし》ませて、男は出て行った。「主人」という事は、あの男は使用人だったらしい。仕立ての良い服を着ていたから、てっきりあの男が館の主で、ヨナの友達の父親だと思っていたのだが、違っていたようだ。

「めんどくさい。マモノが出たら呼んでくれ」

カイネは大欠伸《おおあくび》をすると、傍《かたわ》らの長椅子に横になって寝息を立て始めた。

「なんていうか……カイネってすごいね」

「ある種の神経が死んでおるのだろうよ。全く」

白の書が呆《あき》れたように言っても、カイネは反論してこなかった。熟睡しているらしい。度胸だけでなく、寝付きの良さもたいしたものだった。

この得体の知れない館の中で眠るほどの度胸は自分にはない。それに、この食堂にしても何かがおかしい。室内に火を焚《た》くような陽気ではないというのに、立派な暖炉《だんろ》が明々と炎を上げている。一番奇妙なのは、これほど立派な暖炉に火が入っていても、室内は少しも暖かくない事だった。

「館の中を歩いてみない？　カイネも寝ちゃって、暇だしさ」

暇というよりも、じっとしているのが不安になってきたのだ。白の書も同じ気持ちだったのか、

「そうだな。それが良かろう」とあっさり同意してくれた。

「こっちから出てみようか？」

食堂には、さっき案内された扉の他に、奥にも扉があった。鍵は掛かっていない。そのまま扉を押し開けてみると、広々とした廊下だった。食堂と同じく、ひんやりとした空気が漂っている。真向かいに、別の扉があった。興味を覚えて把手《とって》に手をかけると、白の書があわてたように止めに入った。

「ま、待て。不用意に開けるような真似は……」

「ちょっと見てみるだけだよ」

しかし、扉は動かなかった。施錠《せじょう》されていたのだ。何気なく鍵穴を見ると、その上に「闇」の文字が刻印されている。

「なんだろう、これ?」

覗《のぞ》き込んできた白の書が「ヒッ」と息を呑《の》んだ。

「どうかした? シロ?」

「い、いや。な、何も……。ただ」

「ただ?」

「……不吉な文字であるなと」

「そう?」

確かに、闇はマモノが好むから危険ではあるけれども、不吉というのとは違う気がする。

「他の扉はどうかな?」

廊下を歩いて行くと、壁には大きな絵が掛かっている。甲冑《かっちゅう》を身につけ、槍《やり》を手にした男を描いた絵だった。古いものらしく、重厚な木製の額縁は黒ずんでいた。

「おい！　な、何やら面妖《めんよう》であるぞ」

白の書の声が裏返っている。

「怖いの？」

「そ、そうではない。ただ、大昔の人類は『呪《のろ》い』という概念を持っておってだな、この館はどうも、その概念と合致する点が散見されてだな、闇などという不吉な言葉がアレして、ナニして……」

白の書がもごもごと言葉を濁《にご》す。シロって意外と怖がりなんだ、と思いつつ、隣の扉を調べてみる。しかし、ここも施錠されていた。興味深いのは、鍵穴の上の「月」という刻印だった。

「月っていうのは、別に不吉じゃないよね？」

さっきの「闇」といい、鍵穴の上の刻印は何を意味しているのだろうか。他はどうだろう、と思い、さらに隣の扉を調べようとした時だった。

「そ、そろそろ引き返さぬか？」

まだ調べてみたい気がしたが、これ以上、白の書を怖がらせるのも本意ではない。探索はそこまでにして、食堂に戻る事にした。

そろそろ、さっきの男が主を連れて戻っている頃合いだろうと思ったのに、食堂には誰もいなかった。そう、誰も。さっきの男だけでなく、カイネの姿も消えていた。

「どこ行っちゃったんだろう？」

「きききき消えた！　面妖な館ゆえ、さらわれたか、喰《く》われたか……」

「いくら何でもそれはないと思うよ」

熟睡しているように見えたカイネだったが、途中で目を覚ましたのだろう。一人でじっと待つには退屈だったに違いない。自分達が暇を持て余して探索に出たように、カイネもその辺を歩いてみようと考えた。或《あ》るいは、ニーア達を心配して捜しに行こうと思ったか。

「入れ違いになっちゃったな。捜しに行かないと」

食堂から正面玄関まで引き返してみたが、カイネの姿はなかった。外へ出たのかとも思ったが、扉は施錠されていて動かない。

「とととと閉じ込められたかっ⁉　扉が開かなくなるというのは、呪われた館には極めて頻繁に発生する現象であってだな、主人公が閉じ込められるのはもはや様式美……」

「まさか。古い扉だから、壊れたのかも。さっきの人に言って、直してもらわなきゃ」

無人の食堂へ戻り、再び奥の扉から廊下へ出た。まだ調べていない扉があったのを思い出したのである。そこで、また白の書が「ヒイッ」と叫んだ。

「な、何やら絵が……か、変わっているようだが？」

「そう？」

言われて、絵を見上げてみる。甲冑を身につけ、槍を手にした男。同じ絵だ。いや、どこかが違う気もする。

「そうだなあ。言われてみれば、変わっているような？」

「そ、そうであろう」

「でも、どこが違うのか、シロにわかる？」

「そ、それは……」

「はっきりどこがとは言えないよね？　普通はそんなに細かく覚えてないよ」

「だが、肖像画の人物が動いたり、絵の構図が変わったりというのも、呪いにはありがちな現象であって……」

「気のせい、じゃないかな。たぶん」

そんな筈は、と言いかけて、白の書はそこで言葉を切った。しばし考え込んだ後、「そうだな」と言った。

「そういう事にしておくのも良いな」

「そうそう。それより、カイネを捜そうよ」

眠っていたとはいえ、食堂に置き去りにしたのは悪かったと思う。カイネは白の書のように怖がりな訳ではないが、目が覚めたら一人きりというのは決して気分が良いものではない筈だ。

「さっきは、どこまで調べたんだっけ？」

施錠されていた扉を調べて、次の扉を調べようとしたら、白の書が引き返そうと言い出して……。

「あ、これだ」

鍵穴の上には、何の文字も刻印されていない。把手を回してみると、施錠されていなかった。そのまま押し開けてみる。視界が白くなった。薄暗い室内に慣れた目に陽の光が眩《まぶ》しい。中庭への扉だったのだ。

中庭は、円形に整えた生け垣に囲まれていた。その中央には水の涸《か》れた噴水があり、その周囲に何体かの石像が置かれていた。実物大の男女を象《かたど》ったものだ。長い間、ここに置かれていたらしく、表面には苔《こけ》が生えている。

「この顔、すごく苦しそう……。何だか少し怖いな」

石像というのは、もっと澄まし顔に作るものだと思っていた。だが、この中庭の石像は、どれも苦しげに顔を歪《ゆが》めていた。途方もない苦痛、もしくは恐怖。それがありありと伝わってくる。

「は、早く行こう」

白の書の言うとおりだった。いつまでも見ていたいような代物ではない。ニーアは急ぎ足で中庭を横切り、隣の建物の扉を開けた。

ただ、その建物は手前の部屋にしか入れなかった。外から見た限りでは、それなりの広さがあると思われたのだが、中庭からの扉の前には短い廊下があるだけだった。おまけに、扉はひとつしかない。

あまり期待せずに部屋に入ってみたが、思わぬ収穫があった。洗面台に「月」と刻印された鍵が置かれていたのである。

「あの扉の鍵だ、きっと」

急いで部屋を出て、「月」の刻印がされていた扉のところへと引き返す。予想どおり、鍵を差し込んで回してみると、快い音と反動と共に鍵が開いた。

扉の先は部屋ではなく、狭い通路だった。ところどころに明かりが点《とも》ってはいたが、どうにも薄暗い。と、ニーアは足を止めた。

「今、何か聞こえなかった？」

「ひっ、ひとの……ひ、悲鳴がっ！」

「悲鳴？」

ニーアの耳に聞こえたのは、男の声と思《おぼ》しきもの。だが、白の書は頭を振るかのように右に左にと揺れながら、「助けを求める声であったぞ！」と断言した。

「そうだったかなあ？」

「ここから出してくれと叫んでおった！　あ、あれは、もしや、幽……」

「使用人の誰かだよ、きっと。扉の建て付けでも悪かったんじゃない？」

白の書は同意しかねる様子だったが、それ以上は反論してこなかった。

「あれ？」

また何か聞こえた気がして、立ち止まる。今度は声ではなく、音だ。耳を澄ませてみると、楽器らしき音がした。デボルの弾く楽器とは違う音。ピアノの音だった。

音のほうへと歩く。ピアノの音が聞こえるという事は、そこに誰かがいる。

「この中？」

そっと扉を押してみる。ここも施錠されていない。蝶番が軋んだ音を立てると同時に、ピアノの音が止まった。

ピアノの前に座っていた少年が立ち上がる。陶器のような白い肌と柔らかそうな髪、花の色にも似た唇。ただ、異様なのは少年の両目を覆《おお》い隠《かく》す包帯だった。考え込んでいるのか、途切れ途切れに少年は言った。

「二十歳前後の……男の子？　一人？」

「足音だけで、わかるの？」

目隠しをしているのに、なぜわかるのだろう？　驚くニーアに、少年は「当たりですね」と笑った。その声と表情は思いのほか明るい。

「あと一人というか、もう一冊、シロもいるよ」

「え？　足音は一人分ですが」

なるほど、と思った。足音の高低や数で、歩く者の背格好を推測していたのだ。少年は相当に耳が良いのだろう。

「我は白の書。足の生えた書物などあるものか」

白の書の声に、少年がびくりと肩を震わせる。声だけが一人分増えたのだから、驚くのも無理はない。

「驚かせてごめんね」

白の書の代わりに謝ると、ニーアは少年に自分の名前を告げた。少年がうなずく。

「我等の自己紹介は以上だ。次は汝《なんじ》の事をお聞かせ願おう」

相手を驚かせた事など微塵《みじん》も反省していない白の書が、せっかちに先を促《うなが》した。

「ぼくはエミール。この館の主です」

「じゃあ、手紙をくれたのは君？」

そして、さっきの男が「主人」と呼んでいたのも。……と思ったのだが、エミールは首を傾《かし》げた。

「手紙？　いったい何のことですか？」

話が噛み合っておらぬな、と白の書がつぶやく。事情を説明しようと、エミールのほうへ近づいた時だった。

「だめっ！　近づかないでくださいっ！」

大声を出されて、思わず足が止まる。

「危ないんです！　ぼくの目は、見たモノを石に変えてしまうから」

その言葉を裏付けるかのように、少年は包帯の上から両手で目を覆った。たとえ包帯があっても安心できないと言わんばかりに。

「だから、こうやって目隠しをしているんです」

「随分と変わった特徴もあったものだな」

石に変えてしまうと聞いて、中庭で見た石像が脳裏《のうり》をよぎる。人の手による細工にしては、あの石像の表情は真に迫っていた。まるで、恐ろしいものを見てしまった者がそのまま……それ以上は考えないほうがいいような気がして、ニーアは急いで意識を逸《そ》らした。

「手紙の件は、執事が知っているかもしれません。この鍵で、館の奥に入れますから……ご案内します」

「いいよ。エミール。僕達だけで大丈夫だよ」

目隠しをしたままで歩き回るのは危ない。うっかり転んで怪我でもしたら大変だ。

「鍵だけ貸してもらえれば」

「そう……ですか？　じゃあ、これもお渡ししておきますね」

エミールはポケットから紙を取り出した。

「館内の図面です。この館は迷いやすいので」

「ありがとう」

「一番奥が執事の部屋です」

わかったと答え、部屋を出たところで思い出した。

「カイネはどうする？」

館の主との邂逅《かいこう》に気を取られていたとはいえ、カイネを捜していた事を失念していた。後ろめたさを覚えるニーアとは対照的に、白の書の答えは「放っておけ」だった。

「あの女の事だ。一人で何とかするであろう」

薄情な答えだったが、執事の部屋へ向かううちに同意せざるを得なくなった。迷わないように進むだけで精一杯だったのだ。エミールが図面を持たせてくれたのも道理で、この館は人を迷子にする為に作られたのではないかと疑いたくなるほど、ややこしい造りになっていた。

それだけではない。廊下にはマモノが出没した。中型のマモノで、魔法を撃ってきたりはしなかったが、そこそこ強い。それが複数。

「どうして、マモノがこんなところに？」

いや、原因はわかっていた。館の廊下は燭台で明るさが保たれているが、陽の光は入らない。ひとたびマモノが棲《す》み着いてしまったら、駆除をする手が足りずに放置するしかなかったのではないか……。

マモノを撃退し、執事の部屋がある辺りにたどり着くと、今度は別の問題が発生した。その一画にはそっくり同じ扉が並んでいたのである。

「何か目印をつけてほしいよね、これ」

しかも、扉の中は狭い部屋で、ひどく暗い。明かりが点っているにも拘《かか》わらず、である。おまけに寒い。

「お、おい！　ま、また悲鳴が！」

女の悲鳴だった。今度はニーアにもはっきりと聞こえた。急いで部屋を出て、後ろ手に扉を閉める。

「聞かなかった事にしよう」

「そ、そうだな」

とにかく、執事を捜さなければと、その向かいの扉を開けた。やはり中は暗い。このまま扉を閉めてしまおうと思っていたが、そこで洗面台から水が滴《したた》り落ちている事に気づいた。きちんと栓を閉めていなかったらしい。

「しょうがないなあ」

洗面台に近づき、水を止めようと手を伸ばした。伸ばしただけで、まだ手を触れていないのに、いきなり水が噴き出した。

「うわあああああ！」

「ギイヤアアアア！」

噴き出した液体は水ではなかった。暗い中でもそれとわかる色、血の色をしていたのだ。あわてて外に飛び出し、扉を閉める。

「な、なに、あれ？」

「し、知らぬ……知らぬが……。やっぱり、呪い……」

水道が古いせいで、水に錆でも混ざっていたのだと思いたかった。が、あの液体からは重苦しい臭いがしていた。思い出したくもない臭い。はっきりそれとわかる、血の臭いだった。

「呪いなんてある訳ないよ」

あれは、きっと悪趣味な仕掛けだ。気を取り直して、隣の扉を開ける。

「あっ、いた！」

暗い室内に、無表情で佇《たたず》んでいたのはさっきの男、執事だった。いた、などと失礼な言い方をしてしまったのに、執事は気を悪くした様子もない。いや、何の反応もなかった。

「執事さん？　執事さーん！」

大声で呼んでも無反応。顔の真ん前に手をかざし、それも無視されて、半ば自棄《やけ》っぱちで頬をつっついてみた。かつん、と硬い音がした。

「なんだ、これ？」

「人形のようだな」

「こんなにそっくりに作らなくても……」

今にも「お待ちしておりました」と動き出しそうなほどの出来である。それがかえって薄気味悪かった。

部屋から出るなり、「我等は騙《だま》されておらぬか？」と白の書がつぶやいた。実は、ニーアも全く同じ事を考えていた。でなければ、二人して悪い夢を見ているか。それとも、白の書が言う、大昔の人間の概念とやらか。

いずれにしても、扉は残すところ、ひとつだけ。次はどんな悪趣味な仕掛けが施《ほどこ》されている事か。

ニーアは深呼吸をひとつして、扉を開け放った。

「また、これ？」

執事にそっくりの人形が置いてあった。同じ仕掛けで騙せると思ったのだとしたら、ずいぶんと甘い考えである。

もう驚いてもやらないし、怖がってもやるもんかと思いつつ、ずかずかと歩み寄る。どうせ人形なのだ。直立不動の姿勢に、無表情な顔。額を指で弾いてやりたかったが、残念ながらニーアの身長ではうまく届かない。まあ、今回もほっぺたをつっつくだけで許してやろう、と人差し指を伸ばした時だった。

がくん、と人形の頭が動いた。

「うわあああああ！」

「ギイヤアアアアアア！」

ニーアは息を呑んだ。人形の腕が小刻みに震え、大きく上下したのだ。

「う、動いた⁉」

今にも飛びかかってきそうな動きだった。逃げなければと考えるより先に足が反応した。すでに白の書は扉へ向かっている。と、その扉が開いた。白の書が悲鳴を上げる。

「ど、どうしたんですか？」

戸惑い気味に立っていたのは、エミールだった。

「ご主人様」

はっきりと人間の声が聞こえた。

「もしや、こ、こやつが？」

白の書が恐る恐るといった様子で振り返る。

「はい。彼がぼくの面倒を見てくれてる執事です」

ゆっくりと頭を下げる様子は、人形ではなく人間の動きだった。いや、人間にしては、幾らかぎこちない動きだったが。

「悪い人じゃないんだけど……ちょっぴり柔軟性に欠けるというか、人間味がないというか」

「申し訳ありません、ご主人様」

ちょっぴりどころではなく、大いに柔軟性にも人間味にも欠けると思ったが、本人に悪気がないのなら仕方がない。

「執事さん、僕達、手紙を受け取ったんだけど……」

「はい。あれは、私が出した手紙です。数々のご無礼をお許しください」

「やっぱり。でも、どうして？」

「ご覧の通り、我が主は見たモノを石に変える己の目を憂《うれ》い、自ら光を断《た》っております。その健気《けなげ》なお姿があまりに不憫《ふびん》で、何とかならないものかと」

相変わらず動きはぎこちなく、表情にも乏しい執事だったが、その言葉には紛《まが》い物ではない、主への気遣いが感じられた。

「皆様が名だたる勇者と伺い、主の名前で手紙を出したのですが、頂いたお返事はなぜかヨナ様からで……」

「じゃあ、ヨナと手紙のやり取りをしていたのは」

「はい、私でございます」

安堵感《あんどかん》が胸の内を満たした。ヨナの「男の子のともだち」が目の前の執事だったのなら、何の問題もない。

「ヨナ様には、お取り次ぎをお願いしたのですが」

「ごめんなさい。ヨナもよくわかってなかったみたい」

「いえ。こうして皆様にお会いできたのですから。ああ、我が主の目を治して差し上げられる日が来ようとは！」

ヨナは違った解釈をしていたようだが、目の前の執事もまた解釈違いをしているようだ。自分達は勇者ではないし、見た物を石に変えてしまう目を治すこともできない。誤解は早めに解くべしと考えたのか、白の書が「生憎《あいにく》だが」と断りを入れた。

「我等……少なくとも我の横の此奴《こやつ》は、勇者でも医者でもあらぬ。ただの小僧だ」

しかし、執事はきっぱりと首を横に振った。

「この際、何でも構いません！　館の中にある治療法さえ見つけていただければ！」

「え？　館の中に治療法があるの？」

はい、とうなずく執事の顔に、初めて表情らしいものを見た。

「私が行ければ良いのですが、その場所にマモノが発生してしまい、近づけないのです」

廊下に出現した複数体のマモノを思い出す。駆除に手が回っていないのではという推測は正しかったらしい。

「お願いです！　どうかマモノを倒し、主の目を治してください！」

「やめてよ！　お客様にそんな無理言わないで！」

強い口調で執事を止めた後、エミールはニーア達に向かって頭を下げた。

「ごめんなさい。執事はぼくのことを考えてくれるあまり、他所様《よそさま》に無理を言いがちで……」

エミールは申し訳なさそうに身を縮めていたが、ニーアには執事の気持ちがよくわかった。守りたい存在を持つ者なら、誰もが思い当たる筈だ。助けてもらえるなら、救える手段があるなら、何でもするという気持ちに。

「わかった。いいよ」

「勇者を気取るか、小僧」

「そんなんじゃないよ。困ったときはお互い様ってだけ。どうせ、カイネも捜さなきゃならないしね」

ありがとうございます、と執事が深々と頭を下げる。

「申し訳ありません。皆様、よろしくお願いいたします」

見ているこちらが恐縮するくらい、それは見事なお辞儀だった。

3

治療法があるという図書室には、エミールも同行してくれた。最初は、転んだら危ないと心配していたのだが、全くの杞憂《きゆう》で、むしろ助けられたのはニーア達のほうだった。

廊下には、マモノもいたし、化け物じみた大蜘蛛まで出た。それらを自分達だけで駆除しようとしたら、いったいどれだけの時間を要しただろう？

「自分の家ですからね。勝手知ったる何とやら、です」

そう言いながら、エミールは先に立って歩き、マモノや大蜘蛛が出るたびにそれらを一瞬で石に変えてくれた。

「すごいなあ。魔法よりも早くマモノを倒せるなんて。……って、あれ？」

「どうかしましたか？」

「見た物を石に変えるなら、どうして、その包帯は石にならないの？」

目の上に巻いているのだから、包帯の内側をエミールは「見て」いることになる。だが、包帯はどこも真っ白で、石になっているようには見えない。

「ぼくの目が石化できるのは、生き物だけなんです。ええと、マモノは生き物でいいのかな？　とにかく、意思を持つ者というか、恐怖を感じる事ができる者というか」

「じゃあ、生きてないモノは石にならないんだ」

「そうです。だから、普通に本を読んだり、ピアノを弾いたりするのはできるんですけど」

そばに人さえいなければ、とエミールはどこか寂しげに言った。その横顔を見ていると、何が何でもエミールの目を治したいという執事の気持ちがよくわかった。

そんな話をしていると、いつの間にか図書室に着いていた。扉を開けると、室内はこれまでに見た部屋のどこよりも明るい。むしろ、他の部屋や廊下のほうが、明かりが点っている割には暗すぎたのだと気づく。

とはいえ、明るくとも陽の光ではない。マモノにとっては生存可能なのは同じ事。ニーアは用心深く、辺りを見回した。

「すごい量の本だね」

村の図書館には及ばないまでも、相当な冊数である。広々とした部屋の壁が全て天井まで届く書棚となっていた。

「ここは昔、何かの研究所があったらしいんです。たぶん、その頃に譲り受けた資料もあるんじゃないでしょうか」

「研究所？」

「ずいぶん古い話みたいだから、何の研究をしていたのか、よく知らないんですけど」

この館自体が建てられて久しいようだから、その前となると、何百年も昔の話に違いない。

「ここなら、きっと、ぼくの目を治す方法が……」

エミールが書棚に手を伸ばした時だった。ニーアには、書棚が微《かす》かに揺れたように見えた。エミールが、はっとしたように身を引く。棚の本が一冊、見えない手に引っ張られたかのように空中へと滑り出す。

深紅《しんく》の表紙の本だった。それがふわふわと宙に浮いている。

「あの本……何だかシロみたい」

白の書のように喋《しゃべ》りこそしないものの、表紙には顔がついているところもよく似ている。いや、意味のある言葉を発しないだけで、声が出せない訳ではないらしい。深紅の表紙に浮かぶ顔が笑っていた。耳障りな笑い声が響き渡る。まるで名乗りを上げているかのようだ。我こそは深紅の書、と。

「失敬な！　我ほどの書が世にふたつとあるものか！」

白の書の憤慨《ふんがい》をよそに、深紅の書は紙片を撒《ま》き散《ち》らしながら、室内を飛び回った。すばやい動きだった。

深紅の書が図書室の中央に陣取り、威嚇《いかく》するかのように膨れ上がり、大きくページを広げた。表紙と同じく、中身もまた深紅の紙だった。そのページは一枚ずつ本体から離脱し、紙の刃となってニーア達に襲いかかった。

「なんだ、あれは……⁉」

「シロは、あんな便利な事、できないの？」

白の書は無言だった。できない、という事だ。

「お二人とも、ぼくの後ろに！」

深紅の書から距離を取り、エミールの背後に回る。マモノや大蜘蛛にしたように、エミールが包帯をずらして視線を向けた。空中を舞っていた深紅のページが次々に床へと落下する。すでに石の板と化していたそれらは、落下の衝撃で粉々に砕け散った。

「石化とは、実に凄まじい能力であるな」

だが、深紅の書はまたもページを分離させ、攻撃を放ってくる。剣で叩《たた》き斬《き》っても、石化で落下させても、きりがなかった。

「石化ができません！」

エミールが悲鳴にも似た声を上げる。深紅の書の周囲を薄赤い靄《もや》が包んでいた。防御結界だ。石の神殿で石像が展開していたのは、もう少し色が薄かったように記憶しているが、同種のものであるのは間違いない。

あの時は、剣を叩きつけても、魔法を撃っても、防御結界には傷ひとつつけられなかった。しかも、石像は防御結界を展開している間だけは動きを止めていたが、深紅の書はお構いなしに飛び回っている。

「こんなの、どうやったら……」

避《よ》けるのに精一杯で、とても攻撃には手が回らない。防御結界もろとも体当たりされて、剣が弾け飛びそうになる。あれをもう一度食らったら、やられる……。

薄赤い靄が間近に迫った瞬間、甲高い音が響いた。

「カイネ⁉」

見慣れた双剣が防御結界もろとも深紅の書を斬り飛ばしていた。剣を握る左手を、マモノ特有の黒い靄が包んでいる。人並み外れた力であれば攻撃が通る、ということだ。

「いったい何をやっておったのだ」

白の書が問い詰める。危ないところを助けてもらった礼を言うより、詰問《きつもん》が先という辺りが白の書らしい。

「迷った。そっちは？」

「見てのとおり、大ピンチ。助けて」

深紅の書がカイネへと攻撃の矛先《ほこさき》を向ける。白の書が叫んだ。

「此奴、やたらと手強いぞ！」

警告とも助言とも取れる叫びだったが、カイネは無視して剣を手に突っ込んだ。だが、今度は深紅の書も警戒していたのか、さっきのようにはいかなかった。

「どうしよう……」

我に聞かれてもな、と白の書がいつになく気弱な声で答えた時だった。

「もういいです！　ぼくが抑えているうちに、逃げてください！」

エミールが深紅の書へと向かっていく。

「うるさい！　誰だ、おまえ」

カイネが鬱陶《うっとう》しげに吐き捨てた後、防御結界を蹴り飛ばす。あわててニーアは説明に取りかかった。

「カイネ、この人はエミール。この館の主で……」

「クソッ！　潰す！　このクソ本！　絶対に潰してやる！」

ニーアの説明など、カイネは一言も聞いていなかった。作戦も何もなく、ひたすら怒りに任せて剣と蹴りとを繰り出している。

悪い事に、深紅の書の反撃が激しくなった。どの程度の知能があるのかは知らないが、強烈な攻撃にはそれを上回る反撃で、という行動を選ぶだけの賢さはあるらしい。

「早く逃げてください！　これはぼく一人の問題です！　これ以上、みなさんにご迷惑をおかけする訳には……」

「かといって、後は任せた、お先に失礼、という訳にも行かぬだろう」

当たり前だよと白の書の言葉に応えようとした時だった。目の前をカイネの蹴りが横切っていった。

「ごちゃごちゃうるせえっ！」

あと少し前のめりになっていたら、鼻が蹴り潰されていたかもしれない。

「弱音だったら、この×※○△☆な本を☆※してから好きなだけ吐け！」

エミールがぽかんと口を開ける。「子供は知らんでいい」言葉を並べられて、戸惑ったのだろう。

「耳が腐るんだよッ！」

カイネの双剣と蹴りとが一度に炸裂《さくれつ》し、防御結界が砕け散る。すかさずニーアは剣の一撃をお見舞いした。が、すぐに深紅の書は態勢を立て直し、結界を再展開し始める。

「要約すると、頑張れって事かな。カイネが言ってるのは」

まだ戸惑いの表情を浮かべているエミールに解説してやると、ニーアは剣を握り直した。

「励ましているのか？　あの女が？」

疑わしげな白の書に「そうだよ！」と答えつつ、深紅の書へと剣を叩きつける。防御結界が展開している間であれば、魔法よりも剣のほうが多少なりとも通りやすい。カイネの無茶苦茶な攻撃から学んだ。

攻撃を繰り返しているうちに、深紅の書の動きが鈍る瞬間がある事に気づく。やはり、強力な防御結界を張りつつ動き回るのは、無理があるらしい。それだ、と白の書が言った。

「止まった隙を見逃すでないぞ！」

力押しの攻撃を続けて、結界が綻《ほころ》びるのを待つ。動きが止まれば、結界が弱まっている……。

「今だっ！」

カイネの声を合図に、攻撃を叩き込む。深紅の書が大きく震えた。防御結界が再展開される気配はない。もう一度。立て続けに魔法を放つ。

深紅の書が膨れ上がり、弾け飛んだ。顔のついた表紙は粉々になり、ばらばらになったページが辺りを舞う。と、「石化」の文字が見えた。花びらのように舞い降りてくるそれを、ニーアは手を伸ばして掴んだ。

「シロ！　これ見て！」

「なになに？　石化についての研究報告書？　おお！」

白の書が「人類の叡智《えいち》」ならば、同じように動き回る本である深紅の書にも、何らかの重要な情報が記されているのではないかという気がしていた。当たり、だ。

「でも、これ……暗号化されてるみたいです」

ニーア達に背を向けて、石化についてのページを読んでいたエミールが残念そうに言った。

「暗号？　読めないって事？」

「せっかく、みなさんに見つけてもらったのに……すみません」

「エミールが悪い訳じゃないよ」

あれほど危険な書物に隠されていた情報である。書き込んだ側としては、不用意に他者の手に渡るのは避けたかった筈だ。暗号化されていたのは当然だった。

「おい」

声をかけられて振り返ったが、カイネの視線はニーアではなくエミールへと向けられている。

「おまえに言いたい事があるらしいぞ。あいつが」

「あいつ？」

カイネが顎《あご》で示した先にいたのは、執事だった。心配で様子を見に来たのだろう。

「私にお任せください！」

相変わらずぎこちない動きで、執事がエミールに歩み寄った。

「どんなに時間がかかろうとも、この私めが解読します！」

「セバスチャン……」

彼奴、そんな名前だったのかと白の書が意外そうにつぶやく。エミールはずっと「執事」としか言っていなかったから、彼にも名前があるという当たり前の事を失念していた。

良かったね、と白の書にささやく。

「頑張って倒した甲斐《かい》があったよ」

「我等にも大いなる収穫であったぞ」

白の書は満足げにその場でくるりと回ってみせる。

「シロ、もしかして⁉」

「ああ。手に入れたぞ。『封印されし言葉』をな」

しかも、白の書の言葉にはまだ続きがあった。

「おそらくは、これが最後のひとつ」

ニーアは目を見開く。最後。最後と白の書は言った。

「然《しか》り。『封印されし言葉』を全て集めたのだ」

『封印されし言葉』を集め、黒の書を倒す。そうすれば、この世界から病は消える。ヨナが救われる日がもうすぐそこまで来ている。

「もうすぐ……もうすぐだ」

喜びで震えそうになる手をニーアはきつく握りしめた。

[報告書07]

面妖な館であった、と言われて面食らった。海岸の街へ向かう途中にある、古い洋館の話だ。先日、ニーアと白の書、マモノ憑《つ》きの女がそこへ足を運んだらしい。

きっかけはヨナが洋館の執事と文通を始めた事、と聞いた時にはちょっと意味がわからなかった。ヨナの文通相手の「男の子」に会うつもりで出かけたら、図書室で白の書そっくりの本と戦闘になり、最終的には洋館の主人と友達になった、と言われて、ますます意味がわからなくなった（結局、白の書にわかりやすく解説してもらった）。

ニーアの話によると、洋館の中は昼間でも薄暗く、妙な仕掛けがあったりして、快適とは言い難い場所だったという。とりわけ白の書が「呪い」だの「幽霊」だのと大騒ぎをしていたとかで、大変だったらしい（その話になると、白の書は露骨に不機嫌になった。どうやら、本当に怖がっていたようだ）。

あの洋館が建っている場所に、かつて何があったのかを思えば、館の中が普通でなかったとしても、ちっとも不思議じゃない。そうだろうな、と思う……が、これはニーアに教える必要のない事だ。

不思議といえば、洋館の中に「深紅の書」があった事だろうか。確かあれは、管轄が異なっていた筈だが……。いや、これは別に共有すべき重要事項ではなかった。話が脇道に逸《そ》れた。

いずれにしても、ニーアから話を聞いた時には、全部、解決済みだった。いわゆる事後報告というやつだ。最近、ニーアは事後報告が多い。もう少し、行動を起こす前に相談してくれてもいいのにと思う。まあ、事前に相談を持ちかけられても、私達にしてやれる事など限られているのだが。

ただ、洋館の主人、エミールという少年の話はもっと聞きたいと言っておいた。同じ音楽愛好家として興味がある、という事にして。あの洋館の主人とニーアがどんな話をしたのか、どんな情報がニーアに与えられたのか、可能な限り把握しておきたい。これもまたイレギュラーのひとつだし、次の世代に影響を及ぼしかねないのだから。

またまた長くなったが、近況報告を終わる。以上。

（記録者・デボル）

NieR Replicant
ver.1.22474487139...
《ゲシュタルト計画回想録》
File01

封印ノ章

1

花をコップに活けて、ヨナの枕元に置いてやった。南平原で摘《つ》んできた為に、かなり萎《しお》れてしまったけれども、花の香りはまだ残っていた。

「おにいちゃん、いいにおい……」

「海岸の街から帰る途中で摘んだんだ。エミールが教えてくれたんだよ」

「ヨナのおともだちは、げんきにしてた？」

「うん。ヨナによろしくって」

深紅の書を倒して、石化の力に関する研究資料を手に入れた後も、執事のセバスチャンはヨナに手紙を書いてくれた。病気で外に出られないヨナを、館に閉じこもっている主と同じく不憫《ふびん》に思ったのだろう。その礼もかねて、海岸の街へ出かける際に館に立ち寄ったのだ。館の敷地内には、相変わらず冷たい空気が満ちていて、白の書などは終始落ち着かない様子だったが。

「もうすぐだよ、ヨナ。やっと『封印されし言葉』を集めたんだ」

額にそっと手をのせてやると、ヨナは目を閉じた。

「あとは『黒の書』って奴を探すだけ……」

それが問題だった。「黒の書」がどこにあるのか、手がかりらしい手がかりはない。誰かが持っているのか、白の書のようにどこかに封印されているのか、それすらもわからなかった。

エミールは、古い書物に記録がないか、図書室の蔵書を当たってみると言ってくれたが、果たして見つかるかどうか。

それに、ヨナに残された時間は決して多くはない。それを思うたび、焦燥感《しょうそうかん》に苛《さいな》まれた。

「おにいちゃん、だいじょうぶ？　あぶなくない？」

いつの間にか、ヨナが目を開けていた。心配そうに見上げてくる目が熱のせいで潤《うる》んでいる。このところ、ヨナは熱が続いていた。

「ああ、大丈夫さ。危なくなんかないよ」

「ほんと……に……」

不意《ふい》にヨナが咳《せ》き込んだ。黒文病《こくもんびょう》特有の乾いた咳だったが、今日はいつになく酷い。ニーアはヨナを横向きにさせ、背中をさすってやった。

「ヨナの……おねつも、おせきも、よくなるの……かな？」

咳がまだ続いているというのに、ヨナは話すのを止めようとしなかった。

「そうだよ。だから、早くおやすみ」

一日も早く、「黒の書」を見つけなければと思う。たとえ雲を掴むような話であっても、探し当ててみせる。これ以上、ヨナに辛い思いをさせたくない。

「おにいちゃん……ヨナのこと、きらいにならないでね」

「何だ、いきなり？」

「いっぱい黒いもようが出ても、きらいにならないでね」

「なる訳ないだろ！」

つい大きな声を出してしまった。ごめん、と謝って、ニーアはヨナの頭を撫でた。

「ポポルさんに、咳止めの薬をもらってくるよ。すぐに戻るから」

部屋を飛び出し、階段を駆け下りる。可哀想《かわいそう》で見ていられない。代われるものなら代わってやりたいと、また思った。もう何百回、何千回と思ってきた。

「ヨナ、日に日にやつれていってるよね……」

外へ出ると、今日も陽射しが眩《まぶ》しい。空にかかる雲をものともせずに、地面に落ちる影を濃くしている。緑の葉や草が鬱陶《うっとう》しいほどに茂っている。鳥の囀《さえず》りと虫の声が喧《やかま》しい。こんなにも生命の気配が溢《あふ》れていて、何もかもが力強く生きているのに、どうして、ヨナだけが……。

「弱気になるな。おまえは、ヨナに残された最後の希望なのだぞ」

落ち込んでいる暇などない。それに、白の書がいる。「封印されし言葉」を全部集めたのだから、白の書と一緒なら、きっと「黒の書」も見つかる。

「うん。そうだね」

ニーアは図書館へと走った。


「ポポルさん！　ヨナの咳が止まらなくて。薬を貰《もら》えませんか」

いつもならば、ポポルはすぐに立ち上がって、ヨナの病状に合わせた薬を持ってきてくれる。ところが今日は違った。ポポルは腰掛けたまま、眉根《まゆね》を寄せた。

「ちょうど切らしてしまっていて。すぐに調合するから、材料を採ってきてもらえる？」

「わかった」

「セキトリゴケよ。南門の辺りに生えていると思うわ」

村の中で採取できる調合用の植物は、一カ所からではなく、複数の場所にあるものを時期をずらしながら採取するのが決まりだった。そうしておけば、一時的に大量に必要になって取り尽くしてしまったとしても、すぐに別の場所のものが生長する。今、調合用に最適なのは、南門の辺りに生えているものなのだろう。

「すぐに採ってくるよ」

今度は南門へと走った。ポポルの調合する咳止めはよく効く。早くヨナに飲ませてやりたい……。

ポポルの言葉どおり、南門の手前には、セキトリゴケがびっしりと生えていた。手早く摘《つ》み取《と》って、採取用の小さな布袋に入れる。この袋の口までぴったり入れれば、調合するのにちょうどいい分量になる。

慣れた作業だったから、たいして時間はかからなかった。

「早くポポルさんのところへ……」

「おい！　小僧、あれは！」

白の書が叫んだ。

「エミール⁉」

館にいる筈のエミールが、ふらふらしながら歩いてくる。もちろん、目隠しはしたままだったから、危なっかしい事この上ない。

「エミール、どうしたの⁉」

ニーアの呼びかけには答えず、エミールはただまっすぐに向かってくる。返事をするどころではなかったのだと、肩で息をする様子を見て気づいた。

「危ない！」

何かに躓《つまず》いたのか、どこか具合でも悪いのか、エミールが崩れるように倒れ込んだ。急いで抱き起こす。ずっと走ってきたのか、息が荒いだけでなく、額にびっしりと汗をかいている。

「……や、く……」

「何？」

「は…やく……」

「早く？」

どういう意味なのかと訊《き》き返《かえ》したが、答えはなかった。エミールはニーアの腕の中で、ぐったりと気を失っていた。


エミールを背負い、南門から図書館まで走った。ポポルの指示で、長椅子に寝かせて、衣服を緩めた。その間。ずっとエミールは意識を失ったままだった。

「別に、病気ではないみたいね」

エミールの具合を見ていたポポルは、そう言ってニーアを振り返った。

「目が見えない状態で、外を走ったりしたから、体力だけじゃなくて気力も消耗してしまったのね。このまま、休ませておいたほうがいいわ」

「よかった。ありがとう、ポポルさん」

ニーアはほっと息を吐いた。あの館から村までは、結構な距離がある上に、マモノが徘徊《はいかい》する南平原を突っ切らなければならない。マモノを石化する力が使えるからといって、安全に歩ける訳ではないのだ。

「なんで、こんな……」

無茶な事をしたんだ、と言いかけて、ニーアは口を噤んだ。何かが聞こえた。遠くから。雷とも、地鳴りともつかない音だった。

「う……」

エミールが身動《みじろ》ぎをした。気がついたようだ。

「大丈夫⁉　エミール⁉」

ニーアの呼びかけには答えず、エミールが苦しげに口許《くちもと》を歪《ゆが》めた。

「視《み》え……る……」

何かを摑もうとするように右手を伸ばし、エミールが起き上がろうとする。

「だめだよ、寝てなきゃ」

いいえ、とエミールが頭を振った。

「視えるんです……空気が震えて……。ぼくの耳が、はっきりと……とらえたんです。早く、逃げて……」

「逃げるって？」

もどかしげにエミールが口を開きかけた時だった。どおん、という衝撃音が聞こえた。これまでに聞いた事がない種類の音だった。

2

妙な色だな、とカイネは空を仰《あお》いだ。陽の光はある。足許《あしもと》の影も、岩山が落とす影も、くっきりとしていて黒い。だが、晴れている筈の空は、少しも青くなかった。黄みを帯びた白。北平原でこんな色の空を見るのは、せいぜい一年に一度か二度だ。

その滅多《めった》に見ない色の空に、分厚い雲がかかり始めた。灰色の雲が太陽を覆《おお》い隠《かく》していく。影の色がみるみる薄くなる。今にも一雨来そうな空模様だ。ただ、風が乾いていた。空に雨雲があるときは、もっと湿っぽい風が吹く。

いずれにしても、マモノが好む天候だった。身体の左半分に、ぞわりとした感触が広がった。テュランだ。

『おい、来るぞ』

言われずともわかっていた。何かが、来る。マモノとしての感覚が告げていた。全身の毛穴が開いて、嫌な汗が噴き出す。巨大な力、圧倒的な力が近づいてくる。

「この方角は……！」

ニーア《あいつ》の村だ。カイネは駆け出した。地響きが聞こえた。テュランの感覚ではなく、今度はカイネ自身の聴覚が捉《とら》えた音だった。

全力で走った。これだけ離れていても、人間の耳でも、はっきりと聞こえる。破壊と殺戮《さつりく》の音が。

『人助けか？　麗《うるわ》しいねぇ。泣かせるねぇ』

薄笑いが浮かんだ。「助ける」気など更々《さらさら》ない。あの村の人間には何の義理もないのだ。ただ、村を襲っているであろうマモノを一匹残らず殺す。それだけだ。

すでに祖母の仇《かたき》は討った。祖母を踏み潰したマモノを倒した時点で、カイネの復讐《ふくしゅう》は終わっている。それでも、マモノを狩り続けているのは、ニーアがいるからだ。こんな自分を「仲間」と言ってくれたニーアが、「封印されし言葉」を集める為にマモノを狩り、時には人々の為にマモノを狩る。ならば、自分も「仲間」としてそれを手伝うと決めていた。

そのニーアの村が襲われている。それも、これまでになく強大な力を持つマモノに。だったら、取るべき行動はひとつだ。

カイネはひたすら走った。村の北門に至る小道に入った時点で、現状はほぼ把握できた。悲鳴と怒号《どごう》、何かが焦げる臭いが一緒くたになって流れてきている。マモノの気配もある。大小様々な、雑多な気配。その中でも突出した強い気配がひとつ。全て、村の中だ。

早くニーアと合流しなければと焦ったが、北門は固く閉ざされている。破られたのは、他の門なのだろう。

カイネは舌打ちをして踵《きびす》を返した。東門まで回り込んでいる暇はない。村を囲む岩山をよじ登り、強引に侵入するしかないだろう。人の身では難しいが、マモノ憑《つ》きの身体能力ならば十分に可能だった。

より登りやすい場所はないかと、視線を巡らせたカイネはぎょっとした。山が動いたのだ。しかし、すぐにそれが山ではないと悟った。その黒い塊《かたまり》は北門の外側にではなく、内側に、つまり村の中に聳《そび》え立っていたのだから。

黒い山に見えたそれは、非常識なほどに巨大なマモノだった。同時に、ひとつだけ突出した気配は、この「デカブツ」のものだったのかと納得した。

この際、登りやすさなど二の次だ。デカブツの死角となる場所へ向かい、そこから攻撃を仕掛けるほうがいい。方針が決まると、目指す場所も決まった。岩肌に飛びつき、ごつごつとした突起を足がかりにして、よじ登った。

じりじりと接近して背後を狙う者がいる事に、デカブツは全く気づいていないようだった。死角にいるとはいえ、気配まで消えている訳ではない。まして、同じマモノであるテュランがいるのだ。マモノにはマモノの気配がわかる。

気づいていないのではなく、無関心なのだろう。マモノの強さは概《おおむ》ね大きさに比例する。あのデカブツにとっては、テュランなど「小物」なのだ。或《あ》いは、同族から攻撃される筈がないと高を括っているか。いずれにしても、こちらとしては好都合だった。

カイネは跳んだ。人間離れした脚力が有り難い。デカブツの後頭部が迫ってくる。

『楽しくなってきたなぁ？』

全くだ、と答えながら、空中で双剣を振りかぶる。

『殺せ！　殺せ！　殺せ！』

落下の勢いを駆って、二振りの剣を繰り出す。両腕に衝撃が来る。はっきりと手応えを感じた。

着地と同時に、デカブツが倒れた。土煙が上がる。他愛《たあい》もない、と思う。

「楽しそうじゃないか！　え？」

ニーアが目を見開いている。一撃でデカブツを倒した事に驚いているのかと思ったが、違った。

テュランがご丁寧《ていねい》に解説してくれる。

『効いてねぇな！　まるっきり！』

振り返って、目視するまでもない。背後にマモノの気配がある。渾身《こんしん》の一撃をお見舞いしたというのに、少しも弱っている様子がなかった。

「効かないんだったら、効くまでやればいいんだ！」

剣を握り直す。と、傍《かたわ》らから声がした。

「それは、士気を鼓舞してくれておるのか？」

白の書だった。本のくせに、いや、本だからなのか、鬱陶《うっとう》しいほど口数が多い。

「それとも、ただの向こう見ずか？」

ついでに、一言多い。どっちでもいいだろ、このクソ紙が！　と返そうとしたが、ニーアに先を越された。

「どっちでもいいさ。行くよっ！　シロ！」

それからは、ひたすらに斬《き》り続《つづ》けた。斬って斬って斬りまくった。何しろ、このデカブツはマモノにあるまじき体長だけでなく、再生能力のほうも非常識なほど凄《すさ》まじい。腕を落とせば、即座に新しい腕が生え、足を抉《えぐ》れば、肉芽《にくが》がたちまち傷を塞《ふさ》ぐ。

ようやく巨体が動かなくなった時には、剣を握る腕が痺《しび》れていた。二人がかりでなかったら、到底、倒せなかっただろう。

黒い巨大な手足が溶けるように輪郭を失っていくのを、カイネは肩で息をしながら見ていた。その向こうに目をやれば、抉れた地面や崩れ落ちた建物などが続いている。どうやら、このデカブツは村を破壊しながら、こちらへ進んできていたらしい。ここで食い止められて幸いだったと見なすべきなのか、ここまでの破壊を許してしまったと悔やむべきなのか……。

そんな事をつらつらと考えつつ、もう少しだけ休息をとっていたかったが、そうも言っていられなくなった。悲鳴が聞こえたのである。振り返るなり、煉瓦《れんが》造りの建物が目に入った。

「図書館の中!? ヨナ!」

ニーアが弾かれたように走り出す。あの建物の中にニーアの妹がいるらしい。

『だよなぁ。マモノはこのデカブツだけじゃないもんなぁ。この気配、おまえも感じるだろ? いや、声まで聞こえてくるもんなぁ。あいつらの言葉……』

うるさい! 言われなくてもわかってる! 一匹残らず殺す。鬱陶しい気配を垂れ流してくる連中を根こそぎにしてやる!

坂道を駆け上がり、煉瓦造りの建物へと飛び込んだ。「図書室」になら入ったことはあるが、「図書館」なる建造物は初めてだった。初めてだったが、目の前の光景が本来の図書館にはあるまじきものだと、すぐにわかった。これほどの数のマモノが、人が利用する建物内で蠢《うごめ》いているなど、図書館に限らず、あってはならない光景だ。

つい先日訪れたエミールの館の図書室にもマモノは出たが、ここまで多くはなかった。いや、あれも、本来ならばあってはならない光景だった……。

「エミール！」

ニーアに呼ばれて、エミールが振り返った。なぜ、エミールがここにいるのだろう？　この村の人間ではないのに。南平原の外れにある古い館の中で、今日も暗号解読に勤《いそ》しんでいる筈なのに。

エミールは、図書館に避難した人々をかばってマモノと戦っていた。目隠しをしたままだからだろう、足取りが怪しい。

「身体は⁉　大丈夫なの⁉」

エミールの周囲に群がるマモノを薙《な》ぎ払《はら》い、ニーアが叫ぶ。ふらついているように見えたのは、目隠しのせいではなく、体調不良によるものらしい。どちらにしても、無茶な事に変わりはない。

エミールが人並み外れて優れた聴覚の持ち主である事は知っている。勘の良い子供である事も。だからといって、マモノと戦うのは無理だ。加えて、体調不良とあっては。早く、エミールをこの場から離脱させなければ。カイネは思わず怒《ど》鳴《な》っていた。

「おまえは、すっこんでろ！」

ここは私達に任せろ、と続けようとした声が遮《さえぎ》られた。

「すっこみません！　絶対に！　絶対に絶対に、すっこんだりしません！」

エミールがさらに声を張り上げる。

「あなた達は、ぼくのこの呪われた目にも意味がある事を教えてくれた！　ぼくの閉じ込められた人生にも、未来があると教えてくれた！」

その叫びに、カイネは胸を突かれる思いだった。

エミールが己の力を疎《うと》んじている事は、初めて会った時から、いや、一目見たその瞬間から、カイネにはわかった。

『これは、ぼく一人の問題です！』

あの叫びが、かつての自分を思い出させた。ニーアと出会う前の、まだ「仲間」というものを知らなかった自分自身がそこにいるようだと思った。

だから、別れ際に言わずにいられなかった。包帯の上から、エミールの目に触れながら。

『これは、罪ではない』

異質なものを問答無用で攻撃する人々がいる。カイネは、そんな理不尽な仕打ちをずっと受けてきた。人々に拒まれ、蔑《さげす》まれているうちに、悪いのは自分だと思い込むようになっていた。その間違いを正してくれたのは、祖母だった。だから、祖母が自分にしてくれたのと同じ事をエミールにしてやりたかった。

『これ自体に、罪はない。大事な、おまえ自身だ』

そして、エミールの手をとって、左の首筋に触れさせた。皮膚の下でテュランが蠢く、マモノとしての身体に。おまえだけじゃない、おまえは一人じゃない、と伝えたかった。

『これは、呪われた武器』

その言葉に、エミールが息を呑《の》んだ。今、触れているものが明らかに人間の身体ではないと理解したのだろう。

『復讐が終わった今、もう必要のないものだと思っていた』

祖母の仇は討った。もう死んでもいい筈だった。けれども、仲間を得て、無意味に死ぬ訳にはいかなくなった。

『今、私は仲間を守る為に、この呪われた武器を使う』

『カイネさん……』

『この腕も、私自身も、まだ生きる意味があるように、おまえにもある筈だ』

生きる意味が。未来が。どんな子供にも、当たり前のように与えられている未来が。呪われた力を持っているからといって、それら全てを諦《あきら》める必要などない。

『諦めるな。絶対に諦めるな。答えは必ずある』

そう言って、エミールの背中を押したのは他ならぬ自分自身だ……。

「こんなときに休めません！」

エミールの声で我に返った。

「みなさんが戦ってるのに、寝てなんていられませんよっ！　ぼくは、この力で……仲間を守りたい！」

これ以上は止められないと思った。自分がエミールなら、おそらく同じ事をする。仲間を守りたいという思いの強さを、カイネは誰よりも知っていた。

「……無理は、するな」

それが、今の精一杯だった。捨て身で敵に向かっていこうとするエミールを、幾らかでも押しとどめる言葉は、それくらいしか思いつかなかった。

「カイネさんも、気をつけてくださいね」

そう言って、エミールは敵に向かって、魔法を放った。密集していたマモノが赤黒い飛沫《しぶき》を上げて動きを止める。エミールは見る物を石化する力だけでなく、攻撃魔法と回復魔法の使い手でもあった。見た目こそ非力な子供だが、戦いの場においては心強い味方だった。

「早く、あの『クソッタレ』を倒しましょう！」

カイネを真似た言葉だったが、エミールには全く似合っていない。思わず笑いが零《こぼ》れた。

「そうだ……なッ！」

一息にマモノを薙ぎ払う。ずしりとした手応えと共に、数体が一度に吹き飛んだ。

『仲良しごっこは終わったか？』

揶揄《やゆ》する声が頭の中に響く。無視して、カイネはマモノを蹴り飛ばす。殺せ殺せ殺せ、とテュランが喚《わめ》いている。いや、はしゃいでいる。同じマモノのくせに、仲間が殺されることを何とも思っていないのだ。むしろ、楽しんでいる。もっとだ、もっと泣き叫べ、と求めている。仲間の悲鳴や助けを求める言葉を。カイネにとっては耳を覆いたくなる言葉を。

カイネには、マモノの言葉が聞こえていた。テュランによってマモノの感覚が自分の感覚となったように、マモノの言語もまた理解可能になっていた。その多くが意味を成さない単語の羅列《られつ》ではあったが、時折、はっきりした意味を持つ言葉として聞こえた。

ニーアやエミールには、マモノの言葉は奇妙な音にしか聞こえていないだろう。テュランに憑《つ》かれる前のカイネがそうだったように。

やがて、助けを求める叫びも、断末魔の声も、聞こえなくなった。やっと館内のマモノを一掃したのだ。

ニーアの横顔に、目隠しをしたエミールの口許《くちもと》に、安堵《あんど》の色が浮かんでいる。見た目には変化のない白の書も、内心ではほっとしているに違いない。

「そうだ。これ以上、マモノが入ってこないように、閂《かんぬき》を」

下ろしておきますね、と言いながら、エミールが扉へと近づいた時だった。不意に、その小さな身体が宙に浮いた。

「エミール！」

新手のマモノかと、カイネは剣を構え直す。だが、エミールを吹き飛ばした黒い塊は、新手ではなかった。白の書が驚いたように叫ぶ。

「あやつ……頭になっても、まだ生きておるぞ！」

さっき倒したはずのデカブツだった。手足が溶けるように消えたところまでは見たが、そこから先は確認していない。図書館から悲鳴が聞こえて、そちらに注意が向いてしまったせいだ。

あの巨体がすべて塵《ちり》になって消えるのを見るまで、あの場を離れるべきではなかった。せめて、自分一人でも残っていればと後悔したが、遅い。

「この……ッ！」

後悔する暇があるなら、戦え。図書館の外だろうが中だろうが、倒してしまえば同じ事。カイネは力任せに剣を振り下ろした。しかし、ぱっくりと開いた切り口は、見る間に塞がってしまった。

ニーアが斬りつけ、エミールが攻撃魔法を放ったが、赤黒い飛沫が上がるばかりで、傷口らしきものは全く残らない。

「回復が早すぎる！」

いつも、ふてぶてしいほど落ち着き払っている白の書が、悲鳴にも似た声を上げるのをカイネは初めて聞いた。それほどまでに、驚異的な再生能力だった。

しかも、手足を失った事はデカブツにとって少しも痛手ではなかった。むしろ、頭部だけのほうが身軽なのか、動きが速い。

「こんなの、いったいどうすれば……」

ニーアの困惑した声をかき消したくて、カイネは殊更《ことさら》に激しく剣を振る。自分にできる事は、これだけしかない。一心不乱に剣を振る。仲間としてできるのは、ただそれだけだ。

時折、エミールが回復魔法をかけてくれる。これは自分にはできない事だ、と思う。それから、悔しいけれども、白の書のように知恵を絞る事も無理だ。

「地下室に追い詰めて、閉じ込めるというのはどうだ？」

まるでカイネの頭の中を読み取ったかのように、白の書がその思いつきを披露した。

「彼処《あそこ》なら壁が厚いから、出られぬ筈だ」

「地下室だな？　よし！」

良い知恵だと思ったが、実行に移すのは大変だった。何しろ、頭だけになったデカブツは動きが速い。地下室のほうへと誘導しようとしても、そう簡単にはいかない。三人がかりで攻撃を続け、逃げ道を塞《ふさ》ぎつつ、少しずつ少しずつ、奥へと押しやっていくしかなかった。

斬りつけるたびに、赤黒い飛沫が飛び散り、不快な臭いが立ちこめた。床に溜《た》まった体液は、まるで血溜まりのようだ。うっかり踏むと、足が滑りそうになる。それでも、攻撃の手を緩める訳にはいかない。

これだけ斬り刻んでいるのに、デカ頭は弱る様子もない。こいつを追い込む前に、こちらの体力が尽きるのではないかと思った。

剣を握る手が痺れてくる頃になって、ようやく白の書が「今だ！」と叫んだ。ニーアが開けたのか、エミールが回り込んだのか、いつの間にか地下室の扉が全開になっている。

「押し込め！」

デカ頭を地下へと叩き込んだのは、ニーアの一撃だった。すかさずカイネは扉を閉め、背中で押さえつけた。

「鍵を！　早く！」

背中を扉に押しつけたまま、カイネは手を差し出した。ニーアが鍵を持って走ってくる。この堅《けん》牢《ろう》な扉なら、デカ頭を閉じ込めておけるだろう。あとは施錠《せじょう》さえすれば。……と思ったところで、ニーアの動きが止まった。鍵がその手から跳《は》ね飛《と》んだ。ニーアが信じられないといった表情で目を見開く。その左肩から黒い棘《とげ》が生えてくるのを見た。

何が起きたのか、自分が何を見ているのか、カイネは理解できずにいた。黒い棘は床から伸びていた。デカブツの体液が溜まっている場所だ。だが、ただの液体が人間の身体を串刺しにするなど、果たして可能なのだろうか？

ニーアの肩を貫いていた棘が、ずるりと動いた。ニーアがその場に倒れ伏す。床の「血溜まり」と同じ色の液体が肩口から噴き出している……。

呆然としているカイネの目の前で、床の「血溜まり」が膨れ上がった。それはやがて見知った形へと変わった。人の形だ。背中に羽を生やしているような、不似合いな外套《がいとう》を羽織《はお》っているような、そんな影絵の人間だった。

黒い人影が動いた。背中の羽を大きく広げて、図書館の中を駆け巡る。その速さはデカ頭どころではなかった。それは、黒い疾風となって飛び回り、散乱していた書物を巻き込んだ。何百冊、何千冊ともしれない書物がばらばらに解《ほど》け、舞い散った。

舞い散る紙のせいで視界が遮《さえぎ》られ、黒い人影がどこをどう飛んでいるのか、さっぱりわからない。

おいおいおい、とテュランが呆《あき》れたとも驚いたともつかない声を出す。

『とんでもねえヤツが出てきやがったな！　なあ？　アレが何か、わかるか？　わかるよなぁ？』

ほんの少し前まで、床一面に群がっていた連中と同じモノ。今、背後に感じている気配、扉一枚隔てた向こう側にいるデカ頭と同じモノ。要するに、アレもマモノだ。

ただのマモノではない。これまでに遭遇《そうぐう》した、どのマモノよりも、気配が濃厚で禍々《まがまが》しい。そう、テュランの言うとおり、「とんでもねえヤツ」だ。だが、「わかるか？」という問いには、否《いや》と答えるしかない。マモノであって、「とんでもねえヤツ」であっても、あれが「何」なのか、よくわからない……。

唐突に、風が止《や》んだ。黒い人影が動きを止めたのだ。舞い上がっていた紙がひらひらと床に落ちていき、視界が戻った。

「ヨナ！」

黒い人影の腕の中には、ニーアの妹がいた。両の目を閉じて、身動《みじろ》ぎひとつせずに。闇雲《やみくも》に館内を飛び回っているように見えたが、奴はニーアの妹を探していたらしい。

やがて、床の「血溜まり」から大小様々なマモノが湧いてきた。マモノ達は、ゆらゆらと揺れながら、黒い人影に向かって跪《ひざまず》く。その様子はまるで……。

「王？」

白の書が口にしたのは、たった今、カイネが思い浮かべたのと全く同じ言葉だった。

「まさか、彼奴がマモノの……王？」

その「王」が白の書に向かって、手を伸べた。いつの間にか、その傍らにはもう一冊の本がある。顔が浮かび上がった漆黒《しっこく》の表紙といい、大きさといい、白の書に酷似している。もしや、あれこそがニーアが必死になって探していた……。

しかし、その先を考える余裕は与えられなかった。空中に奇妙な光が走った。白の書が凍り付いたように動きを止める。床に倒れているニーアの顔も苦痛に歪《ゆが》んでいる。何らかの術で攻撃されているらしく、白の書が呻《うめ》いた。

「来ないで！」

ニーアの声で、足が止まった。考えるよりも先に身体が動いていたのだ。ニーアの制止がなければ、仲間を助けなければと足を踏み出していただろう。背後に、鍵を掛けていない扉がある事も忘れて。

「カイネ……扉を……ッ」

わかっている。ここを離れる訳にはいかない。だが、得体の知れない攻撃は依然として続いているようだった。このままでは、ニーアも白の書も力尽きてしまう……。

『絶体絶命ってヤツかぁ？　目の前には魔王サマ、後ろにはデカブツ……おっと、今はデカ頭だっけか？　どっちにしろ、おまえのお仲間は終わりだよ！』

終わってたまるか！　こんなところで！

『もういいだろが。寄越《よこ》せよ、おまえの身体。大事な大事なお仲間が死ねば、もう生きてる意味なんてないんだよなぁ？　違うか？』

違う！　まだ終わりじゃない！　ニーアも白の書もエミールも生きている。

『そいつはどうかなぁ？　あのクソ本、遺言ってヤツを口走ってやがるぜ？』

いつの間にか、白の書の呻き声が止まっていた。ニーアの顔にはまだ苦痛の色がある。その様子はまるで、白の書だけが切り離されて、連れ去られそうになっているかのように見えた。

「ワレ……らが目的ハ……」

白の書らしからぬ平板《へいばん》な口調だった。

「融合…シ……ワレラガ　マオウ……ヒト…ツ……」

意味のわからない言葉を白の書が垂れ流している。テュランがけたたましく笑った。

『死に際の言葉ってヤツだよなぁ、アレは。そうそうだった。誰かさんも、そうだったよなぁ？　ほら、おまえのお・ば・あ・ちゃ・ん』

うるさい！　うるさい！　おばあちゃんのときとは違う！　あれは遺言なんかじゃない！

「シロ！　このクソ本！」

カイネは声を限りに叫んだ。

「肝心な時に訳わかんねー事、言ってるんじゃねえ！　ろくすっぽ役に立たないんだったら、薪代《たきぎ》わりに暖炉にブチ込んで、本気で燃やすぞ、このクズ紙！　おまえのその口は、私達に嫌味を言う為にあったのだろう⁉　おまえのその頭は、私達への説教で一杯だった筈だろう⁉　仲間を忘れて、魔王がどうだのこうだのと眠たい事言いやがって！　ふざけてんじゃねえぞ！」

しかし、白の書からは何の返答も、反応も、なかった。眠たそうな声で「楽園」だの「統合」だのと、訳のわからない言葉を繰り返しつつ、黒い本へと近づいていく。

「おい！　シロを止めろっ！　このままだと、あの黒い奴にシロが取り込まれるぞ！」

シロさん！　とエミールが叫んだ。ニーアが肩から血を流しながら立ち上がる。シロ、と絞り出すような声がその口から漏《も》れる。

『無駄無駄無駄無駄！　おまえら全員、死ぬんだよ！　全滅確定！』

確定なんかじゃない。いい加減な事を言うな。私は、私達は負けない！

「ついにこの時が来た！」

黒い本の笑い声が響く。いけ好《す》かない声だった。表紙に浮かび上がった顔も、得意げにそっくり返った様子も、何もかもが気に食わない。あれが「黒の書」なのだろう。世界に災いを撒《ま》き散《ち》らすという言い伝えそのままだ……。

「統合されし我等《われら》の力を見るがいい！」

もったいぶった口調で宣言すると、黒の書が白の書へと近づいていく。

「シローッ！」

ニーアの絶叫を拒むかのように、白の書が大きく震えた。その震えは激しさを増し、やがて衝撃波へと変わる。館内の空気が鳴動する。閃光《せんこう》が迸《ほとばし》る。目を開けていられない。耳鳴りがする。

「うるさいぞ」

尊大な物言いが、これほど心強く耳に響いたことはなかった。気がつけば、閃光は消えていた。衝撃波も鳴動も最初からなかったかのように、ただ静けさだけがある。

「シロシロと気安く呼ぶな。我が名は白の書だ」

安堵感で足の力が抜けそうになった。いや、座り込んでなどいられない。背後では、デカ頭が暴れている。カイネは両足を踏ん張った。

「カイネ。おまえはどさくさに紛れて、役立たずだのクズ紙だの、言いたい放題であったな」

テュランが不貞腐《ふてくさ》れる気配がした。また当てが外れたと、悔しがっているのだ。

「シロ……大丈夫なの？」

ニーアがよろよろと白の書に近づく。

「その質問、そっくりそのまま、おまえに返そう」

いつもの白の書だった。嫌味を言い、説教をし、そのくせお節介で心配性で。白の書がこちら側に帰ってきたのだとカイネが実感するのと同時に、黒の書が「まさか」とつぶやいた。カイネ達の安堵感は、黒の書にとってはあり得ないものなのだろう。

「我等はふたつあって、初めてひとつとなる存在のはず！」

知るか、と白の書が吐き捨てる。

「我は、おまえではない。我は我だ。そして、我には仲間がいる」

白の書が振り返った。

「頼りなく、我が欠けたくらいで動揺する……誠に遺憾《いかん》な奴等ではあるが、我の仲間だ！　我は此《こ》奴《やつ》らと共に戦う！　そう決めたのだ！」

白の書が言い放った瞬間、ふらついていたニーアの足に力が戻ったように見えた。今すぐにでも、剣を手に加勢したかったが、自分には扉を守る役目がある。それでなくても、扉を押し破ろうとする力は勢いを増していた。

「シロ？　どうしたの？」

「魔力が使えぬ」

白の書が呻くように言った。

「奴め、『封印されし言葉』を奪いおったな!」

「僕が……何とかする!」

ニーアが黒の書へと突進していき、エミールがそれを援護している。周囲には、またもマモノが湧いて出ている。ニーアはそれを蹴散らし、黒の書への攻撃も緩めない。左肩に深手を負っているのに、それを感じさせない動きだった。見ているしかできない自分がもどかしい。

「力を奪い返したぞ!」

白の書の勝ち誇った声に対して、黒の書が焦《じ》れた様子で叫ぶ。

「愚か者がっ! 我等の真の記憶、なくしたわけではあるまい!」

「そんなに覚えておいて欲しくば、ページの端にでも書いておけ!」

そういえば、白の書は記憶を失っていると聞いた。黒の書の言う「真の記憶」とは何なのだろう? だが、そんな悠長《ゆうちょう》な事を考えていられたのも、そこまでだった。

背中で押さえつけている扉がぎしぎしと嫌な音をたて始めた。蝶番《ちょうつがい》が軋《きし》む音がする。カイネは頭をゆっくりと動かして、蝶番を見上げた。デカ頭が扉に体当たりしてくるたびに、蝶番を留めるネジが少しずつ浮き上がっていくのが見える。

まずい。この堅牢な扉なら破られないだろうと思っていたが、蝶番が壊れてしまっては、扉そのものが外れてしまう。これでは、鍵を掛けても意味がない。

目の前では、白の書とニーアが黒の書へと攻撃を繰り出していた。もはや周囲にマモノは一匹も残っていない。こちらのほうが優勢に見えたが、魔王に少しも動じた様子がないのが気になった。

何かが折れる音がした。蝶番のひとつが弾け飛んだのだ。残りの蝶番だけで、どこまで保ちこたえられるだろう？

扉を押さえる腕に力を込め、両足を踏ん張った。しかし、それを嘲笑《あざわら》うかのように、蝶番を留めていたネジが転がり落ちた。このままでは、デカ頭を抑えていられなくなる。たとえ黒の書と魔王を倒したとしても、デカ頭まで倒せるだろうか？　無理だ。倒しきれないと判断したからこそ、地下室に閉じ込めようと考えたのだ……。

不意に、黒の書が魔法陣を展開した。溶けるように輪郭が消え、黒の書が真っ黒な球体に変わる。と、その形が瞬時に変化した。あの「血溜まり」から突き出した棘と同じ、と気づいた時には遅かった。棘は白の書を貫通しようとしていた。シロ、と叫んでニーアが駆け出すのを見た。

「馬鹿なっ！」

白の書の言葉そのままの光景だった。馬鹿な。あり得ない。ニーアの胸を棘が貫いている、など。

ニーアは何も考えていなかったのだろう。棘は白の書を狙っていた。その白の書をかばえば、自分がどうなるか。ただただ仲間を守りたかった。それだけしか考えていなかったのだ。

「いずれ、わかる」

いつの間にか、黒の書が形を取り戻している。ニーアがゆっくりと倒れる。

「いずれにせよ、我々の手に戻る事になるのだ。全てが」

黒の書が告げるのを合図に、魔王が翼を広げた。ヨナをその腕に抱いたまま。床に倒れ伏したニーアが、必死に手を伸ばしている。ヨナを返せ、という言葉が虚《うつ》ろに響く。崩れかけた天井を突き破り、魔王と黒の書は飛び去っていった。ネジがひとつ、またひとつと外れて落ちる。

空が見える。魔王の姿はもうどこにも見えない。分厚く垂れ込めていた雲の色が心なしか薄い。雲が流されているのだ。上空には強風が吹き荒れているらしい。この分なら、ほどなく薄陽が射し始めるに違いない。

「どうやら……私達の完敗らしいな」

酷い臭いがする。血と泥の臭いなんて慣れきっていた筈なのに、息を吸い込むたびに気が滅入った。

「私……達？」

ニーアを抱きかかえていたエミールが顔を上げる。

「申し訳ないが、こっちも限界だ」

複数の蝶番を失った扉は、今にも外れそうになっている。

「カイネさん……」

今にも泣き出しそうな声だった。

「泣くな、エミール」

自分のほうがよほど泣きそうな声じゃないか、しっかりしろ、とカイネは自身に檄《げき》を飛ばす。

「最後に、コイツだけはちゃんと片づけてやる」

策がない訳ではない。仕留《しと》められなくても、片づける事はできる。

『おい、待てよ』

カイネが何をしようとしているのか察したのだろう。テュランが狼狽《ろうばい》している。が、お構いなしにカイネは続けた。

「私を石化しろ」

エミールの口許が歪んだ。歯を食いしばっているのが遠目にもわかる。

「私のマモノが封印の礎《いしずえ》となって、コイツを閉じ込める」

単に扉を石に変えただけでは守り切れない。頭だけになっても平気で生きているこのマモノは、石の扉くらい易々と砕いてしまうだろう。それを封じるには、別の力が要《い》る。毒を以《もっ》て毒を制するが如《ごと》く、マモノにはマモノの力で。

『待てって言ってんだろ。石化？　冗談じゃない。カイネ、俺は御免だからな！』

おまえの意見なんか聞いていない。それとも、今すぐ私の身体から出ていくか？　できないだろう？

「カ……イネ……。いけない……」

エミールの腕の中で、ぐったりしていたニーアが頭をもたげる。その振り絞るような声に力づけられたのか、エミールが叫んだ。

「そうです！　だめです！　できません！」

なおも言《い》い募《つの》ろうとするエミールを遮《さえぎ》って、カイネは微笑《ほほえ》んだ。

「おまえの力は仲間を守る為のもの……だろ？」

私も、私の中のマモノを、仲間を守る為に使おう。前々から決めていた事だ。

『待て！　カイネ！　俺はイヤだッ！』

テュランが身体の表面に出てきたが、そこまでだった。それ以上はどうにもできない。それがわからないほど、このマモノは愚かではない。

「早くやれ！」

「でも……」

こうしている間にも、背中に感じる軋みと振動が激しくなっていた。扉が扉としての形を保っていられなくなるのが先か、蝶番が全て弾け飛ぶのが先か。いずれにしても、そうなってしまえば誰一人として生き残れない。

「もう、それしか手がないんだっ！」

一瞬と永遠とが綯《な》い交《ま》ぜになったような逡巡《しゅんじゅん》の末に、エミールが小さくうなずいた。包帯を解く手が、細い肩が、小刻みに震えている。大粒の涙がひっきりなしに零れ落ちていく。初めて見るエミールの瞳を、美しいと思った。

「エミール。もう泣くな」

不意に、四肢《しし》の感覚が変わった。石化が始まったのだろう。ふと手足を見下ろしてみたが、全く動きが取れなかった。カイネは視線だけでニーアを見る。

「負けるな」

妹の為に。魔王に連れ去られたヨナを取り戻す為に。

「強くなれ」

ニーアがうなずいたのかどうかは、わからない。ニーアがそこにいる。それだけしか、わからなかった。

『俺はイヤだっ！　まだ全然足りない！　俺はもっと殺したい！　壊したい！　おまえの身体を乗っ取って、やりたい放題に……！　ああ！　イヤだイヤだイヤだイヤだイヤだ！』

テュランが喧《やかま》しく喚《わめ》き散《ち》らしているが、もはや左半身に蠢く感触はなかった。急速に暗く、狭くなっていく視界に、割り込んできたものがある。

「さよならは言わぬぞ、下着女」

「シロ……」

「なんせ、おまえは不死身だからな」

「ああ、そうだ……な」

ニーア、白の書、エミール。束の間ではあったけれども、共に戦った仲間達。初めて「仲間」と思えた者達。

忘れない。石になっても、どれだけ時が流れても、決して忘れはしない。

静かだ。先刻までの騒々しさが嘘のように。テュランも沈黙している。この静寂が報酬ならば、石になるのも悪くない。

そして、カイネの時は止まった。

[報告書08]

五年前の「ジャック襲来事件」について、その後の経過と現在の状況を含め、改めて報告しておく。

コードネーム「ジャック」の襲撃は、「魔王」によって仕組まれたものである事は、事件直後に緊急連絡したとおりである。本件の主目的が、ニーアの妹ヨナの拉致《らち》であることは明白であり、「ジャック」はいわば陽動のための捨て駒であった。

人的被害は甚大で、死亡者・負傷者共に多数。全半壊した建造物も多数。当図書館も、天井と壁面を部分的ではあるが破壊され、現在も修復の目処は立っていない。また、「ジャック」の頭部のみ、当館地下室に封印されている。

私達は予《かね》てより「魔王」の暴走を懸念していたが、それが最悪の形で現実のものとなった。認識が甘かったという他ない。

最愛の妹を奪われたニーアの絶望は深く、一時はその精神の均衡《きんこう》すら危ぶまれたほどだった。五年を経た今は幾らか落ち着きを取り戻し、マモノ退治を行う傍《かたわ》ら、ヨナの行方を追っている。

予断を許さない状況であるのは、ニーア個人に止《とど》まらない。村人達の生活も困窮している。「マモノ」の発生件数も著しく増加した。率直に書くが、ここまで事態が悪化したのは、想定外であった。

あの事件以後、全く足取りの摑めなくなった「魔王」だが、この五年間で目立った動きはない。つまり、まだ打つ手はあるという事だ。ゲシュタルト計画の頓挫《とんざ》だけは、何としてでも回避しなければならない。「魔王」の所在を突き止め、暴走を止める事が急務であろう。

(記録者・ポポル)

NieR Replicant
ver.1.22474487139...
《ゲシュタルト計画回想録》
File01

青年ノ章1

1

視界が白い。ニーアは歩みを緩めて首を傾《かし》げた。一歩進むたびに、微《かす》かに軋《きし》んだ音をたてて足が沈む。砂漠を歩く時に似た感触だが、色が違う。純白の砂だった。

砂じゃない。これは、塩だ。

空が狭い。見上げれば、途方もなく高い建物が幾つも幾つも、頭上の空でひしめき合っている。見ているだけで目眩《めまい》がして、視線を下げる。と、不規則に並んだ四角い建物の隙間から、赤い塔が見えた。先端が少し曲がった剣のような、細い塔だった。

不意《ふい》に、赤い塔が見えなくなった。折からの強風に煽《あお》られて、塩が舞い上がったせいだ。

変だ。なぜ、自分はこの白いものが「塩」だと知っていたのだろう？　舐《な》めてみた訳でもないくせに。

感触こそ砂そっくりだったが、見た目だけなら雪景色にも似ている。辺り一面に降り積もる白いものは、子供の頃、ヨナに読んでやった絵本の挿絵《さしえ》を連想させた。連れ去られた男の子を捜しに行く女の子の話だった。二人は、雪の降る寒い国に住んでいたのだ。

連れ去られた？　捜しに行く？　そうだ、ヨナを。捜しに行かなければ。魔王に連れ去られて、それから……。

ニーアは走った。なぜだか、向かう先を知っていた。すぐ近くの建物だ。早く戻らなければ、と思った。

戻る？　なぜ？

早く戻ってやらないと。あいつらは全部、片づけた。もう大丈夫だと安心させてやろう。

片づけた？　何を？　マモノ、か？　魔王……ではない。まだ魔王は倒していない。

薄暗い建物の中へと駆け込んだ。足許《あしもと》が乾いた音をたてる。何気なく見下ろすと、いつの間にか、奇妙な靴を履《は》いていた。

なんだ、これは？

靴だけではない。服もおかしい。そして、手に持っている細い棒も。鉄……だろうか？　見た目の割に、ずしりと重い。マモノの血と思《おぼ》しき汚れがこびりついているところをみると、これでも武器なのだろう。

こんなもの、いったいどこで手に入れた？　いや、それよりも剣は？　なくしたか？　まさか。まずいな……。

使い慣れた剣を探しに行こうと、踵《きびす》を返した時だった。背後から、か細い声がした。

「おにいちゃん」

ずっと聞きたかった、声。ずっと捜していた……妹。本当にヨナだろうか？　振り返って確かめるのが怖い。いや、聞き違える筈がない。

「ヨナ！」

聞き違いでも、空耳でもなかった。

「これ、さっき、見つけたの」

紛れもなくヨナだった。平べったい缶を大事そうに抱えている。クッキーの缶だ。ヨナの大好物だから、それで。……待て。なぜ、あの中にクッキーが入っているとわかる？　それに、ヨナも奇妙な服だ。

「おにいちゃんと、はんぶんこ……する」

着ているものなんて、どうでもいい。やっとヨナに会えたのだから。

「ヨナ……」

抱きしめようとして気づいた。なぜ、ヨナは成長していない？　あれから五年も経っている。目の前のヨナは、とても十二歳には見えなかった。

五年、という数字を思い出した瞬間、胸が苦しくなった。五年前のあの日、突如、現れた魔王にヨナが連れ去られた。たった一人の家族で、自分自身よりも大切な妹が。ヨナの笑顔を見る為なら、何だってできた。そのヨナが奪われた。あれから五年。ヨナのことを思い出さない日は、一日たりともなかった。一瞬でも忘れた事はない。眠っている間さえも。

ああ、そうか。これは、夢か。道理で。

それで、妙な服を着て、剣ではなく鉄の棒を持っていたのかと納得がいった。辺り一面に降り積もる大量の塩という非現実的な光景も、夢であるなら説明がつく。

「はい、おにいちゃんのぶん」

小さなクッキーのかけらが差し出される。ヨナが笑っている。夢だとわかっているのに、嬉しい。夢でもいいから、この笑顔を見ていたい。ずっと……。

叫んだ瞬間、視界が闇になった。

「どうした?」

聞き慣れた声がした。口達者という言葉がぴったりで、それが過ぎて口うるさくなる事もしばしばで、しかし、強い魔力と優れた知恵を備えた仲間の声が。

「シロ……」

目を開けると、白の書がいた。ヨナはいない。自分の家だった。すぐ手の届くところに剣が立てかけてある。

「何やら、うなされておったぞ。恐ろしい夢でも見たか?」

夢を見ていたのは確かだが、思い出せない。ヨナが出てきた事以外は、何ひとつ。目が覚めるのと同時に、きれいさっぱり消え失せてしまった。

「いや。別に恐ろしくはなかった」

ヨナに会えたのだから、幸せな夢と呼ぶべきなのかもしれない。しかも、よ、く、知、っ、て、い、る、場、所、だ、っ、た筈だ。……思い出せないとはいえ。

「神話の森で、また妙な夢を拾ってきたのではあるまいな?」

白の書がたちまち警戒する口調《くちょう》になったのは、もうあんな目に遭《あ》うのは御免だという気持ちからだろう。確かに、「死の夢」なる奇病に引きずり込まれるのは、避けたいと思う。五年前の疲労感を思い出して、ニーアは苦笑いが浮かぶのを感じた。

ただ、今回の夢と「死の夢」は明らかに異なる。「死の夢」は、目が覚めた後も細部まで覚えていた。

「違うと思う。それに、神話の森には、もう長いこと行ってないだろう？」

「そうであったな。あの辺りにマモノが出没したという話はとんと聞かぬ」

マモノもいないのに、神話の森まで足を運ぶほど暇ではなかった。

この五年間というもの、マモノというマモノを狩り続けてきた。ヨナを取り戻すには、魔王の居場所を探す必要がある。魔王は、マモノ達の王。つまり、マモノを片っ端から狩り続けていけば、いつか魔王に辿り着くのではないか。「封印されし言葉」だって、大型のマモノを片っ端から狩るというやり方で集めたのだ。

そう考えて、マモノ駆除の依頼は全て引き受けてきた。どんなに遠い街であっても、厭《いと》わず出向いた。

なのに、魔王の手がかりはまるで摑めなかった。探し足りないせいだ、もっと別の場所にも行かなければと、目的地は次第に遠くなり、旅程もどんどん長くなっていった。

結局のところ、これだけ懸命に行方を追っているのに、何ひとつ成果がないという焦りが、奇妙な夢となって現れたのだろう。

「もう一眠りするのではないのか？」

身支度を始めると、白の書が訝《いぶか》しげに尋ねてきた。いつもなら、まだ起き出すには早い時間だった。村の人々のほとんどが寝床にいる筈だ。

ただ、この五年間で、人々の行動は時間の早い遅いではなく、天候の良し悪しに左右されるようになった。

たとえば、以前は、街や村の門が閉ざされるのは、夜だけだった。仮面の街は例外としても、大半の街や村では、昼間は往来の妨げにならぬよう、門扉《もんぴ》を開放し、見張りの衛兵がマモノの侵入に備えていた。

ところが、今では、昼も夜も固く門を閉ざしている。仮面の街のように、人が出入りするたびに、衛兵がいちいち内側の閂《かんぬき》を外して門を開閉する。手間ではあるが、そうでもしないとマモノの侵入を許してしまう。

たとえ昼間であっても、陽の光が明るく降り注ぐ晴天以外は危険だった。雨の日ともなると、人々は家に閉じこもって過ごす。それほどまでに、マモノの襲撃は増加の一途を辿っていた。

もうひとつ、増えたものがある。目に見えてというほどではないが、着実に。黒文病《こくもんびょう》で亡くなる人の数だ。

ヨナよりずっと遅く発病した人が、あっという間に死んでしまう。そんな例を頻繁に見かけるようになった。まるで、病魔が急ぎ足になっているかのようだ。本来は、ゆっくりと進む病だった筈なのに。だとしたら、ヨナは……。

嫌な想像をしてしまいそうになって、ニーアは急いで剣に手を伸ばした。余計な事を考えるのはよそうと思った。今はただ、この剣でマモノを根絶やしにする事だけを考えていればいい。

「エミールから手紙が来ていただろう?」

手持ち無沙汰《ぶさた》な様子で宙に浮いている白の書に声をかける。本に手なんかないから、「手持ち無沙汰」はおかしいのだが、ニーアの目にはそう映る。五年も一緒に旅をしていれば、目に見える手足がなくても、その「振る舞い」がなんとなく思い浮かぶようになった。

「訪ねてみようと思うんだ。石化について話したい事があるって書いてあったから」

ニーアがマモノを駆除することに全力を挙げていたのと同じく、エミールは石化解除の方法を必死で探していた。カイネを救い出す為に。

「なるほど。ならば、早々に出立するに越した事はなかろう」

白の書が笑い含みに続けた。

「行きがけの駄賃に、南平原でマモノを狩り尽くしていくつもりなのであろう?」

2

鶏飼いの夫婦が起き出すよりも先に村を出たのに、エミールの館に着いたのは夕刻に近かった。南平原に出没するマモノを一匹残らず駆除するには、それほど時間が掛かった。またマモノが増えたのだ。少し前までは、同じ時間に村を出て、昼過ぎには着いていた。

とはいえ、錆《さ》び付《つ》いた門を押し開け、敷地内へ足を踏み入れてみると、そこには以前から変わらない時間が流れていた。そして、妙にひんやりとした空気と。

「いつ何時訪れても、面妖《めんよう》な館であるな」

白の書の反応も、初めてここを訪れた時から変わらない。今でも白の書は、大昔の人類の概念とやらがこの館を支配していると考えているようだ。

「ニーアさん！　シロさん！」

執事に案内されて部屋に入るなり、エミールが嬉しそうに駆け寄ってくる。

「久しぶりだな、エミール」

最後に会ったのは、いつだっただろう？　一年近く会ってなかったかも、とニーアは心の中で指を折って数えてみる。

「あまり背が伸びていないんじゃないか？」

頻繁に会っている時は気にならなかったが、それなりに時間を置いて会ってみると、その変わらなさが気になった。一年あれば、子供はずいぶんと背が伸びるものである。やはり、館の中に閉じこもっているからだろうか。

「あ……えっと。ぼくは……特別、なので」

口ごもる様子に、はっとした。見る物を石に変えるという力を身に宿しているのだから、他の子供と同じように成長するとは限らない。身体への負担も少なからずあるだろう。

「そうか」

この話題には、あまり触れないほうがいい。そう思って、ニーアはすぐに本題に入る事にした。

「遅くなって悪かった。だいぶ前に手紙をくれていたのに」

長らく自宅を留守にしていたせいで、郵便受けの中の手紙は未開封のまま放置されていたのだ。

それに、このところ、郵便配達員が行き来する回数がめっきり減ってしまっていて、手紙の配達そのものも遅れがちになっていた。何しろ、雨や曇りの日だけでなく、薄曇りの日にも長距離の移動が叶《かな》わなくなってしまったのだから。

ただ、晴天の日なら安全とは言い切れなくなっていた。陽の光から身を守る為に、甲冑《かっちゅう》を着込むマモノが現れたのである。今日、南平原で手こずったのも、その類《たぐい》だった。街や村の中も、晴天の昼間さえも、マモノが出没できるようになった。この先、いったいどうなってしまうのか……。

嫌な想像を振り払って、ニーアはエミールに尋ねた。今回の訪問の主目的はそれだ。

「石化解除の方法が見つかったのか？」

「いえ、それはまだ……。でも、これを」

エミールが手探りでテーブルの上の紙を摑んだ。いつでもニーアに見せられるようにと、出しておいたのだろう。

「書類？」

古い紙だった。ずっと昔に書かれたものらしく、紙の端が崩れ、文字も薄れかけている。

「記録の保管……について。6号事故……記録……計画…室……？　読みにくいな」

どれ、と白の書が上から覗《のぞ》き込《こ》み、書類を読み上げる。

「プラン……スノウホワイト。通達、記録の保管について。先日の6号事故に伴い、防止策として計画室を設置した」

「6号事故？　六番目の事故って意味なのかな？」

「黙って聞け」

「ああ、ごめん」

咳払いをひとつして、白の書が再び書類を読み上げ始めた。

「石化・獣化を含む各種魔法の制御及び解除の方法を記録すると同時に、『6号封印計画』『7号計画』を推進する」

思わず白の書を見る。黙って聞けと言われたばかりで、また口を挟むのは如何《いかが》なものかと思い、ニーアはひとまず沈黙を守った。

「洋館中庭の出入り口の管理には十分注意されたし」

ようやく白の書が言葉を切った。ニーアは勢い込んで尋ねる。

「今、石化を含む各種魔法の制御って言ったよな⁉」

「制御及び解除、だ」

聞き違いではなかった。エミールの石化能力を制御する方法も、そして、カイネにかけられた石化魔法の解除方法も、どちらも記録されている。この古い書類にそう書かれているのだ。

「我等《われら》の求める情報は、この計画室とやらに保管されておるのだろう」

「その出入り口は中庭にある……」

計画室に行けば、エミールを制御不能な力から解放してやれるし、カイネも元に戻れる。

「探してみよう！」

「そう容易《たやす》く見つかるとは思えぬがな。それとわからぬよう、偽装が施されておるだろうよ。何せ、管理には十分注意されたし、だ」

しかし、食堂の奥の扉から廊下へ、廊下の扉から中庭へという五年前と同じ順路を進んでみると、白の書の予想は外れた。一見してわかる「仕掛け」があったのである。中庭への扉を開けるなり、まず視界に飛び込んでくるところ、中央の噴水に。

「なんで、こんな目立つところに？」

誰の目にも怪しいとわかる位置である。これでは、お世辞にも「十分注意して」いるとは言えない。それよりも、なぜ、五年前にこの仕掛けを見落としたのだろう？　恐怖に顔を歪《ゆが》めた石像に気を取られたのが原因とは考えにくい。扉を開けて先に目に入るのは、この仕掛けのほうであって、石像の表情に気づくのは、その後の筈……。

「時のなせる技であろうな。見よ」

「見よって……この仕掛けが何か？」

「そこだけ石の色が他と違っておろう」

言われて覗き込むと、仕掛けを囲むようにして、石の色が淡い。

「本来は、仕掛けを覆《おお》い隠《かく》すように、石細工の飾りが施《ほどこ》されておったのだろうよ」

「それが五年の間に剥《は》がれ落ちた？」

「この館の古さを思えば、屋外の細工物など、いつ壊れても不思議はあるまい」

すみません、とエミールが小声で言った。

「ぼく、書庫の中ばかりを探していたんです。もっと早く気づいていれば、カイネさんを……」

「いや。エミールがあの書類を見つけてくれたから、ここに仕掛けがあることがわかったんだ。書庫を探したのは、間違いなんかじゃないよ」

それに、あまりに早く中庭を探していても、白の書の言う細工物とやらが仕掛けを覆い隠していたに違いないのだ。石の色から推測して、これが露出して、たいして時間は経っていない。

「問題は、この仕掛けをどうすればいいのか、だな」

何気なく、仕掛けに手を触れたその時だった。中庭全体が低く鳴動を始めた。

「なんだ、これ？」

エミールも、はっとしたように身体を強《こわ》ばらせている。足許《あしもと》から伝わる振動に気づいたのだろう。

「ニーアさん！　あっちで変な音が！」

エミールが指さす先を振り返ったニーアは目を見開いた。建物の入り口と中庭を結ぶ小さな石段が動いている。ついさっき、ニーア達が通ってきた場所だ。白の書がすぐさまそこへ飛んでいき、唸《うな》った。

「隠し階段か」

中庭の片隅に、四角く闇が口を開けている。そこには、下り階段が続いていた。

「警告？」

古い札が落ちていた。錆びてぼろぼろになった鎖と共に。かつて階段の降り口は厳重に封鎖され、この『警告』と記された札が掛けてあったのだろう。相当に古いものらしく、『警告』の文字の下にある文面はほとんど消えかけていた。

「ええと、施設……の封印……を……。読めないな。シロ、読めるか？」

「む？　我とて消えた文字までは判読できぬわ」

だが、と白の書が続けた。

「警告と書いてあるからには、穏便《おんびん》に済むとは思えぬな」

とはいえ、たとえ穏便に済まないとしても、中に入らないという選択肢はない。ここには、エミールとカイネが必要としている情報が眠っているのだから。

「行くか。……エミール!?」

何気なく振り返ると、エミールが頭を抱えてうずくまっている。

「どうした？　大丈夫か？」

駆け寄ると、「何でもありません」とエミールが立ち上がった。だが、その言葉とは裏腹に、顔色が悪い。エミールの様子を危惧《きぐ》したのか、白の書がニーアにささやいた。

「あまり離れてはならぬぞ」

「そうだな」

背後からついてくるエミールに気を配りつつ、ニーアは暗闇へと続く階段を下り始めた。

3

ロボット山に似ている。地下へ下りてみて、最初に思ったのがそれだった。

無人だが、設備は生きている。陽の光は入らないが、明るい。そして、やたらと広い。それがロボット山と、この地下施設の共通点だった。しかも、それだけではない。

「これで全部か？」

マモノを立て続けに薙《な》ぎ払《はら》い、ようやくニーアは剣を納めた。マモノとロボットという違いはあるものの、それなりの強さの敵がそれなりの数で出現する。どちらも楽に進ませてはくれないという点でも、ここととロボット山は似ていた。

「なんで、こんなところにマモノが？」

「館の中にも湧《わ》いて出たのだぞ。地下に出ない道理はあるまい」

確かにそのとおりなのだが、厳重に封鎖された地下施設に、どうやってマモノが入り込んだのか？封鎖に使ったと思われる鎖は錆びて崩れていたものの、階段を下りたところにある扉はきちんと閉まっていた。

ただ、解錠するためのカードキーはすぐそばに落ちていたから、侵入するのに困る事はなかった。マモノにカードキーを使うだけの知能があるとは思えない。連中は、いったいどうやって施設内に入り込んだのだろう。

「エミールが遅れておるぞ」

白の書に言われて、振り返る。さっきまで、すぐ後ろにいたエミールの姿がない。ニーアは急いで引き返した。ロボット山同様、この地下施設も複雑な構造だった。途中に施設の見取り図が落ちていたおかげで、どうにか迷わずにいられるものの、油断するとどこをどう進んでいるのかわからなくなる。こんな場所で、はぐれたりしたら、再び合流するのは困難を極めるに違いなかった。

幸い、エミールはさほど離れていない場所にいた。無造作に積まれた木箱の陰で、うずくまっていたせいで、姿が見えなくなっていたのだ。

「ぼく、ここを知ってる……気がします」

膝《ひざ》に顔を埋《うず》めたまま、エミールがつぶやいた。不安そうな声だった。

「自分の家の地下なんだから、一度くらいは入った事があるんじゃないか？」

そう言ってみたものの、全く説得力のない言葉だったと気づく。ここは、子供が入り込めるような場所ではない。

「そう……ですね」

エミールが顔を上げた。

「すみません。もう大丈夫です」

立ち上がろうとするエミールに手を差し伸べる。触れた指先が驚くほど冷たい。熱を出す前のヨナがこんな冷たい手をしていたな、と思う。

「国立……兵器研究所？」

白の書の声で、脳裏《のうり》に浮かんだヨナの顔がかき消された。

「何なのだ、これは？」

白の書が床に落ちている紙切れを覗き込んでいる。拾い上げてみると、今にも崩れてしまいそうな紙だった。この施設内にあるものは、どれも古くて劣化が進んでいる。

「これも書類か。6号……計画？」

進捗報告《しんちょくほうこく》だ、と白の書がまたもニーアに代わって読み上げた。

「6号計画については基礎研究が終了し、起動実験を待つ段階になった。ゲシュタルト派の躍進が予想される為《ため》、国立兵器研究所としては6号計画の完了を最優先項目とし、他の計画については一時凍結とする。以上」

「実験？　ゲシュ……？　さっぱりわからない」

「要するに、兵器の研究が行われていたという事だ。おそらく、ここは魔法を研究する場所だったのだろう」

「兵器って、何の為の？」

そこで、何かがはらりと床に落ちた。どうやら、書類の裏側に貼り付けてあったらしい。

「女の子の写真？」

ずっと昔に撮影されたものらしく、色褪せた写真だった。ヨナより少し年嵩《としかさ》、つまり、エミールと同じくらいの年格好の女児が、にこりともせずに写っている。写真を裏返してみると、書類と同様、消えかけた文字が並んでいる。

「ハル……ア？」

人名のようだが、この子の名前だろうかと考えたところで、エミールが呻《うめ》いた。やはり、さっきの「もう大丈夫です」は元気を装っていただけだったのだ。再びうずくまってしまったエミールの肩に、ニーアは手を置いた。

「今日のところは、引き返そう。体調を整えてから出直したほうが……」

「いいえ！　いいえ！」

エミールが強い声でニーアの言葉を遮《さえぎ》った。

「行きましょう。ぼくは、行かなきゃならないんです」

口調こそ強いものだったが、唇には全く血の気がなかった。額には、うっすらと汗も滲《にじ》んでいる。

「大丈夫ですから」

エミールが立ち上がり、歩き始める。全く見えていない筈なのに、行き先がわかっているかのような足取りだった。

長い通路を抜け、マモノの群れと戦い、階段を下り、またマモノの群れに遭遇するというのを繰り返すうちに、どれだけ歩いたのかわからなくなった。見取り図がなければ、とっくの昔に迷子になっていたに違いない。

「地下三階、か。この部屋は何だろう?」

「はてさて。想像もつかぬな」

それまでは、箱を並べたように四角い部屋が連なっていたが、見取り図の地下三階には八角形の部屋が描かれていた。目的地である「計画室」は、その部屋を抜けた先にあった。

「変わった形の部屋だな」

「しかし、先刻の書類に照らせば、剣呑《けんのん》な代物が納めてあっても驚かぬ」

先刻の書類というのは、ついさっき、踊り場で拾った紙のことだ。「封印管理施設について」という文言で始まるそれには、「研究所の地上偽装施設を洋館風にする」と書かれていた。

つまり、エミールの住まう館は「地上偽装施設」だった、という事になる。ここを管理していたのは、「国立兵器研究所」で、今、歩いているこの場所は、かつて「封印管理施設」と呼ばれていた。どれもこれも、物々しい言葉ばかりだ。

「心して開けよ」

言われるまでもない。ニーアは右手に剣を握ったまま、左手で扉を開け放った。だが、そこに待ち受けていたものは、マモノでもなければ、ロボットでもなかった。八角形のその部屋に、「兵器」を思わせるものは何ひとつなかった。

「子供部屋……なのか？」

疑問を含む言い方になってしまったのは、子供部屋と呼ぶには些《いささ》か広すぎるからだ。ニーアの村の子供達が全員やってきて走り回ったとしても、まだまだ余裕がある広さだった。

しかも、滑り台がふたつもあって、部屋の中央には巨大な鳥かごを思わせる遊具が設《しつら》えてある。他にも、大勢で遊んでも十分に行き渡るほどの積み木だの、ボールだの……。

「エミール、足許に気をつけろよ。あっちにもこっちにも、玩具《おもちゃ》が転がってるから。ここにいた子供は、片づけがあまり得意じゃなかったらしいな」

「転がっているのは、玩具《がんぐ》だけではないぞ」

見よ、と言われて、ニーアは床に落ちていたそれを手に取った。

「また書類か。いい加減、うんざり……いや、今までのとは違う？」

それは、数枚綴《つづ》りの書類で、厚紙の表紙が付けられていた。『6号計画進捗報告』という言葉はお馴染《なじ》みのものだったが、厚紙に保護されていたからか、中身の文字はこれまでになく鮮明だった。

「件《くだん》の7体の検体候補から、6号計画最終候補が検体『ハルア』に確定した事を報告する。予備である検体……」

白の書が不意に口ごもった。何か気になる箇所でもあったのかと、ニーアは文字を目で追ってみる。

「これは……」

ニーアも白の書と同じく絶句した。まず目に飛び込んできた「エミール」という文字も然《さ》る事《こと》ながら、そこに続く文章があまりにも不穏なものだったのだ。

『予備である検体は、エミールを除く5体全てを機密保持の為、廃棄処分とする。以上』

エミール。偶然の一致なのだろうか。さらに紙をめくる。写真が貼り付けてある。今度は二枚だ。さっきの「ハルア」と裏書きされていた女児の顔写真と、彼女によく似た面差しの男児。

震えそうになる手を宥《なだ》めて、男児の写真を剥《は》がす。確かめるまでもなかった。裏書きの文字は「エミール」だった。

写真に指を当てて、両目の部分を隠してみる。間違いない。これがエミールの素顔なのだ。こうして写真撮影が可能だったという事は、当時はまだ石化能力がなかったのだろう。

「いったい、ここで何が行われていたんだ?」

件の7体の検体候補、というのは、おそらく七人の子供達。そして、「6号計画」の最終候補となった女児がハルア。予備がエミール。「5体全て」は「廃棄処分」となった。その先を想像したくなくて、ニーアは表紙付きの書類を元の場所へと戻した。

その時だった。エミールが頭を押さえて呻《うめ》いた。駆け寄ると、呼吸が荒い。

「頭が痛むのか？」

エミールは答えない。こめかみに手を当てるという仕種《しぐさ》には、痛みを堪《こら》える以外に、もうひとつ意味がある。何かを思い出そうとする時、だ。さっきもエミールは「ここを知っている」と言っていたが、この部屋にも何か覚えのあるものがあるのかもしれない。

ニーアの考えを裏付けるかのように、エミールが床に屈《かが》み、一心に手で辺りを探り始めた。

「どうかしたのか？」

ニーアの問いかけにも答えず、エミールはひたすら床を這《は》い蹲《つくば》っている。その両手は、明らかに何かを探していた。

やがて、その手が床に落ちていた青いものを掴んだ。それも玩具なのだろう。青い箱と黒い円盤とが組み合わせてある、不思議な形の玩具だ。何を確かめているのか、エミールは黒い円盤の部分に指を這わせている。

「どうして？　ぼくは、いったい？」

からからと乾いた音で、四つの円盤が回った。

「ぼくは……」

エミールの手から玩具が落ちた。その汗ばんだ手を、ニーアは両手で包み込んだ。

「大丈夫だ」

エミールが心ここにあらずといった口調で、ニーアの言葉をそのまま繰り返した。

「だいじょうぶ？　ぼくは……だいじょうぶ？」

「ああ。何があっても、大丈夫だ」

エミールがただの子供でないことは、薄々察していた。石化の能力に加えて、成長期の子供でありながら、五年を経ても変わらない外見……。

そして、ここへ来て、確信を持った。エミールと思われる男児の写真を添付した書類の日付は、何百年も昔のものだったからだ。

「エミールが何者であっても、俺達がついてる」

「然《しか》り」

白の書が冗談とも本気ともつかない口調で、ニーアの言葉を引き継いだ。

「我等の中に、まともな者など最初からおらぬ。気にせずとも良いぞ、エミール」

エミールがためらいがちにうなずく。

「行こう。『計画室』はすぐそこだ」


八角形の部屋を抜けると、長い長い通路だった。見取り図によれば、そこを進んだ突き当たりの、円形の部屋が「計画室」だった。

平面の図ではわからなかったが、異様に天井が高い部屋だった。ここもまた、ロボット山を連想させた。あそこも円形で、広くて、天井が高かったなと、ロボット山の地下にあった「試験場」を思い浮かべる。

ロボット山の「試験場」では、巨大な機械が襲いかかってきたように、ここにもまた巨大な「バケモノ」が待ち受けていた。だだっ広い「計画室」の、だだっ広い壁に、それは磔《はりつけ》にされていた。

五年前に村を襲ったマモノと同じくらい巨大で、同じくらい不気味な、しかし、全く異なる外見の「バケモノ」。骨と皮だけの干からびた肢体《したい》と、それとは不釣り合いに大きな球状の頭部。あばら骨が露出した胸から下、腹部全体もまた不釣り合いに丸く膨らんでいる。

ああ、何かに似ていると思ったら。あの大きな頭と膨らんだ腹部が、赤ん坊の体型を連想させるのだ。だから、なおさら不気味で不快に感じるのだろう。

だが、さらに不気味なのは、何本もの杭《くい》が打ち込まれ、さらに太い鎖が幾重《いくえ》にも巻き付けられている事だった。「バケモノ」の外見も然る事ながら、その執拗《しつよう》なまでの拘束に薄ら寒いものを感じずにいられない。

「こいつは、いったい？」

エミールがぼそりと答えた。実験兵器6号、と。

「6号？」

古い書類に何度も出てきた「6号」という言葉。これが6号？　いや、それよりも、なぜエミールは、目の前にあるのが実験兵器6号だとわかったのか。

「見えて……いるのか？」

「いいえ。でも、ぼくはここを知っているから」

唇の色は失せたままだったが、そこから紡《つむ》がれる言葉は落ち着きを取り戻していた。

「さっきの部屋で遊んでいた子供は、ぼく達です」

「僕達？」

そこで思い出した。エミールと同じ年格好の少女の写真を。

「ハルアって子か？」

エミールはうなずいた後、「いつの間にか忘れてたんですけど」と小さな声で付け加えた。

「でも、思い出しました。全部……思い出しました」

強い風の中にいるかのように、エミールの声が震えた。

「ぼく達はかつて、本当の人間でした。人間の、どこにでもいる、子供だったんです」

かつて、というのは、あの写真が撮影された頃だろう。今から数百年前、西暦二〇二六年九月十二日。書類にあった日付だ。

「そして、ぼく達は魔法実験によって、兵器になりました。最強の兵器を作る為に、繰り返された実験。やがて、究極の魔法兵器が生み出される事になったんです」

それが、「実験兵器6号」だった。薄れて、今にも消えそうな文字が脳裏をよぎる。「5体すべてを機密保持の為、廃棄処分とする」という非道な文言《もんごん》も。エミールの言葉を借りれば、人間の、どこにでもいる子供が、機密保持の名目で殺された……。

エミールが壁を見上げた。目隠しをしていても、見上げる先に何があるのか、よくわかっている動作だった。

「ぼくのおねえさんです」

そのときだった。エミールの声に呼応するかのように、6号が震えた。二枚の皿を貼り付けたような両目が赤く光る。

「生きてる⁉」

そうだった。書類に書かれていた計画の名称は「6号封印計画」であって、「廃棄計画」ではなかった。しかも、その封印が施《ほどこ》されたのは数百年も昔である。時と共に石化の効力が薄れ、解けてしまっていても不思議はない。

「ですが、『6号』は制御不能な失敗作でした。暴走した『6号』を封印する為に作られた石化能力を持つ兵器。それが『7号』……ぼくの事です。ぼくは、兵器だったんです」

強力すぎる石化能力の謎が解けた。暴走した「最強の兵器」を止める事だけに特化された能力だからだ。他の事は何もできなくていい、能力の制御や石化の解除もできなくていい、ただ6号さえ石化できれば。

執拗なまでに打ち込まれた幾本もの杭と、幾重《いくえ》にも巻き付けられた太い鎖を見て、薄ら寒いものを感じた。あれは、何が何でも6号を封印しようとした者達の恐怖を物語っていた。人の力が及ばなくなった、魔法兵器への恐怖を。

「たとえ兵器でも、エミールはエミールだ！」

わずかな沈黙の後、エミールは「ありがとう」と微笑《ほほえ》んだ。その向こう側で、6号が身体を震わせている。拘束から逃れようとするかのように。

「おねえさんは、最強の兵器だから……その魔力を手にすれば、ぼくにだって石化解除ができる筈」

エミールの言葉が聞こえているかのように、干からびた腕が動いた。彼女を眠りから目覚めさせたのは、長い長い時の力ではなく、おねえさんと呼ぶ弟の肉声だったのかもしれない。

「お願いです。約束してください」

鎖がちぎれる。弾け飛んだ杭が、エミールの頭すれすれを通って床に突き刺さる。

「エミール！　危ない！」

「もし、ぼくがおねえさんに飲み込まれてしまったら」

エミールが一歩前へと踏み出した。

「ぼくは、ぼくじゃなくなって、みなさんに危害を加えてしまうかもしれない」

一本、また一本と杭が弾け飛ぶ。それでも、エミールは足を止めない。

「だから、その時は」

エミールが何をしようとしているのか、ようやくニーアにもわかった。姉ハルアの魔力を手にするという事は、つまり……。

「やめろっ！」

足を止め、エミールが振り返る。その口許には、はっきりと笑みが浮かんでいた。

「殺してくださいね」

危険すぎる。駆け寄ろうとしたが、叶《かな》わなかった。飛んできた杭に行く手を阻《はば》まれた。エミールがまた一歩、6号へと近づく。

「だめだ！　戻れ！」

完全に拘束の解けた6号が、エミールへと両腕を伸ばしてくる。エミールもまた、6号に向かって手を差し伸べていた。究極の魔法兵器6号の力を、己の内に取り込もうとしているのだろう。

球体の頭部が、ぱっくり割れたように見えた。割れたのではない。口だ。6号が口を開けている。顔の半分を占めているほどの口が、エミールを飲み込もうとしている。

「エミール！」

間に合わなかった。6号がエミールに覆い被さる。周囲に魔法陣が展開し、ニーアは吹き飛ばされた。

急いで身体を起こした時には、エミールの姿は消えていた。6号の力を取り込むつもりが、逆に6号に飲み込まれてしまったのだ。

「おいっ！　助けろ！　エミールを引き戻せ！」

「わかってる！　もう誰も失わない。そう決めたんだ！」

ヨナがさらわれ、カイネは石になった。今またエミールが実験兵器6号に取り込まれようとしている。そんな事はさせない。

「エミールは完全に取り込まれてはおらぬ！　今ならまだ間に合う！」

「当たり前だ！」

間に合わない筈がない。絶対に間に合わせてみせる。そう思ったところで、6号が攻撃魔法を放ち始めた。マモノがよく使う、魔力の球体だが、その量が桁違《けたちが》いに多い。

「シロ！」

ロボット山で覚えた魔法を使う。敵の魔法攻撃を吸収し、それを自らの攻撃として放つ魔法だ。敵の魔法が強力であるほど、返す攻撃も強力になる。６号のような敵には効果が高いのではないか。

「動きが速い！」

五年前に村を襲ったマモノに匹敵する大きさでありながら、その動きは俊敏だった。おまけに、跳躍力もある。壁をよじ登ったり、這《は》い進んだりといった動きも速い。狙いをつけるのに苦労しながら、ニーアは何度も魔法の槍《やり》を放った。

ようやく命中し、６号が床へと落下した。背中から落ちたせいか、起き上がれずにもがいている。

この隙にと、ニーアは剣を抜く。が、そこで白の書から、待ったが掛かった。

「剣は使うな！　エミールを傷つけてしまうぞ！」

「それを言うなら、魔法攻撃だって同じ事だろう？」

「いや、魔法のほうがマシだ！　魔法なら、いくらか耐性がある筈！」

「わかった」

ただ、そのやり取りのせいで、攻撃がわずかに遅れた。魔力の拳を叩きつけた時にはもう、６号はその場から跳び退《と》って《すさ》いた。

６号が威嚇《いかく》するかのように足を踏み鳴らす。それは、幼い子供が駄々をこねる姿に似ていた。外見こそ「バケモノ」だったが、その動作は、あの古い写真の女児を思わせる。いや、６号は紛れもなくあの女児、ハルアなのだ。人としての自我は残っていないだろうが、その事実を思うと胸が痛む。

だが、6号を倒さなければエミールが取り込まれてしまう。

「エミール！　今、助けるからな！」

後ろめたさを振り払いたくて、殊更《ことさら》に声を張り上げる。

俺はただ、仲間を助けたいだけだ……。

またも壁に逃れた6号めがけて槍を放つ。強い魔力をたっぷりと詰め込んだ球体が次から次へと降ってくる。ニーアを狙ってというよりも、訳もわからず投げ散らかしているかのようだった。それらを跳んで避《よ》けながら、弾丸を撃ち、足場を確保して槍を放ち、また回避し……。

「エミール！　戻ってこい！」

白の書が叫んだ瞬間、6号がまた落下した。今度こそ、と念じながら魔力を集中させる。複数の槍が膨れ上がった腹を、肋骨《ろっこつ》が剥《む》き出《だ》しになった胸を、球体の頭部を貫いた。槍によって壁に身体を縫い止められた状態で、6号が激しく震える。それは衝撃波となって、計画室全体を揺さぶった。

爆風に煽《あお》られ、咄嗟《とっさ》に目をかばう。

エミール、と叫んだ自分の声すら聞こえない。ただ、おねえさんと呼ぶ声を聞いた気がした。

衝撃波と爆風とが唐突に消えて、静寂が訪れた。目を開けると、6号の姿がない。ついさっきまで、6号がいた辺りを黒い靄《もや》が覆《おお》っていた。その周囲に、魔法陣が幾つも幾つも展開している。さっきとは打って変わって静まりかえっているにも拘《かか》わらず、強烈な魔力の気配がある。

あの靄の中で、いったい何が起きているのだろう？

「エミール？　大丈夫か？」

黒い靄と赤い魔法陣とが絡《から》み合《あ》う中から、エミールの声がした。興奮気味の声だった。

「ぼく……生きてます！　おねえさんの魔力を感じます！　石化を制御できてるんです！」

「いいから、早く出てこい！」

白の書が焦《じ》れたように言う。もちろん、怒っている訳ではない。

「怪我をしてはおらぬか？」

心配しているのだ。何かと口うるさい白の書だが、エミールには優しい。

「待ってください。まだ、目がよく見えなくて……」

黒い靄が少しずつ薄れ、魔法陣がひとつずつ消えていく。徐々に人影と思《おぼ》しき輪郭が見えてくる。

「あっ！」

不意に、戸惑いと驚きとが入り交じった声がした。

「どうした？」

やはり魔法攻撃で負傷させてしまったのかもしれない。いくら魔法に耐性があるといっても、攻撃は攻撃だ。白の書も「魔法のほうがマシだ」とは言ったけれども、「魔法なら大丈夫」とは言わなかった……。

早く手当てをしてやらねば、と駆け寄った時だった。

「来ないで！」

「エミール？」

「見ないで……」

泣き出しそうな声だった。

「ぼくを、見ないで……っ」

悲鳴にも似た声だった。

靄と魔法陣とが完全に消え去った。「これは……」と白の書が絶句する。

骨だけになった両手が球体の顔を覆っている。身体の大きさこそエミールのものだったが、その姿形は6号のもの。

エミールは自我を保ったまま、6号の強大な魔力を手にした。それは、6号を取り込み、融合するという事。その結果が、実験兵器6号の姿。自我は保っていられても、人の姿を保ち続ける事はできなかった。

ニーアは泣いているエミールに歩み寄った。しっかりと腕を回し、骨だけになった身体を抱きしめる。

「おかえり、エミール。よく頑張った」

ぐずるヨナをあやした時のように、手のひらで背中を軽く叩いてやる。

「ぼく……。ぼく、身体が……」

「うん」

「こんな、呪われた身体で……みなさんの前に……」

嗚咽《おえつ》が言葉をかき消した。エミールの頭に手をのせ、そっと撫《な》でる。あの柔らかな髪は跡形もない。それでも、手のひらに伝わってくる震えは、紛れもなくエミールのもの。

「言っただろう？　何があっても、俺達がついてる」

何者であっても。何者になっても。エミールはかけがえのない仲間だ。

泣きじゃくるエミールを、ニーアはしばらく黙って抱きしめていた。

しゃくり上げる声が少しずつおさまってくるのを見計らって、ニーアはエミールにそっと顔を上げさせた。丸い輪郭だけになったふたつの目を、じっと見る。

「俺の顔が見えるか？」

人としての姿を失ったとしても、取り戻したものもある。

「はい。ぼくが想像したとおりの顔してる。とっても、かっこいいです」

「そうか」

もう目隠しをしなくてもいい。館に閉じこもっていなくてもいい。どこにでも、好きなところへ行ける。人の姿を失った悲しみよりも、光と自由を手にした喜びを感じてほしいと思った。

「もう……大丈夫です」

エミールがニーアから身体を離した。

「こんな姿になったけど。もう人間もどきですらないけど。悪い事ばかりじゃありません。この魔力さえあれば、カイネさんを元に戻せるんですから」

ゆっくりとエミールが立ち上がった。

「カイネさんのところに戻りましょう。……ぼくの姿を見て、別の意味で固まらないといいけど」

エミールの自嘲的《じちょうてき》な言葉を、白の書が「馬鹿者！」と一喝した。

「そんな無駄口は叩かんでよい」

ニーアは口許に笑みが浮かぶのを感じた。シロはやっぱりエミールに優しいな、と。

4

「ぼくは、カイネさんに接するたび、どこか懐かしかった」

村の図書館に戻ると、地下室の扉を前に、エミールがつぶやいた。そこには、五年前と少しも変わらぬ姿で、カイネが扉を守っている。

「無意識のうちに、おねえさんとだぶらせていたのかもしれません」

ここへ来る道々、エミールは双子の姉、ハルアと過ごした日々について話してくれた。両親を事故で亡くした後、孤児院という偽りの看板を掲げた施設に収容された事、健康診断と称して様々な計測をされ、人体改造を施され……ついには、魔法兵器とされてしまった事。

それら一連の出来事を、エミールはこれまで忘れていたらしい。ハルアの姿を目にした瞬間、固い結び目が解《ほど》けるように、全てを思い出したのだという。数百年も昔の出来事だから、忘れていても不思議はないのだが、複数の出来事を一度に思い出したのは、些《いささ》か不自然ではある。何らかの魔法によって記憶を操作されていたのかもしれない。

『ぼく、おねえさんに会いました。飲み込まれて、気を失って、ニーアさんたちのおかげで意識を取り戻して……その時に』

おそらく、6号と融合する際に、まだ残っていたハルアの意識と接触したのだろう。

『昔のままの姿で、ぼくの手を握ってくれました。お昼寝の後に聞いたのと、そっくりの声で、起きてって。それから……ずっと見守ってるって』

ニーアが妹ヨナを思うのと同じ強さで、ハルアはエミールを守りたいと願っていたに違いない。石になって眠り続けている間でさえも。自分よりも弱い、けれどもかけがえのない家族の為の願いは、いつも、誰のものでも、同じ場所へと辿り着く……。

「何をぼんやりしておる？」

白の書に叱責《しっせき》されて、我に返った。

「石化が解ければ、地下室から例のマモノが出てくる」

「ああ、そうだったな」

頭だけになっても生きていた、あの巨大なマモノ。五年前に倒し損ねた敵だ。

「やります」

そう言って振り返ったエミールに、ニーアはうなずいてみせた。再戦の準備はできている。

エミールが杖《つえ》で空中に魔法陣を描く。その手から強い魔力が放出される。魔力は魔法陣を通って増幅され、石化したカイネへと降り注ぐ。光が眩く弾けた。反射的に目をつぶる。

再び目を開けた時には、カイネがゆっくりとエミールの腕の中へと倒れ込んでいた。地下室の扉はもはや石ではなく、五年前と同じ木の色に変わっていた。

「来るぞ」

わかってる、と答えて、ニーアは剣を抜いた。次の瞬間、扉が破られた。黒い塊が飛び出してくる。頭から数本の脚が直接生えている、何とも不愉快な姿は五年前と変わらない。

「斯様《かよう》な姿で生き続けるとは、如何《いか》なる執念か？　全く以《もっ》ておぞましいわ！」

白の書が吐き捨てる。

「二度と会わなくて済むよう、ここで殺してやるさ」

蛇の尾にも似た脚へと剣を叩きつける。まずは動きを止める。再生能力が高い事はわかっている。だから、再生する前に斬る。斬り刻む。

「剣が軽い⁉」

五年前は、マモノに食い込んだ剣を引き抜くのに苦労した。薙《な》ぎ払《はら》うのも、全体重を柄《つか》に乗せなければならなかった。しかし、今は突き刺すのも、引き抜くのも、薙ぎ払うのも、利き腕の力だけで十分だった。五年も地下に閉じ込めている間に、マモノが弱体化したのだろうか。

「剣ではない。おまえの腕が上がったのだ」

白の書が言った。我が事のように得意げな口調で。

「存分に暴れよ！」

言われるまでもなかった。剣で脚を斬り刻み、弱らせたところで、魔力の拳で叩き、魔力の腕で締め上げた。巨大な頭が歪み、潰れ、動かなくなった。かつて手こずったのが嘘のように、マモノは黒い塵となって消えていった。

「カイネは？」

ニーアがマモノと戦っている間、ずっとカイネに付き添っていたエミールが、力なく首を横に振った。図書館の床に身を横たえたまま、カイネは動かない。まだ石化が解けていないかのように、身動《みじろ》ぎひとつしない様子が気がかりで、ニーアはそっと額に手を当ててみた。……温かい。石の冷たさではない。生きている者の温かさだ。

「五年も眠っていたんだ。目覚めるのに、少しばかり時間がかかっているんだろう。大丈夫だよ」

しかし、エミールは悠長《ゆうちょう》に構えていられなかったらしい。カイネの耳許に口を寄せると「カイネさん！　戻ってきてください！」と呼びかけた。

何度も何度も名前を呼ぶ姿に、かつての自分を思い出す。崖《がけ》の村で、カイネの祖母を殺したマモノと戦った後だ。負傷し、意識を失ったカイネを呼び戻そうとした。少しでも気を緩めれば、カイネは死の世界へと旅立ってしまいそうに思えたから、必死だった……。

「おばあ……ちゃん？」

奇《く》しくも、崖の村のときと同じ言葉がカイネの唇から漏れる。もう大丈夫だ。この先は知っている。瞼《まぶた》が震えて、睫《まつげ》が揺れて、瞳に光が戻るのだ。

「おまえ…達……？」

「カイネさん！」

起き上がろうとするカイネの背に、エミールが手を添えた。表情はなくとも、その顔が喜びに輝いているのがわかる。

背を支える手の主を探すかのように、カイネが振り返る。と、エミールが狼狽《うろた》えた様子で身を引き、顔を背けた。己の姿が変わってしまった事を思い出したのだろう。

カイネが球体の頭をじっと見つめている。その目許が、ふっと和《なご》んだように見えた。

「エミール。私を呼んでくれていたのは、おまえだな？」

「ぼくの事、わかるんですか？」

「エミールはエミールだ。私は間違えぬ」

「カイネさん……ありがとう」

短いやり取りだったが、十分だった。そのわずかな言葉だけで、カイネはエミールの引け目をあっさりと取り払ってしまった。もうエミールは顔を背けようとはしなかった。

「お帰り、カイネ」

手を差し出すと、カイネは「ずいぶん立派になったな」と言いながら、立ち上がった。摑まってくる手がまだ頼りない。いつの間にか、自分がカイネの身長を追い越していた事に気づく。五年も経っているのだから当然とはいえ、いつも見上げていたカイネの顔を見下ろすのは、不思議な気がした。

「どれくらい眠っていたんだ、私は」

「五年だよ」

カイネの双眸《そうぼう》に驚きとも戸惑いともつかない色がよぎった。

「そう、か……五年か」

しばし目を伏せて考え込む仕種を見せたカイネだったが、ふと思い出したように言った。

「ヨナは？」

答えは決まっているのに、言葉にするのは抵抗がある問いだった。まだ取り戻せていない、まだ戻ってきていない、まだ、まだ、まだ……。

ニーアに代わって、答えてくれたのが白の書だった。

「捜してはおるのだがな」

白の書が小さく咳払いをする。ここは任せろ、と言いたげに。

「魔王の足取り自体、なかなか摑めぬ」

白の書とカイネが話をしている間に、ニーアは書棚へと手を伸ばした。マモノと再戦になるのがわかっていたから、壊れたりしないように、予め書棚に挿しておいたのだ。

「あの、これ……」

差し出すと、カイネは目を丸くした。

「それは……月の涙⁉」

旅の途中で、月の涙の栽培法を行商人から教わった。月の涙と呼ばれる白い花が自然に咲くのは珍しいが、人の手で交配させて咲かせるのは十分に可能なのだと、その行商人は親切にやり方を教えてくれた。ただし手間と時間はかかる、とも言われた。

だったら、カイネやヨナが帰ってくるまでには間に合わないな、と思っていたのだが、実際には月の涙が花を咲かせるほうが先になってしまった。

「おばあちゃんのに負けないやつをって、頑張って作ったんだけど……」

どう見ても不格好な髪飾りだったが、カイネは嬉しそうにそれを髪に挿して、ありがとうと笑ってくれた。

その姿を見て、五年前に失ったものをひとつ、ようやく取り戻したのだという実感が湧いた。次はヨナだ。カイネを取り戻せたのだから、ヨナも取り戻せる。

崩落したままの天井から空が見えた。五年前、ヨナを拉致《らち》して飛び去っていく魔王を絶望的な思いで見上げたのと、同じ空。だが、あの時とは決定的に異なるものがある。今、倒せなかったマモノを倒し、カイネを取り戻した。だから。

今度こそ、必ず、と胸に誓って、ニーアは光射す空を見つめた。

著者　映島　巡
Eishima Jun

福岡県出身。主な著書は『小説 ドラッグ オン ドラグーン3 ストーリーサイド』『FINAL FANTASY XIII Episode Zero』『小説 NieR: Automata』シリーズ、『FINAL FANTASY XV -The Dawn Of The Future-』『SINoALICE 黒ノ寓話』(以上、スクウェア・エニックス)など。また永嶋恵美名義の著書に『泥棒猫ヒナコの事件簿 あなたの恋人、強奪します。』(徳間文庫)などがある。2016年、「ババ抜き」で第69回日本推理作家協会賞(短編部門)を受賞。

GAME NOVELS
NieR Replicant ver.1.22474487139...
《ゲシュタルト計画回想録》File01

2021年6月28日　初版発行

原　作　ゲーム『NieR Replicant ver.1.22474487139...』

著　者　映島　巡
原　案　ヨコオタロウ

発行人　松浦克義

発行所　株式会社スクウェア・エニックス
〒160-8430
東京都新宿区新宿6-27-30 新宿イーストサイドスクエア

<お問い合わせ>
スクウェア・エニックス サポートセンター
https://sqex.to/PUB

印刷所　凸版印刷株式会社

Printed in Japan
ISBN978-4-7575-7341-3 C0293